Samantha J. Green

slowly Love

Wenn Männer lieben lernen

Roman

Impressum

Samantha J. Green
c/o
Christof Hardt
Partikulierstr. 2
69239 Neckarsteinach

Samantha.Green@gmx.de
Korrektorat:
Jürgen Müller
Buchcoverdesign:
Sarah Buhr / www.covermanufaktur.de
unter Verwendung Stockfotografien von
wacomka; BestPix / Shutterstock
Konvertierung, Satz & Layout:
Samantha J. Green

Bibliografische Information der Deutschen Nationalbibliothek:
Die Deutsche Nationalbibliothek verzeichnet diese Publikation in der Deutschen Nationalbibliografie; detaillierte bibliografische Daten sind im Internet über http://dnb.d- nb.de abrufbar.

Widmung

Für alle, die daran glauben, dass jeder lieben kann.

1 Jensen

Das Dröhnen meines Schädels killt mich, als ich mich in meinem Bett umdrehe. Gott, die Nacht war wieder einmal zu viel. Zu viel für mein Alter, zu viel für meine Nerven. Dabei bin ich gerade mal dreißig und sollte nicht schon solche Dinge denken.

Mein Arm legt sich auf einen weichen Körper, und ich stöhne frustriert auf. Nein, bitte nicht!

Vorsichtig öffne ich ein Auge und entdecke blondes Haar vor mir. Haar, das sich auf meiner Matratze erstreckt. Haar, das ich nicht zuordnen kann. War die Braut, mit der ich gestern von der Veranstaltung abgezischt bin, nicht braunhaarig? Verwirrt richte ich mich leicht auf und blicke mich in meinem von der aufgehenden Sonne durchfluteten Zimmer um. Auf dem Boden entdecke ich braunes Haar. Na super. Eine Perücke.

»Baby!«, gurrt die Blondine neben mir, und Übelkeit steigt in mir auf. Verdammt, ich darf einfach nicht mehr so viel trinken …

»Baby, komm zurück ins Bett!«

Ich seufze, setze ein falsches Lächeln auf und wende den Blick zu ihr. »Ich muss arbeiten«, erkläre ich und stehe nackt, wie Gott mich geschaffen hat, auf. »Ich muss in einer halben Stunde das Haus verlassen, wäre schön, wenn du es bis dahin auch geschafft hast.«

Ohne noch mehr dazu zu sagen, gehe ich zu meinem Schrank und hole einen frischen Anzug. Dann mache ich mich auf den Weg ins Bad in der zweiten Etage. Ich will nicht, dass sie sich aus Versehen zu mir unter die Dusche verirrt, dazu habe ich weder Bock noch Zeit.

Das kalte Wasser bringt meinen Kreislauf in Schwung, und ich lege den Kopf in den Nacken, während ich mit der Hand über mein stoppelübersätes Gesicht streiche. Zu gerne würde ich eine Stunde hier stehen bleiben. Doch dazu reicht die Zeit nicht. Also wasche ich mich und stelle mich danach tropfnass vor das Waschbecken, um mich zu rasieren. Als ich mir einen Blick im Spiegel entgegenwerfe, sehe ich zum Glück wieder wie ein Mensch aus. Ich trockne die restlichen Tropfen von meinem Körper, bevor ich mich anziehe. Wie immer brauche ich die meiste Zeit, um die blöde Krawatte zu binden. Man sollte meinen, dass ich das nach so vielen Jahren der Übung endlich raus hätte. Doch noch immer ärgern mich diese Dinger, und ich lasse es am Ende einfach, wie es ist. Elsa wird mir die Krawatte sowieso richten, sobald ich im Büro auftauche. Apropos Elsa, ich sollte sie gleich noch anrufen, dass sie meinen zehn Uhr Termin auf vierzehn Uhr verschiebt.

Nachdem ich das getan habe, mache ich mich auf den Weg in die Küche, nur um wie geschockt stehen zu bleiben. Da steht sie. Eine Blondine, an deren Namen ich mich nicht erinnern kann. Splitterfasernackt. Hat sie den Wink mit dem Zaunpfahl etwa nicht verstanden?

»Warum bist du noch nicht angezogen?«, frage ich und sehe sie wütend an.

»Ich dachte, ich kann vielleicht hier auf dich warten, bis du von der Arbeit zurückkommst?«

Ich schüttle den Kopf. »Vergiss es. Das hier ist meine Bude, hier hat niemand was zu suchen, wenn ich nicht da bin. Zieh dich an und dann verschwinde.«

Ich versuche erst gar nicht, freundlich zu sein, und drehe mich zum Kaffeevollautomaten, um mir einen Kaffee durchzulassen.

»Baby, gestern hatten wir doch so viel Spaß. Warum bist du denn jetzt so?«

Ich wende mich ihr zu und blicke sie fragend an. »Wie heiße ich?«

Ihr Gesicht wird rot, und ich grinse sie breit an. »Genau deswegen. Aber mach dir nichts daraus, ich habe auch nicht den blassesten Schimmer, wie du heißt. Also lass es eine schöne Erinnerung sein.«

Damit nehme ich meine Tasse und nippe an dem lebensrettenden Elixier. Als sie sich daraufhin noch immer nicht bewegt, seufze ich und sehe sie erneut an. »Verdammt, ich habe echt keine Zeit! Was willst du?«

Sie blickt zu Boden, dann wieder zu mir. »Ich habe keinen Ort, an den ich gehen kann«, flüstert sie, und Tränen laufen aus ihren Augen.

»Was?«, frage ich entsetzt, weil ich wirklich keine Ahnung habe, was sie mir damit sagen will.

»Ich wurde vor einigen Tagen aus meiner Wohnung geschmissen und habe bei einer Freundin übernachtet. Doch die will mich nun auch nicht mehr bei sich schlafen lassen.«

Und sie denkt, dass ich sie deswegen hier leben lasse? Da hat sie sich ziemlich geschnitten. Dennoch bin ich mir bewusst, dass ich mir etwas einfallen lassen muss, wenn ich sie loswerden will. Also gehe ich in mein Schlafzimmer, nehme aus der Schublade ein paar Hunderter und drücke sie ihr in die Hand. »Nimm das. Geh ins Hotel und mach dir ein paar schöne Tage, oder nimm was Günstigeres und bring dein Leben auf die Reihe. Aber wenn du jetzt nicht gehst, nehme ich das Geld wieder zurück.«

Erst habe ich das Gefühl, dass sie etwas dagegen einzuwenden hat, doch dann seufzt sie, dreht sich um und verschwindet in meinem Schlafzimmer, wo noch immer ihre Klamotten und die Perücke herumliegen. Innerhalb kürzester Zeit kommt sie heraus und lächelt mich schüchtern an, was sie ganz offensichtlich nicht ist.

»Danke.«

»Nicht dafür.«

Ich deute mit dem Kopf in Richtung Hintertür, weil die näher ist, und atme erleichtert durch, als sie endlich verschwunden ist.

Dann trinke ich in Ruhe meinen Kaffee aus, bevor auch ich mich auf den Weg zur Arbeit mache. Ich nehme meine Tasche, überprüfe, ob ich auch wirklich alles habe, und gehe zur Tür. Ich mache schon den ersten Schritt nach draußen, als ich vor mir auf dem Boden etwas liegen sehe. Etwas, das mir das Blut gefrieren lässt.

Einen Moment glaube ich, ich würde träumen. Aber da liegt es.

Klein.

Zerbrechlich.

Erst habe ich Angst, es könnte tot sein, also bücke ich mich, um es vorsichtig anzustupsen. Zu meiner Erleichterung macht es leise Geräusche und bewegt die kleinen Arme.

»Hallo?«, rufe ich im nächsten Moment und blicke mich suchend um. »Hallo, ist da wer?«

Niemand meldet sich. Das kann doch nicht wahr sein! Wer zum Teufel würde vor meiner Tür ein Kind ablegen? Nein, nicht einfach ein Kind. Ein Baby, das viel zu klein aussieht, um überhaupt schon atmen zu können. Es ist in eine Decke gewickelt und liegt einfach auf dem Boden.

»Das ist nicht witzig!«, rufe ich und überlege, was ich als Nächstes tun soll. Elsa. Sie weiß immer, was zu tun ist. Sie ist meine rechte Hand und der einzige Mensch, auf den ich mich je verlassen konnte. Schnell wähle ich ihre Nummer und atme erleichtert durch, als sie dran geht.

»Mr Bel, was kann ich für Sie tun?«

»Vor meiner Haustür liegt ein Baby«, sage ich ohne Umschweife.

»Was?«, fragt Elsa verwirrt, und ich hole tief Luft, um mich zu wiederholen. »Ein Baby«, erkläre ich ruhig. »Ich brauche jemanden, der sich darum kümmert.«

Elsa scheint einen Moment unter Schock zu stehen. »Okay«, sagt sie mit einer Autorität, die sie meistens nur meinen Geschäftspartnern gegenüber an den Tag legt. »Nehmen Sie das Baby sofort in den Arm! Schauen Sie, ob es atmet und auch nicht unterkühlt ist! Ich bin in zehn Minuten bei Ihnen.« Ich will ihr schon widersprechen, als sie weiter spricht. »Und wehe, Sie lassen es fallen!«

Damit legt sie auf und lässt mich völlig verdattert zurück. Ich soll es aufheben? Gott, was, wenn ich es dabei zerbreche? Muss man nicht erst irgendwie einen Kurs machen, bevor man ein Baby bekommen kann? Zumindest sollte es so sein! Dennoch vertraue ich Elsa voll und ganz, also bücke ich mich, um zu überlegen, wie ich dieses kleine Wesen in den Arm nehmen soll. Ich könnte es einfach mit einer Hand packen, doch das scheint mir nicht richtig. Also fahre ich vorsichtig mit den Händen unter die Decke und hebe es sacht hoch. Dabei fällt ein gefalteter Zettel zu Boden, der meine Aufmerksamkeit auf sich zieht. Da ich mich zu unsicher fühle, um irgendetwas zu machen, setze ich mich einfach auf den Boden im Schneidersitz hin und lege das Baby in meine Beine. Es ist so klein, dass es darin zu versinken droht. Doch es scheint nicht unangenehm zu sein, denn das kleine Wesen schläft einfach weiter.

Erst will ich nach dem Zettel greifen, als mir einfällt, dass Elsa verlangt hat, ich soll schauen, ob es warm ist. Also greife ich nach dem Kopf des Kleinen. Ja, warm ist es. Zu warm? Sollte ich es auspacken? Aber dann könnte es aufwachen. Aber was, wenn ich etwas übersehe? Wenn das kleine Wesen vielleicht sofort Hilfe braucht, weil es ihm schlecht geht. Shit, ich fühle mich so ohnmächtig wie noch nie in meinem Leben. Also schiebe ich meine Hände wieder unter den kleinen Körper und hebe es an meine Brust. Sein Atem geht ruhig und gleichmäßig, dennoch fühlt es sich so an, als würde es sich an mich schmiegen. Seltsamerweise beruhigt mich dieses Gefühl, und ich entspanne mich etwas. Ich wiege es leicht hin und her, hoffe, dass ich es richtig mache und es dabei nicht wecke.

»Wer ist nur so herzlos und lässt dich einfach vor der Tür von jemand Fremden liegen? Und dann auch noch vor meiner Tür?«, frage ich und blicke auf das Baby herunter. Seine Haut ist hell, aber nicht bleich. Die Wangen sind rosa gefärbt. Ein leichter dunkler Flaum bedeckt seinen Kopf.

Ich merke gar nicht, wie die Zeit vergeht, als Elsa auch schon über meine Einfahrt auf mich zu gerannt kommt.

»Oh mein Gott!«, ruft sie leise aus und lässt sich vor mir auf die Knie fallen. »Wer macht denn so etwas?«

Sie greift nach dem Baby, wobei mich plötzlich ein seltsames Gefühl erfasst. Ein Teil von mir will das Baby weiter halten. Doch bei Elsa ist es mit Sicherheit besser aufgehoben, so viel steht fest.

»Wenn ich das wüsste«, antworte ich. Dann fällt mir der Zettel wieder ein und ich greife danach, während Elsa sich erhebt und das Kleine vorsichtig wiegt. Ich öffne den Zettel und lese die Nachricht, die in einer unordentlichen Handschrift darauf gekritzelt wurde.

Jensen, das hier ist deine Tochter. Wenn du mir nicht glaubst, mache einen Vaterschaftstest. Ich kann mich nicht um die Kleine kümmern, also musst du das tun.
Linn

»Das soll doch wohl ein Witz sein!«, fluche ich und stehe auf, um mich umzublicken. Dabei frage ich mich, wer verdammt noch mal Linn sein soll. Ich kenne keine Linn!

»Was ist denn los?«, will Elsa wissen, die das Baby auf einem Arm hält und mit der anderen Hand eine Nachricht auf ihrem Handy tippt.

Da ich nicht weiß, was ich sagen soll, halte ich ihr einfach den Zettel unter die Nase.

»Das kann nicht sein«, sage ich einfach nur. »Ich verhüte immer. Ich bin doch kein Idiot!«

Elsa zieht nur die Augenbrauen zusammen, bevor sie leise seufzt. »Ich habe Sina eine Nachricht geschickt, dass sie Windeln für Neugeborene, drei Flaschen mit noch mehr Aufsätzen, Feuchttücher, Neugeborenennahrung und Schnuller sowie einen Sterilisator bringen soll.

Außerdem sollten wir die Polizei rufen, die werden wissen, was zu tun ist.«

Natürlich. Gott, ich habe echt keine Ahnung, was ich ohne Elsa machen sollte.

»Danke dir.«

Elsa nickt, dann nimmt sie das Handy schon ans Ohr, doch ich bedeute ihr, dass ich das tun werde. Also rufe ich bei der Polizei an und erkläre die Lage, während wir ins Haus gehen.

Ich lege gerade auf, als das kleine Wesen zu schreien beginnt.

»Was hat es denn?«

»Sie«, sagt Elsa, und ich blicke sie verwirrt an. »Wenn es stimmt, was auf dem Zettel steht, ist es ein Mädchen«, erklärt sie augenrollend.

»Ja, natürlich.« Ich bin völlig überfordert, sodass ich mich nicht mal über ihre Art mir gegenüber ärgern kann.

»Ich denke, dass sie Hunger hat. Ich habe Sina geschrieben, dass sie sich beeilen soll, so lange müssen wir versuchen, sie zu beruhigen.«

Und genau das tut Elsa. Sie spricht leise mit der Kleinen, geht ans Waschbecken, wäscht sich eine Hand und schiebt einen Finger in den Mund des Babys, was sie verstummen lässt.

»Was machst du denn da?«, frage ich und stelle mich neben sie.

»Ich habe keinen Schnuller, also bekommt sie meinen Finger. Meine Schwester macht es auch immer so.«

»Deine Schwester hat Kinder?«, will ich wissen, und mir wird bewusst, wie wenig ich über sie weiß.

»Drei«, antwortet sie einfach. »Und da ich regelmäßig auf die Kleinen aufpasse, weiß ich ungefähr, was zu tun ist.«

Sie geht weiter auf und ab, was mich langsam unruhig macht. Immer wieder gehe ich zum Fenster, um nach draußen zu sehen. Ich frage mich, wie lange die Polizei wohl brauchen wird, bis sie hier sind, als ich einen kleinen Wagen vorfahren sehe. Nicht die Polizei. Es ist Sina, die aus dem Wagen steigt, zwei große Taschen in der Hand. Sie eilt zu meinem Haus, und ich stürme zur Tür.

»Elsa hat geschrieben, dass ich das hier hierher bringen soll«, erklärt sie, als wäre es ihr unangenehm.

»Danke, das ist perfekt!«

Schnell bringe ich die Sachen zu Elsa und sehe sie unsicher an. »Und was mache ich jetzt?«

Elsa verdreht die Augen und drückt mir einfach das Baby in den Arm, das sofort zu schreien beginnt.

»Bevor ich das erklärt habe, habe ich es schneller selbst gemacht.« Sie stellt das Sterilisationsgerät an, wie sie es genannt hat, stellt die Flaschen, Schnuller und was auch immer hinein und blickt sich dann suchend um.

»Ich brauche einen Wasserkocher.«

Ich deute mit dem Kopf zum Schrank, während ich meine Hand wasche, um es Elsa gleich zu tun. Das Baby schreit von Sekunde zu Sekunde lauter, und ich frage mich schon, ob es vielleicht doch krank sein könnte. Als ich ihm aber die Kuppe meines kleinen Fingers in den Mund stecke, beginnt es sofort fest daran zu nuckeln. Das Gefühl ist eigenartig, seltsam angenehm. Die Zunge des Mädchens legt sich fest gegen die Unterseite meines Fingers und drückt rhythmisch dagegen. Dabei saugt sie so stark, dass ich mich frage, ob ich später einen Bluterguss am Finger haben werde. Ich bin so fasziniert und abgelenkt, dass ich nicht einmal mitbekomme, was Elsa alles macht. Doch irgendwann steht sie mit einer Flasche voller Milch vor mir und hält sie mir auffordernd entgegen.

»Was?«, frage ich und will ihr die Kleine schon entgegenstrecken.

»Wenn es stimmt und Sie ihr Vater sind, sollten Sie besser gleich lernen, wie man das macht.«

»Sie kann nicht mein Kind sein«, widerspreche ich. Doch Elsa zieht einfach nur eine Augenbraue nach oben, sodass ich mich geschlagen gebe. Also ziehe ich meinen Finger aus dem Mund des Kindes und halte ihr vorsichtig die Flasche hin. Erst schreit sie auf, doch als sie den ersten Tropfen der Milch schmeckt, nimmt sie die Flasche in den Mund und beginnt hastig zu saugen. Erleichtert, dass ich es hinbekomme, atme ich aus und gehe mit Elsa und Sina, die noch immer hier ist, ins Wohnzimmer, wo ich mich mit der Kleinen auf die Couch setze. Dann sehe ich ihr dabei zu, wie sie Schluck für Schluck die Flasche leert.

2 Lanette

Natürlich bin ich mal wieder die Erste, die bei der Adresse ankommt, und ich seufze. Super, meine Zeit könnte ich deutlich besser nutzen! Ich meine, wenn ich wenigstens alleine in das Haus dürfte, doch meine Vorgesetzten haben seit einem Zwischenfall klare Ansagen gemacht. Ohne Polizei dürfen wir zu keiner neuen Familie ins Haus, und auch sonst müssen wir uns immer absichern, um uns selbst zu schützen.

Also heißt es warten. Warten, dass die Polizei vorfährt, warten, dass ich wahrscheinlich gleich ein Baby an mich nehmen kann, das in einem Heim landet, ohne große Chancen, in eine richtige Familie zu kommen.

Bei dem Gedanken wird mein Herz schwer, vor allem, weil ich weiß, wie überfüllt die Heime derzeit sind. Laut Polizei handelt es sich hier um ein ausgesetztes Baby, das dem angeblichen Vater vor die Tür gelegt wurde. Und wenn er nicht zustimmt, es bei sich zu behalten, hat die Kleine keine rosige Zukunft vor sich, so viel steht fest.

Um die Zeit sinnvoll zu nutzen, gehe ich meine Mails am Handy durch und beantworte drei, bevor endlich der Streifenwagen vorfährt.

Gott, das wurde aber auch mal Zeit! Ist ja nicht so, als wüssten die nicht, dass wir auch anderes zu tun haben.

Und obwohl ich genervt bin, setze ich mein professionelles Lächeln auf und steige aus dem Wagen, um mich den Polizisten vorzustellen, die aus ihrem steigen.

»Entschuldigung?«, rufe ich, um sie auf mich aufmerksam zu machen. Als die beiden Herren sich zu mir umdrehen, strecke ich ihnen meine Hand entgegen. »Ich bin Mrs Dobran. Ich wurde von Kidss geschickt.«

»Ah, schön, dass Sie auch schon hier sind!« Der eine streckt mir die Hand entgegen. »Ich bin Officer Ware, und das hier ist mein Kollege Officer Maurice.«

Ich schüttle ihre Hände, dann richte ich meine Aufmerksamkeit auf das Haus. »Gibt es irgendetwas, das ich bedenken sollte?«

Einer der beiden seufzt leise, dann zuckt er die Schultern. »Er ist ein großes Tier, soweit wir wissen. Geld ist kein Problem. Ihm gehört die Firma Bel & Son. Mehr haben wir nicht, also auch keine Anzeigen, oder so.«

Geld. Der Mann hat Geld. Und ein Haus. Und eine verdammte Firma! Ich weiß, dass man von Geld allein nicht glücklich wird, doch es erleichtert einem vieles.

»Gut, dann können wir meinetwegen«, sage ich und gehe einfach voran. Ich weiß, dass die meisten denken, ich sei noch viel zu jung, um mein Studium abgeschlossen zu haben. Aber das liegt nur daran, dass ich gerade erst fertig geworden bin und jünger aussehe, als ich mit meinen dreiundzwanzig Jahren bin. Daher lasse ich mich gar nicht erst auf irgendwelche Einschätzungen reduzieren und mache meine Arbeit, bevor jemand auch nur nachfragen kann, wo denn meine Vorgesetzte sei.

Als ich vor der Tür des imposanten Gebäudes stehe, klingle ich direkt, ohne mich umzusehen, ob die Polizisten überhaupt schon hinter mir stehen. Zu meiner Überraschung, aber auch zu meiner Freude öffnet eine Frau, die ich auf Mitte dreißig schätze und die mich freundlich anlächelt.

»Guten Tag«, stelle ich mich vor und reiche ihr meine Hand. »Ich bin Mrs Dobran von Kidss.«

»Mrs Raphel, ich bin Mr Bels erste Assistentin.« Sie drückt meine Hand selbstbewusst, wobei ich mir wünschte, ihre Vorstellung wäre anders ausgefallen. Aber man weiß ja nie, seine Assistentin könnte ja auch seine Freundin sein, oder? Mit einer Frau hier im Haus hätte ich mehr Chancen, die Kleine hier unterzubringen. »Mr Bel ist im Wohnzimmer.«

Sie öffnet die Tür weiter und stellt sich auch noch den Polizisten vor, die hinter mir eintreten. Ich muss nicht warten, bis man mich ins Wohnzimmer führt, ich folge einfach den Stimmen und stocke, als ich den großen Raum betrete. Das Bild, das sich mir bietet, ist so schön, dass ich nicht damit gerechnet hätte. Mr Bel ist ein imposanter Mann. Groß, kurze Haare, ordentlich rasiert und trägt einen Anzug. Was mich aber am meisten beeindruckt ist, wie er sich auf das Baby in seinen Armen konzentriert und ihm die Flasche gibt, während er sich mit – ich denke, dass es eine weitere Angestellte ist – unterhält und ihr sagt, welche Termine sie alles verschieben soll. Einen kurzen Moment bleibe ich noch stehen und betrachte den Mann. Ich muss das Baby hier unterbekommen! Nach allem, was ich in meiner kurzen Arbeitszeit schon erlebt habe, bin ich mir sicher, dass die Kleine hier gut aufgehoben wäre. Hier hätte sie alles, was sie braucht, das weiß ich einfach. Es ist, als würde mir eine innere Stimme zurufen, dass ich dafür sorgen muss. Dass ich alles dafür geben muss, um sie hierlassen zu können.

Als ich Schritte hinter mir höre, hole ich noch mal tief Luft, dann gehe auch ich weiter.

»Mr Bel?«, frage ich, und er blickt zu mir auf. »Ich bin von Kidss und soll klären, wie es mit der Kleinen hier weitergeht.«

Mr Bel wirft einen Blick auf das Baby, dann nickt er. »Guten Tag.«

Erst danach richtet er die Aufmerksamkeit auf die Polizisten hinter mir. »Ich kann wohl davon ausgehen, dass Sie sich um sie kümmern?«

Noch bevor jemand anderes etwas sagt, spreche ich. »In welchem Verwandtschaftsgrad stehen Sie denn zu ihr?«

Mr Bel schüttelt den Kopf. »In keinem. Sie wurde vor meine Haustür gelegt. Es lag zwar ein Zettel dabei, auf dem steht, dass ich der Vater sei, doch das kann nicht sein.«

»Und warum nicht?«, will ich interessiert wissen.

»Weil ich immer verhüte!«, faucht er mich fast an.

»Verhütungen haben keine hundertprozentige Sicherheit«, kläre ich ihn auf. »Kondome können platzen, die Pille kann man vergessen, oder sie kann durch eine Krankheit unwirksam werden ...«

Noch bevor ich weiter aufzähle, was alles schiefgehen kann, unterbricht mich Mr Bel. »Auf was wollen Sie hinaus?«

»Dass das hier sehr wohl Ihr Kind sein kann.«

Er blickt auf das Wesen in seinen Armen herab, und für eine Sekunde wird sein Blick weich, bevor er mich wieder finster ansieht. »Nein.«

»Würden Sie dann einem Vaterschaftstest zustimmen?«, frage ich direkt und hoffe, dass er sich nicht weigert. Denn dann sind mir die Hände gebunden.

»Natürlich«, sagt er sofort.

Erleichtert lächle ich ihn an und nehme wahr, dass er alles hat, was er für ein Baby braucht. Zumindest vorerst. Windeln, ein Fläschchen und jemanden, der ihn unterstützt, ob seine Sekretärin und er nun zusammen sind oder nicht.

»Sehr gut. Dann würde ich sagen, besprechen wir, wie es weiter geht.«

Erleichtert atmet er durch und steht mit der Kleinen im Arm auf.

»Wo wird sie hinkommen?«

»In ein überfülltes Heim, in dem keiner die Zeit hat, sich richtig um sie zu kümmern«, gebe ich die Tatsachen wieder. »Wenn sie Glück hat, wird sie die ersten Jahre in ein und derselben Pflegefamilie bleiben, doch wahrscheinlicher ist, dass sie sehr oft herumgereicht wird, bis sie volljährig ist und durchs System fällt.«

Okay, es ist nicht immer so. Es gibt auch viele Fälle, in denen das System den Kindern gut helfen kann. Doch oft ist es nicht so, und ich werde einen Dreck tun, es anders darzustellen, nur um ihm ein gutes Gewissen zu machen.

»Wie bitte?«, fragt er verdutzt.

»Na, Sie wollen die Kleine ja anscheinend nicht. Also wird es ihr sehr wahrscheinlich so gehen.«

Seine Muskeln verspannen sich, und ich nehme aus dem Augenwinkel wahr, wie seine Sekretärin sich auf ihn zubewegt. »Könnte Mr Bel die Kleine denn erst einmal bei sich behalten, bis das Ergebnis des Vaterschaftstests da ist?«

Ich lächle sie an und bin dankbar für ihre Frage. »Unter bestimmten Voraussetzungen würde auch das gehen.« Bevor ich weiter spreche, blicke ich zu Mr Bel. »Sie müssten natürlich ein Zimmer für sie einrichten und versichern, dass Sie sich gut um sie kümmern. Laut der Kindsmutter sind Sie der Vater, wenn wir dem Zettel, den ich übrigens noch sehen müsste, Glauben schenken. Damit haben Sie Rechte.«

»Moment«, unterbricht mich Mr Bel. »Ich meine, ich habe keine Ahnung von Kindern und schon gar nicht von Babys. Ich kann das nicht.«

Mein Blick wird hart, und ich werde mit Sicherheit nicht so schnell aufgeben. »Sie wissen doch auch, wie man fickt, oder?«

Entsetzt reißt er die Augen auf, als ich es so deutlich ausspreche. »Dann rate ich Ihnen, sich langsam mal mit Kindererziehung auseinanderzusetzen. Denn wer Sex hat, könnte eben auch unerwartet Vater werden.«

Ich scheine ihm die Sprache verschlagen zu haben, denn für einen langen Moment sagt er nichts. Dennoch höre ich das erstickte Lachen seiner Assistentin hinter mir.

»Wie bitte?«

»Sie haben mich schon richtig verstanden. Es gibt jetzt genau zwei Möglichkeiten. Entweder Sie nehmen sich des Kindes an und schenken ihm eine Zukunft, wie es sie im System nie bekommen würde, oder Sie geben die Kleine ab und verurteilen sie zu einem Leben in den Armen des Staates. Für was werden Sie sich entscheiden?«

»Mr Bel«, mischt sich seine Assistentin ein. »Was, wenn es wirklich Ihre Tochter ist?«

Er schüttelt den Kopf, auf seinem Gesicht steht Entsetzen geschrieben. »Verdammt«, flucht er leise, dann seufzt er. »Was müsste ich alles machen?«

Strike! Die Runde geht an mich! »Zuallererst bringen wir die Kleine ins Krankenhaus, um sie durchchecken zu lassen. Sie müssten sich darum kümmern, dass Sie alles haben, was sie braucht. Ein Bettchen, eine Wickelkommode, Kleider, Windeln, Milch, Flaschen und noch so einiges mehr. Ich kann Ihnen eine Liste geben, wenn Sie das möchten.«

»Und dann?«

»Dann würde ich die Kleine bei Ihnen lassen und sie in regelmäßigen Abständen besuchen kommen, um sicherzugehen, dass es ihr gut geht. Sobald der Vaterschaftstest da ist, schauen wir, wie es weitergeht.«

Wieder blickt er auf das Wesen in seinen Armen nieder, dann nickt er. »Bis der Vaterschaftstest da ist.«

3 Jensen

Was verdammt noch mal mache ich hier eigentlich? Ich habe echt keine Ahnung. Nachdem ich zugestimmt habe, das Baby erst mal bei mir zu behalten, bin ich mit dieser kleinen Person mit dem großen Mundwerk bei ihrem Auto. Okay, so klein ist sie nicht, aber einen guten Kopf kleiner als ich. Wenn ich nicht gerade damit beschäftigt wäre, mir ein Baby aufschwatzen zu lassen, könnte ich ihr Aussehen sogar wertschätzen. Sie hat braunes, langes Haar, das ihr wellig über die Schultern fällt. Dunkle, fast schwarz wirkende Augen und helle Haut. Und dazu ein Mundwerk, das mir noch nie untergekommen ist.

»Hier, den können Sie bis morgen haben«, erklärt sie und reicht mir eine seltsam aussehende Schale, die sie von ihrem Rücksitz genommen hat.

»Und was soll ich damit?«, frage ich, wobei ich mich nicht bewege, da ich das Baby noch immer auf dem Arm habe.

»Das ist der Babysitz«, erklärt sie und seufzt. »Sie müssen die Kleine anschnallen und den Sitz dann in ihrem Wagen befestigen.«

»Ah«, sage ich wenig einfallsreich und betrachte das Ding vor mir genau. Ich überlege, wie das funktionieren soll, doch noch bevor ich zu einem Ergebnis komme, hält Mrs Dobran mir die Hände entgegen.

»Ich zeige es Ihnen.«

Einen Moment zögere ich, doch dann reiche ich ihr die Kleine. Mrs Dobran legt sie in den Sitz, schnallt sie an und zieht die Gurte fest. »So, jetzt Ihr Auto.«

Erst überlege ich, ob ich mit dem Cabrio fahren soll, doch dann entscheide ich mich um und führe sie zu dem SUV, in dem wohl mehr Platz für ein Baby ist. Dabei trage ich die Babyschale und stelle fest, dass das Ding schwerer ist, als ich gedacht hätte.

»Wo soll sie sitzen?«

»Vorne«, sage ich sofort und öffne die Tür. Die Polizisten sind längst weg, und auch Elsa und Sina sind zur Arbeit gefahren, nachdem ich heute wohl nicht mehr dazu kommen werde. Sie sagen alle Termine ab, und ich frage mich, wie ich das die nächsten Tage machen soll. Vielleicht sollte ich das Baby doch Mrs Dobran mitgeben. Immerhin scheint sie sich mit solchen Sachen auszukennen.

»Also«, erklärt sie und hebt die Schale auf den Beifahrersitz. »Die Kleine sitzt mit dem Gesicht zum Sitz. Der Gurt wird hier herumgezogen und hier eingehakt.« Sie zeigt mir genau, auf was ich zu achten habe, und ich frage mich, wie sicher das eigentlich ist.

»Und das hält?«

»Das hält«, versichert sie mir. »Allerdings müssen Sie jetzt noch den Airbag ausschalten, der könnte bei einem Unfall tödlich für die Kleine sein.«

Bei dem Wort »tödlich« stellen sich mir alle Nackenhaare auf, und ich schaue schnell, wie ich das Ding abgestellt bekomme. Nachdem auch das erledigt ist, sieht Mrs

Dobran zufrieden aus und blickt zu mir auf. »Haben Sie eine Tasche mit allem, was Sie brauchen könnten?«

Verwirrt runzle ich die Stirn. »Was soll das sein?«

»Windeln, Feuchttücher, Flasche, Schnuller, Milchpulver …«

Erst will ich den Kopf schütteln, dann fällt mir ein, dass Elsa meinte, dass sie noch schnell eine Tasche packen würde, bevor sie geht. Also gehe ich zum Haus zurück und finde besagte Tasche vor der Eingangstür. Gott, wenn diese Frau nicht längst in festen Händen wäre, würde ich sie fragen, ob sie mich heiraten will. Schon allein, um mein Leben zu organisieren. Als ich zum Wagen zurückkomme, sieht Mrs Dobran zufrieden aus.

»Wir treffen uns im Krankenhaus.«

Damit lässt sie mich stehen und geht zu ihrem alten, verrosteten Wagen auf der gegenüberliegenden Seite. Einen Moment starre ich ihr nach, wobei ich ihren Hintern bewundere, der bei jeden Schritt schwingt. Gott, diese Frau macht mich fertig! Dabei weiß ich nicht einmal, warum genau.

Als sie einfach davonfährt, wird mir bewusst, dass ich mich auch auf den Weg machen sollte, und so folge ich ihr durch Stanford. Die Stadt, die ich über alles liebe. Nicht nur, weil ich hier aufgewachsen bin, vielmehr, weil es hier alles hat, was ich brauche. Sanford liegt in Florida, hier ist das Wetter fast immer gut, am Lake Monroe kann man super joggen und bis zum Meer ist es auch nicht zu weit.

Vor dem Krankenhaus suche ich einen Parkplatz und überlege, wie ich die Kleine wieder abschnallen soll. Ich fummle einen kurzen Moment an dem Gurt herum und bin dankbar, als ich ihn von dem Sitz gelöst bekomme, gerade, als Mrs Dobran neben mir auftaucht.

»Das sieht doch schon sehr gut aus«, lobt sie mich.

»Hier gibt es noch mehr, das sehr gut aussieht«, kontere ich und fühle mich erleichtert, dass ich zu meiner alten Form zurückkomme.

Mrs Dobran zieht einen Moment die Stirn in Falten, dann übergeht sie meinen Kommentar allerdings. »Kommen Sie, Dr. Brown ist ein Bekannter von mir. Er erwartet uns bereits, sodass wir nicht ewig warten müssen.«

Sie geht los, ohne zu warten, ob ich ihr folge, und so komme ich erneut in den Genuss des Anblicks ihres Hinterns. Sie trägt eine enge Jeans und ein einfaches Top, was ihre Figur perfekt betont. Sie sieht sportlich aus, und ich frage mich, was sie macht, um diese Figur zu behalten. Im Krankenhaus bewegt sie sich, als würde sie sich hier gut auskennen, und als sie zu einem der Büros durchgeht, wird mir bewusst, dass sie hier oft ist. Sie klopft an, und als wir hereingebeten werden, steht ein Arzt vor uns.

»Garwin«, grüßt sie den Mann in Weiß und umarmt ihn fest. Etwas in mir beginnt zu brodeln, wobei ich nicht weiß, warum. Doch ich komme nicht dazu, dem Gefühl nachzugehen, weil in dem Moment das kleine Mädchen in dem Sitz beginnt, sich zu beschweren.

»Garwin, darf ich dir Mr Bel vorstellen?« Sie wendet sich an mich und lächelt mich plötzlich so offen an, dass mir die Luft wegbleibt. Ihre dunklen Augen glänzen, als wäre gerade einer ihrer Träume in Erfüllung gegangen. Dann schweift ihr Blick zu dem Baby in meinem Arm und mir wird bewusst, dass dieses Lächeln nicht mir gilt. »Mr Bel, das hier ist Dr. Brown. Er wird sich die Kleine ansehen.«

»Freut mich, Sie kennenzulernen.« Dr. Brown streckt mir die Hand entgegen, die ich einen kurzen Moment drücke, bevor ich mich dem kleinen Wesen vor mir widme.

»Hey«, sage ich leise und stelle den Sitz auf den Boden. »Was ist denn los?«

Ich löse den Gurt und hole sie vorsichtig heraus.

»Das sieht ja schon mal ganz gut aus«, kommentiert Dr. Brown etwas, von dem ich keine Ahnung habe. »Dürfte ich mir die Patientin einmal ansehen?«

Alles in mir sträubt sich dagegen, ihm die Kleine zu geben. Dennoch tue ich es. Es ist wichtig, dass sie untersucht wird, und der Arzt muss gut sein, wenn Mrs Dobran ihn so gut kennt. Ich kann mir nicht vorstellen, dass sie mit jemandem zusammenarbeitet, der seinen Beruf nicht auch wirklich liebt.

Dr. Brown nimmt das Mädchen und legt sie auf einen Untersuchungstisch. Ohne viel zu sagen, beginnt er, sie auszuziehen.

»Ah, da haben wir das Problem«, erklärt er ruhig und lächelt. »Die Windel ist voll.«

Im ersten Moment befürchte ich schon, dass ich die Windel wechseln soll, doch dann macht Dr. Brown sie auf, wischt die Kleine mit einem Tuch sauber und lässt die Windel in einem Eimer unter dem Untersuchungstisch verschwinden.

»Dann wollen wir doch mal sehen«, sagt er und beginnt, die Kleine zu ärgern. Er streicht mit dem Finger über ihre Fußsohle, lässt sie fast fallen, sodass sie die Arme ausstreckt, und tut noch einige Dinge mehr, die mir nicht gefallen. Als er sie dann auch noch mit einer Nadel sticht, um Blut von ihr zu bekommen, muss ich mich zusammenreißen, ihm nicht eine reinzuhauen. Mir ist natürlich bewusst, dass er sie gründlich untersuchen muss, dennoch habe ich ein Problem damit, dass er sie so quält.

»Sie ist gesund und fidel«, erklärt er, als er endlich fertig ist. »Ich würde sagen, sie ist erst wenige Tage alt, aber ganz genau kann ich das natürlich nicht festmachen.«

Wenige Tage. Wie kann eine Mutter ihr Baby einfach vor der Haustür eines Fremden ablegen? Denn das bin ich doch. Ein Fremder. Zumindest habe ich keine Ahnung, wer ihre Mutter sein könnte.

»Das ist gut«, sage ich erleichtert.

»Super, danke, Garwin. Sollte sie noch hier im Krankenhaus bleiben oder lieber mit Mr Bel nach Hause?«

Auf den Gedanken, dass sie im Krankenhaus bleiben könnte, war ich bisher gar nicht gekommen. Doch eigentlich wäre das wohl gar nicht so schlimm, wie ich finde.

»Bei einer Person, die durchgehend für sie da ist, ist sie besser aufgehoben als bei ständig wechselndem Personal, das kaum Zeit für sie hat.«

Mrs Dobran nickt und lächelt ihn ehrlich an. Shit, mich hat sie bisher nicht so offen angelächelt. Dabei sieht sie so verdammt schön aus, noch schöner als sowieso schon.

»Und was ist mit dem Vaterschaftstest?«, will ich wissen, als Dr. Brown eine Windel aus dem Schrank unter ihm holt.

»Dazu brauchen wir nur ein paar Haare, das mache ich dann«, informiert mich Mrs Dobran, bevor sie Dr. Brown unterbricht. »Lass das mal, ich denke, ich sollte Mr Bel zeigen, auf was er alles zu achten hat.«

»Natürlich«, stimmt er ihr zu. »Braucht ihr mich dann noch? Sonst bin ich wieder weg.«

»Geh du ruhig. Wir sehen uns ja.«

Er drückt sie, dann verschwindet er und lässt uns alleine zurück.

»Also«, erklärt Mrs Dobran sofort geschäftig. »Gerade bei Neugeborenen ist es wichtig, sehr vorsichtig zu sein. Dass man das Köpfchen immer stabilisieren muss, wissen Sie ja bestimmt.«

Nein, woher denn? Ich habe es automatisch gemacht, gewusst habe ich es nicht. Doch das binde ich ihr nicht auf die Nase. Also nicke ich nur.

»Beim Wickeln nimmt man ein Beinchen und legt das andere so über den eigenen Arm, dass man den Hintern anheben kann.«

Sie zeigt mir, wie es geht, bevor sie zur Seite tritt. Erst denke ich, sie macht einen Scherz, doch sie will tatsächlich, dass ich das Baby wickle!

»Machen Sie das doch jetzt, ich werde genug Gelegenheiten haben, es zu üben.«

Mit einem unzufriedenen Gesichtsausdruck schüttelt sie den Kopf. »Sie müssen es lernen!«

»Und Sie müssen lernen, etwas lockerer zu werden«, entgegne ich und genieße den Moment, in dem ihr Röte in die Wangen steigt.

»Ich wüsste nicht, was das mit Ihrer Tochter zu tun hat!«, faucht sie, woraufhin sie nur noch dunkler wird. Wie wundervoll.

»Sehr viel, immerhin werden Sie, wenn ich das richtig verstanden habe, immer mal wieder vorbei schauen und damit Kontakt zu ihr haben. Und sie soll sich ja keine verklemmte Jungfrau als Vorbild nehmen, oder?«

»Immer noch besser, als eine männliche Hure, die keine Ahnung hat, wer die Mutter der Kleinen sein könnte!«

Autsch, das tat weh. Aber wo sie recht hat ... Ich zucke nur die Schultern. »Ich nehme kein Geld. Die Frauen kommen kostenlos zu ihren Orgasmen, die ich ihnen schenke. Und glauben Sie mir, das sind jedes Mal sehr viele.«

Ich senke die Stimme und weiß, dass ich eine Wirkung auf sie habe. Ich weiß nicht, was es ist, doch diese Frau hier reizt mich, wie ich es noch nie erlebt habe. Ich überlege schon, ob ich noch etwas hinzufügen soll, als sie beginnt zu lachen.

»So, jetzt dürfen Sie sie erst mal sauber machen, bevor Sie die Kleine wickeln. Und Sie sollten sich schnellstmöglich einen Namen für sie überlegen. Sie kann ja nicht namenlos bleiben.«

Entsetzt blicke ich zu dem Baby, das gerade erst in hohem Strahl gepisst hat und nun auch noch kackt. »Nein«, sage ich und gehe einige Schritte zurück.

»Sie dürfen niemals vom Wickeltisch weggehen, wenn sie darauf liegt, das könnte tödlich für die Kleine enden!«, faucht Mrs Dobran. »Also bewegen Sie gefälligst ihren Arsch hierher und kümmern Sie sich um Ihre Tochter, damit wir hier heute noch fertig werden! Denn ehrlich gesagt habe ich nicht das Gefühl, dass ich Sie alleine mit ihr einkaufen gehen lassen kann, und Sie brauchen so viel!«

Völlig verstört gehe ich wieder zu dem Wickeltisch, wo mich ein schlafendes Baby begrüßt. Verdammt, das kann doch echt nicht wahr sein.

»Und wie soll ich das jetzt wegmachen?«, frage ich völlig verzweifelt.

»Zuhause sollten Sie sie in so einem Fall baden. Jetzt müssen Sie sie wohl mit Feuchttüchern säubern.«

Sie zeigt auf eine Box, in der Tücher zu finden sind, und ich nehme eine ganze Hand voll, um mich um die Sauerei zu kümmern. Die Box ist zum Glück voll, denn ich brauche alle Tücher, bis ich fertig bin.

»Das kann ja noch was werden«, stöhnt Mrs Dobran, während sie mich beobachtet. »Und jetzt die Beinchen hoch.«

Umständlich versuche ich, es so zu machen, wie Mrs Dobran es mir gezeigt hat. Doch das kleine Beinchen passt einfach nicht auf meinen zu breiten Arm, sodass ich immer nur ein Bein anheben kann. Irgendwann habe ich keinen Bock mehr, nehme die Füße der Kleinen in die Hand, hebe sie so hoch, dass ich die Windel unter ihren Po schieben kann, und blicke Mrs Dobran zufrieden an.

»Die Windel ist falsch herum, Sie haben den vorderen Teil unter ihren Hintern geschoben.« Sie klingt so selbstzufrieden, dass ich sie am liebsten anschreien würde. Stattdessen seufze ich leise, hebe die Kleine erneut an und drehe die Windel um. Gott, es gibt so vieles, auf das man achten muss, dass ich mir am liebsten Notizen machen würde. Doch diese Blöße gebe ich mir nicht, ich werde lieber später auf YouTube nach einem Tutorial suchen, wie man Babys wickelt, anzieht und keine Ahnung was noch. Als wir endlich fertig sind, bin ich völlig erschöpft und will nur noch in mein Auto steigen, um nach Hause zu fahren. Doch das Baby hat andere Bedürfnisse, und so kümmert Mrs Dobran sich darum, dass wir heißes Wasser für die Flasche bekommen, bevor wir einkaufen fahren.

4 Lanette

Ich bin völlig fertig, als ich an diesem Tag endlich zuhause ankomme. Nachdem ich Stunden mit Mr Bel verbracht habe, damit er mit der Kleinen, die natürlich noch immer keinen Namen hat, zurechtkommt, musste ich einige Besuche machen, auf Mails antworten und ein Kind in Obhut nehmen. Ein fast normaler Tag, wenn man von Mr Bel absieht. Trotzdem bin ich noch immer der Meinung, das Richtige getan zu haben. Wenn auch nur die geringste Hoffnung besteht, dass die Kleine seine Tochter ist, hat er ihr gegenüber eine Verantwortung, die er nicht so einfach abgeben kann. Und sie hat die Chance auf ein besseres Leben. Ein Leben, das so vielen verwehrt bleibt, die sich so sehr nach Liebe und Geborgenheit sehnen.

Zuhause ziehe ich mich direkt aus und schmeiße die Klamotten in den Wäschekorb, bevor ich mich unters kühle Wasser der Dusche stelle. Ich bleibe einige Minuten so stehen, genieße die Ruhe und die Abgeschiedenheit, die ich hier empfinde, und lasse meine Gedanken schweifen. Scheiße, warum muss ich nur immer wieder an Mr Bel denken? Daran, wie ich ihn habe auflaufen lassen und wie er mir kontra gegeben hat? Keinen einzigen Moment hat er mich angesehen, als würde er mich noch für ein

Kind halten, was ihm definitiv Pluspunkte einfährt. Pluspunkte? Für was?

Ich schüttle über mich selbst den Kopf und wasche mir gründlich den Schmutz des Tages ab. Als ich fertig bin, wickle ich mich in ein kuscheliges Handtuch und gehe in die Küche, um zu sehen, was ich zu essen im Kühlschrank habe. Ich brauche nur einen Blick, um festzustellen, dass gähnende Leere herrscht. Mist, ich habe mal wieder vergessen, einzukaufen. Zu meinem Glück finde ich eine Banane in der Obstschale, die ich mir nehme, bevor ich mich mit meinem E-Reader auf die Couch setze. Da ich gestern mein letztes Buch beendet habe, scrolle ich eine Weile durch meine ungelesenen Bücher und überlege, was ich lesen will. Leider macht mich absolut nichts davon an, und so lade ich mir am Ende doch wieder ein neues Fantasyabenteuer herunter, das mich sofort in seinen Bann zieht. Ich liebe Fantasybücher, ich liebe es, in fremde Welten abzutauchen, und ich liebe es, alles um mich herum zu vergessen. Doch heute ist mir das nicht vergönnt, denn plötzlich klingelt es an meiner Tür, und ich erstarre für einen Moment. Es ist schon halb zehn, eigentlich sollte niemand mehr kommen. Erst überlege ich, mich schlafend zu stellen, doch dann gehe ich zur Gegensprechanlage. »Ja?«

»Ich bin's, Garwin. Darf ich rein?«

Garwin. Natürlich. »Klar, komm rein. Ich bin noch schnell im Schlafzimmer, mir was anziehen.«

»Kein Problem, ich warte dann im Wohnzimmer.«

Schnell eile ich ins Schlafzimmer und entscheide mich für eine Shorts, einen Sport-BH und ein Schlabbertop, in dem ich mich wohlfühle. Als ich zurück ins Wohnzimmer komme, wartet dort ein zufrieden aussehender Garwin und der Duft nach Burgern.

»Du hast mir was mitgebracht?«

Garwin lächelt und kommt zu mir, um mich auf die Wange zu küssen. »Ich kenne dich doch. Die meiste Zeit der Woche vergisst du das Essen.«

Er hat fast recht. Das Essen vergesse ich nicht, aber das Einkaufen. Und so setzen wir uns auf die Couch, und ich nehme einen der Burger, der köstlich schmeckt.

»Und du bist für heute schon fertig?«, frage ich, weil er um diese Zeit meist noch arbeitet.

»Ja, heute darf ich endlich mal wieder schlafen. Und du? Wie war es mit diesem Mr Bel?«

Ich verdrehe die Augen. »Ein arrogantes Arschloch, wenn du mich fragst. Aber dennoch die beste Option für die Kleine.«

»Sicher?«, fragt er ungläubig. »Ich meine, er hat absolut keine Ahnung von Kindern, wenn ich das richtig einschätze.«

»Ja«, stimme ich zu. »Aber hast du gesehen, wie er sich angespannt hat, als du sie gepikst hast? Ich glaube, er wäre dir am liebsten an die Gurgel gegangen, weil du ihr weh getan hast. Das zeigt, dass sie ihm nicht unwichtig ist.«

Garwin überlegt einen Moment, dann seufzt er. »Ja, das kann gut sein. Ich mag Typen wie ihn trotzdem nicht.«

»Musst du auch nicht«, erwidere ich und kuschle mich ein wenig an ihn. Garwin und ich sind Freunde, seit das mit unserer Beziehung nicht funktioniert hat. Er war zu viel arbeiten, und auch ich hatte nur meinen Job im Kopf. Für uns beide war klar, dass wir einander mögen, dass das so aber keine Zukunft hat. Also sind wir Freunde geblieben. Freude, die ab und an auch mal mehr füreinander sind.

»Ich mochte es vor allem nicht, wie er dich angesehen hat«, setzt Garwin nach einer Weile noch hinzu. »So als wärst du die Beute und er die Hyäne.«

Bei seinen Worten lache ich, wobei ich Mr Bel bestimmt nicht als Hyäne bezeichnen würde. Wohl eher als einen Leoparden oder einen Panther.

»Glaub mir, er sieht mich nicht als Beute an. Ich kann mir nicht vorstellen, dass ich auch nur ansatzweise sein Typ bin.«

»Du stellst dich immer zu sehr unter den Scheffel«, erwidert Garwin sofort und rückt etwas näher an mich ran. Seine Hand streicht über meinen Arm, und ein wohliger Schauder überfährt mich. »Du vergisst immer wieder, wie schön du bist. Und schlagfertig. Du lässt dir von niemandem etwas sagen und trägst dein Herz auf der Zunge.«

»Und wann kommen die guten Eigenschaften?«, ziehe ich ihn auf und drehe mich zu ihm. Mit dem Finger wische ich ihm etwas Ketchup von der Lippe.

»Du bist unverbesserlich.«

Garwin lacht leise, dann zieht er mich auf seinen Schoß. »Aber im Ernst. Sei vorsichtig, was diesen Mr Bel angeht.«

»Mr Bel hat mich jedenfalls nicht auf seinen Schoß gezogen.« Meine Stimme wird leise und rau, als Garwins Finger den Weg unter mein Shirt finden und er meinen Rücken streichelt. »Und gestreichelt hat er mich auch nicht.«

»Besser so«, knurrt mein bester Freund und legt mich mit dem Rücken auf die Couch. »Ich hoffe, du hast heute Nacht nichts anderes mehr vor.«

Ich schüttle den Kopf, weil es schon wieder viel zu lange her ist, seit ich Sex hatte. Wochen, wenn nicht sogar Monate. Und so genieße ich es, wie Garwin meinen Körper in Hitzewallungen versetzt, bevor er sich tief in mir vergräbt.

5 Jensen

Es ist mitten in der Nacht, als mich ein markerschreckender Schrei aus dem Schlaf reißt. Erst habe ich keine Ahnung, was los ist. Dann wird mir bewusst, dass ich auf dem Boden liege. Neben einem verdammten Babybett!

Gott, ich kann erst vor wenigen Minuten eingeschlafen sein, so müde, wie ich bin. LB, wie ich sie mittlerweile nenne, war einfach nicht bereit, einzuschlafen, sodass ich sie Stunden lang herumtragen musste, bevor ich sie endlich in ihrem Bettchen ablegen konnte. So schnell ich kann, springe ich auf die Beine, um die Kleine wieder auf den Arm zu nehmen.

»Scht«, versuche ich, sie zu beruhigen. »Ist ja alles gut. Ich bin da.« Ich wiege sie leicht und versuche, ihr den Schnuller in den Mund zu stecken. Doch nichts hilft. Sie schreit wie am Spieß, und ich habe keine Ahnung, was ich machen kann. Also gehe ich in die Küche, um eine Milch vorzubereiten. Nie in meinem Leben hätte ich gedacht, dass etwas so kompliziert sein könnte! Nicht nur, dass man aufpassen muss, das Ganze nicht zu heiß zu machen, man muss auch noch schauen, dass die Milch keine Klümpchen bekommt und sie nicht wieder abgekühlt ist, bis man endlich füttert. Ich habe am Abend mehr als drei Anläufe gebraucht, bis ich LB endlich füttern konnte, und noch mehr Anläufe, bis ich sie ordentlich gewickelt und angezogen hatte. Fuck, wenn das so weiter geht, brauche ich bald eine größere Mülltonne.

Als ich die Milch endlich fertig habe, gebe ich LB die Flasche, und für einen Moment beruhigt sie sich, sodass ich erleichtert ausatmen kann. Doch leider hält das nicht lange. Nach wenigen Schlucken spuckt sie die Flasche aus und beginnt erneut zu kreischen, als würde ich sie abschlachten.

»Was hast du denn?«, frage ich leise, lege sie vorsichtig auf meine Schulter, wie es mir Mrs Dobran gezeigt hat, und tätschle ihren Rücken, damit sie ein Bäuerchen macht. Wieder beruhigt sie sich einen Moment, bis das Geschrei von vorne beginnt. Ich versuche alles, was mir einfällt, um sie ruhig zu bekommen. Ich wickle sie, ich ziehe sie um, ich trage sie spazieren. Nichts hilft. Dabei habe ich keine Ahnung, was ich noch machen kann. Als ich am Verzweifeln bin, mache ich das Einzige, das mir einfällt. Ich wähle Elsas Nummer. Doch anstatt des vertrauten Klingelns geht nur ihre Mailbox ran, was mich plötzlich wütend macht. War sie es nicht, die vorgeschlagen hat, ich sollte LB bei mir behalten? Mich um sie kümmern, falls ich wirklich der Vater bin? Aber wie könnte ich der Vater sein, wenn ich es nicht einmal schaffe, sie zur Ruhe zu bekommen?

Immer wieder versuche ich, Elsa zu erreichen, und überlege, ob ich mit LB vielleicht ins Krankenhaus sollte. Was, wenn sie krank ist? Was, wenn sie Medikamente braucht? Panik macht sich in mir breit, während ich beginne, die Tasche für sie zu packen. Doch dann fällt mir ein, dass Mrs Dobran mir ihre Nummer gegeben hat, und meinte, dass ich mich melden soll, wenn ich ihre Hilfe brauche.

Hilfe. Verdammt, ich brauche Hilfe!

Ohne auch nur eine Sekunde darüber nachzudenken, hole ich ihre Karte von der Theke, wo sie sie hat liegen lassen, und wähle ihre Nummer. Es klingelt nur zwei Mal, bis sie abnimmt.

»Ja?«, keucht sie ins Telefon, und ich frage mich, ob ich mich verhört habe.

»Mrs Dobran, ich brauche Hilfe!«, sage ich nur.

»Was?« Ihr Atem geht zu schnell. Macht sie um diese Uhrzeit etwa noch Sport? Sofort habe ich ein anderes Bild vor mir, und zu meiner Überraschung steigt Ärger in mir auf. Während ich hier fast verzweifle, liegt sie wahrscheinlich mit Mr Brown im Bett und amüsiert sich!

»Ich brauche Hilfe. LB schreit die ganze Zeit, und ich bekomme sie nicht beruhigt.«

»Haben Sie sie gewickelt und ihr ein Fläschchen gemacht?«

»Ja«, antworte ich. »Und herumgetragen und ihr etwas anderes angezogen. Ich habe alles gemacht, was mir eingefallen ist. Aber sie beruhigt sich einfach nicht!«

Völlig verzweifelt laufe ich weiter durch das Haus, während LB brüllt.

»Ich komme«, sagt Mrs Dobran, dann legt sie auf.

Ein Teil in mir verspürt Erleichterung, während ein anderer kocht. Dabei habe ich kein Recht dazu. Dennoch fühle ich mich verraten. Verraten von Elsa, die ihr Handy ausgeschaltet hat. Verraten von Mrs Dobran, weil sie Sex hat, während LB vor Schmerzen schreit. Und langsam bin ich mir sicher, dass sie wirklich Schmerzen hat. Verraten von der ganzen Welt, die mein Leben auf den Kopf stellt.

Weil ich gerade sowieso nichts machen kann, lasse ich LB über meine Schulter gelegt und gehe zur Bar, um mir ein Glas Whisky einzuschenken. Eigentlich trinke ich nur, wenn ich unterwegs bin, doch gerade brauche ich etwas Starkes für die Nerven. Ich überlege schon, ob ich mir ein Zweites einschenken soll, verwerfe den Gedanken aber schnell wieder. Ein Gläschen für die Nerven ist verständlich, doch ich darf mich unter keinen Umständen betrinken. Also räume ich das Glas in die Spüle und schließe die Bar, bevor ich weiter durchs Haus tigere und versuche, LB zu beruhigen. Ich nehme sie in die verschiedensten Positionen, versuche, ihr den Schnuller oder die Milch anzudrehen, und bin am Verzweifeln. Es macht mich fertig, dass ich sie nicht beruhigen kann. Dass ich nichts tun kann, damit es ihr besser geht.

Als die Zeit immer langsamer dahin schleicht, frage ich mich, wo Mrs Dobran überhaupt lebt. Es ist bestimmt zwanzig Minuten her, seit ich sie angerufen habe, und sie ist noch immer nicht da. Ist sie vielleicht doch nicht gleich losgefahren? Hat sie sich entschieden, erst noch ihrem Orgasmus nachzujagen, bevor sie sich ins Auto gesetzt hat, um hierher zu kommen? Oder kuschelt sie vielleicht sogar noch?

Die Vorstellung lässt Wut in mir aufkochen, was nur dafür sorgt, dass LB noch lauter zu schreien beginnt. Ganz sanft wiege ich sie, in der Hoffnung, dass sie das wenigstens wieder etwas beruhigt. Doch es hilft alles nicht. Ich blicke auf die Uhr und gebe Mrs Dobran noch fünf Minuten. Dann kann sie mich mal und ich werde mit LB ins Krankenhaus fahren.

Ich bin schon dabei, mir meine Schuhe anzuziehen, als es endlich an der Tür klingelt. Noch immer völlig überfordert reiße ich die Tür auf. »Sie lässt sich einfach nicht beruhigen!«, fauche ich verzweifelt und müde.

»Geben Sie sie mir«, bittet Mrs Dobran und hält mir die Arme entgegen. Erst jetzt merke ich, dass ich die

Kleine gar nicht abgeben will. Dass ich sie halten will, dass ich machen will, dass es wieder besser wird. Doch da ich bereits alles versucht habe, reiche ich ihr das kleine Wesen und beobachte, wie Mrs Dobran leise auf sie einspricht, während sie ins Wohnzimmer geht, wo sie LB auf die Couch legt. Erst schreit LB noch lauter, doch dann winkelt Mrs Dobran ihre Beine an und beginnt, sie in kreisenden Bewegungen zu bewegen. Ich will sie anschreien, dass das ja nicht gut sein kann, doch dann höre ich ein leises Geräusch und LB beginnt, sich zu beruhigen.

»Sie muss sich wohl erst an die Milch gewöhnen«, erklärt Mrs Dobran und macht mit langsamen Bewegungen weiter. »Sie hat zu viel Luft im Bauch. Wenn es nicht reicht, ihren Bauch zu massieren oder mit ihr diese Übung zu machen, kann man auch ein Medikament holen.«

Ich lasse mich neben ihr auf die Couch fallen und beobachte, wie sie die Beine der Kleinen weiter bewegt.

»Danke«, hauche ich und fühle mich sofort erleichtert. »Ich hab mir schon Sorgen um sie gemacht.«

»Sie?«, fragt sie herausfordernd, und ich weiß sofort, worauf sie hinaus will.

»LB«, sage ich. »Bis ich einen passenden Namen gefunden habe, nenne ich sie LB.«

»Und das steht für?«, fragt sie, wobei sie die Augenbrauen nach oben zieht.

»Little Baby. NN war auch noch im Rennen, doch No Name fand ich dann doch nicht ganz so passend.«

Zu meiner Überraschung schleicht sich ein Lächeln auf Mrs Dobrans Lippen, was dafür sorgt, dass ich mich weiter entspanne. »Na, das ist ja wenigstens etwas.«

Sie streckt mir die Hand entgegen, und ich frage mich, was sie von mir will.

»Ein Schnuller könnte dafür sorgen, dass LB ruhig bleibt und Sie vielleicht doch noch etwas Schlaf bekommen.«

Sofort blicke ich mich suchend um und stelle fest, dass mein Wohnzimmer völlig verwüstet ist. Innerhalb weniger Stunden habe ich es geschafft, Spucklätzchen, Schnuller und Flaschen überall zu verteilen. Dabei herrscht bei mir sonst immer Ordnung. Also greife ich einen der Schnuller, gehe zum Sterilisationsgerät und reinige ihn, bevor ich ihn Mrs Dobran reiche. Dann mache ich mich daran, alles, was rumliegt, aufzuräumen. Als ich mich wieder etwas wohler fühle, setze ich mich neben Mrs Dobran, die LB nun auf dem Arm hält und sie leicht wiegt. LB hat endlich die Augen geschlossen und scheint ruhig und zufrieden zu schlafen.

»Wenn Sie die Nacht schon bei mir auftauchen, würde ich mich freuen, wenigstens Ihren Vornamen zu kennen«, sage ich, während mein Blick an LB hängen bleibt. Wenn sie schläft, scheint sie perfekt zu sein.

»Lanette«, antwortet die Frau, die in diesem Moment mein Engel ist.

»Ich bin Jensen.«

»Ich weiß«, antwortet sie. Natürlich weiß sie das. Sie weiß wohl mehr über mich als die meisten anderen, die denken, mich zu kennen. Immerhin hat sie eine Akte über mich angelegt.

»Danke, Lanette, dass Sie gekommen sind. Ich wusste mir einfach nicht mehr zu helfen.«

»Das passt schon. Ich habe Ihnen ja gesagt, dass Sie sich melden sollen, wenn etwas ist.«

Ich nicke, dann fällt mir wieder ein, bei was ich sie wohl gestört habe. »Ich hoffe, ich habe Sie vorhin nicht geweckt?«, frage ich unschuldig, woraufhin Röte in ihre Wangen steigt.

»Nein«, erwidert sie. »Ich war noch wach.«

»Ach ja?«, frage ich und werfe einen Blick auf die Uhr. Es ist fast zwei Uhr nachts. »Was haben Sie denn noch gemacht?«

»Gelesen«, platzt es zu schnell aus ihr heraus, und ich grinse.

»Was denn?«

»Ein Fantasyroman. Ich habe ihn mir am Abend noch heruntergeladen.«

Sicher. Vielleicht hat sie nach der Arbeit ein Buch zur Hand genommen, doch sie hat bestimmt nicht gelesen, als ich sie angerufen habe. Außer, sie hatte ein Buch, das sie erregt hat, und sie hat es sich selbst gemacht. Der Gedanke gefällt mir, muss ich gestehen.

»Um was ging es denn? Sie haben sich ziemlich erhitzt angehört, am Telefon.«

Lanette reißt die Augen auf, dann blickt sie zu LB. »Ich denke, ich sollte gehen. Es ist spät, und ich sollte versuchen, wenigstens noch ein paar Stunden zu schlafen.«

»Bleiben Sie hier«, kommt es aus meinem Mund, noch bevor ich darüber nachdenke, was ich sage. »Ich meine, es ist unsere erste Nacht, und es war schon fürchterlich. Ich weiß nicht, was ich mache, wenn LB noch einmal so schreit und ich sie nicht beruhigt bekomme.«

»Das geht nicht.« Lanette steht auf und blickt sich suchend um. »Wo schläft die Kleine?«

Ich deute mit dem Kopf zu dem Zimmer, das ich als Babyzimmer eingerichtet habe, und folge ihr. Als ich eintrete, hebe ich schnell die Decke auf, auf der ich vorhin noch geschlafen habe, und lege sie auf einen Stuhl. Lanette legt LB vorsichtig in ihr Bett und legt ihr sanft eine Hand auf den Bauch. »Babys brauchen viel Körperkontakt. Die meisten schlafen bei den Eltern im Bett. Vielleicht wäre das noch eine Möglichkeit, um auch Ihnen etwas Schlaf zu gewähren.«

Sie blickt zu mir auf, und ich sehe eine Sanftheit in ihren Augen, die sie bisher nicht gezeigt hat. »Babys und Kinder brauchen vor allem Liebe. Nähe. Fürsorge. Dinge, die nichts kosten und die man ihnen leicht geben kann. Sie sollten überlegen, doch ein Beistellbettchen zu kaufen, das würde Ihnen und der Kleinen vieles erleichtern.«

Beistellbett. Ich mache mir innerlich eine Notiz und entscheide, dass ich das kaufen werde.

»Das bekomme ich hin«, sage ich laut.

»Sie machen das gut.« Das Lob aus ihrem Mund schmeichelt mir, und ich entspanne mich einen Moment.

»Fühlt sich aber nicht so an«, gebe ich zu.

»Sie müssen erst einmal in Ihre neue Rolle hineinwachsen. Aber Sie geben sich Mühe, und das ist mehr, als viele andere von sich behaupten können. Ich habe ein gutes Gefühl dabei, dass Sie das bewältigen. LB kann sich glücklich schätzen.«

Für einen Moment huscht so etwas wie Trauer über ihr Gesicht, doch es ist so schnell vorbei, dass ich mich frage, ob ich es mir nur eingebildet habe. »Ich hoffe es«, sage ich und folge ihr bis zur Haustür. »Aber es ist nicht einfach.«

»Das ist es nie«, sagt sie. »Kinder machen es einem nicht leicht. Aber es lohnt sich, sie in seinem Leben zu haben.«

»Kommen Sie gut heim.«

Sie nickt. »Diesmal werde ich wohl etwas langsamer fahren.« Sie zwinkert mir zu. »Ich hoffe, ich habe mir vorhin keinen Strafzettel für zu schnelles Fahren eingefangen.«

Damit dreht sie sich um und lässt mich stehen.

Ich habe keine Ahnung, wie spät es ist, als am Morgen mein Handy klingelt. Müde und schlecht gelaunt greife ich danach, um dranzugehen.

»Guten Morgen, Mr Bel«, begrüßt mich Elsa. »Ich habe gesehen, dass Sie heute Nacht angerufen haben.«

Elsa. Verdammt, ich muss wie ein Versager aussehen. »Ja, tut mir leid. Ich werde heute noch nicht wieder zur Arbeit kommen, ich muss erst eine Nanny für LB finden.«

»Natürlich. Ich habe bereits alle Termine für diese Woche verlegt. Kann ich sonst noch was für Sie tun?«

Ich überlege einen Moment, schüttle aber den Kopf. »Nein, ich komme soweit zurecht.«

»Das freut mich«, sagt Elsa. »Dann werde ich mich jetzt mal auf den Weg zur Arbeit machen.«

Damit legen wir auf, und ich drehe mich um, nur um mich neben LB wiederzufinden. Die Kleine liegt in der Mitte meines Bettes, während ich fast hinausfalle. Nachdem Lanette gestern gegangen ist, hat sie wieder begonnen zu weinen. Kurzerhand habe ich ihr noch eine Flasche Milch gemacht, mich mit ihr danach in mein Bett verkrochen und ihren kleinen Bauch gestreichelt, bis wir beide eingeschlafen sind.

Eine ganze Weile beobachte ich sie und erinnere mich, wie ich gestern Morgen aufgewacht bin. Nie im Leben hätte ich damit gerechnet, schon heute eine andere Frau in meinem Bett zu haben. Und noch weniger, ein Baby.

Seufzend erhebe ich mich und drapiere die Decken um LB, damit sie nicht aus Versehen herausfällt. Dann gehe ich in die Küche, lasse mir einen Kaffee durch und mache eine Flasche für die Kleine. Nachdem ich den Kaffee getrunken habe, gehe ich zurück ins Schlafzimmer und werde mit einer wachen und zufriedenen LB überrascht.

»Na, gut geschlafen?«, frage ich und lege mich neben sie. Sofort rieche ich, dass ich sie schon wieder wickeln muss. Aber das muss jetzt warten. Zuerst das Frühstück, entscheide ich. »Na komm, das brauchst du jetzt.«

Ich nehme sie in den Arm, und LB beginnt zu trinken. Dabei fuchtelt sie mit den Armen herum, als wollte sie nach mir greifen. Meiner Intuition folgend nehme ich eine ihrer Hände in meine und streiche sanft darüber. So vergehen die nächsten Minuten, bis sie satt und zufrieden ist. Einen Moment überlege ich, ob ich sie überhaupt wickeln sollte, doch es nicht zu tun, fühlt sich falsch an. Und so trage ich sie zur Wickelkommode und mache mich an die Arbeit. Heute gelingt mir das schon viel besser, und ich bin zufrieden, als sie frisch angezogen und sauber wieder in meinen Armen liegt.

»Dann beginnen wir beide mal den Tag«, sage ich und trage sie in die Küche. Mit einer Hand bereite ich mein Frühstücksshake zu, als mein Handy zu klingeln beginnt. Mit LB auf dem Arm gehe ich zurück ins Schlafzimmer und grinse, als ich Lanettes Nummer auf dem Display entdecke.

»Guten Morgen«, grüße ich sie. »Haben Sie noch gut geschlafen?«

»Ja, sehr. Und Sie?«

»Wie ein Stein«, lüge ich.

»Klar. Wie geht es LB?«

»Sie hat wirklich gut geschlafen, zumindest denke ich das. Ich habe auch ein paar Stunden die Augen zugemacht.«

»Das hört sich doch gut an. Wie sieht Ihr Plan für heute aus?«

»Tutorials ansehen, wie man richtig wickelt, wie man ein Baby badet, wie man überhaupt mit einem Baby umgeht und ein Beistellbettchen kaufen. Außerdem wickeln, Bauch reiben und nach einer Nanny suchen, damit ich morgen hoffentlich wieder ins Büro komme.«

»Sie sollten sich damit Zeit lassen«, tadelt sie mich sofort. »Bauen Sie erst einmal eine Bindung zu Ihrer Tochter auf. Dann ergibt sich vieles von ganz allein.«

»Ich kann nicht einfach nicht arbeiten«, erkläre ich ruhig, wobei ich mich alles andere als ruhig fühle. »Ich habe Verpflichtungen. Termine. Wenn ich Mist baue, hat das Auswirkungen auf all meine Angestellten.«

»Aber ein paar Tage wird man ja auf Sie verzichten können. Ich habe Ihre Assistentin gestern kennengelernt. Sie ist eine kompetente Frau, die Ihnen bestimmt einige Tage den Rücken freihalten wird.«

Dagegen kann ich nichts einwenden. Dennoch sage ich nichts weiter dazu. »Wann kann ich denn mit Ihrem nächsten Besuch rechnen?«, will ich stattdessen wissen. »Ich meine, Sie haben mit vielen unangemeldeten Visiten gedroht.«

Zu meiner Freude lacht sie am anderen Ende der Leitung. »Nachdem ich heute Nacht eine Zusatzschicht eingelegt habe, werde ich mich jetzt erst mal um die anderen Kinder kümmern, die es nicht so gut haben wie LB.« Einen Moment schweigt sie, dann räuspert sie sich. »Danke, dass Sie sich entschieden haben, die Kleine aufzunehmen. Nicht viele Kinder bekommen so eine Chance.«

»Sie ist meine Tochter«, sage ich und merke erst jetzt, was mir da über die Lippen kommt. Sofort blicke ich auf sie hinab und fühle tief in mir, dass sie das ist. Innerhalb weniger Stunden hat sie sich in mein Herz geschlichen, wie es bisher niemandem auf dieser Welt gelungen ist. »Es ist meine Pflicht, mich um sie zu kümmern.«

»Ich werde am Nachmittag vielleicht auf einen Sprung vorbeischauen. Bis dann.«

Damit legt Lanette auf und lässt mich mit meinem Gefühlschaos alleine.

6 Lanette

Ich weiß nicht, warum, doch dieser Tag zieht sich wie Kaugummi. Garwin war natürlich längst weg, als ich nachts wieder heimgekommen bin, und ich kann es ihm nicht mal übel nehmen. Er hatte sich um mich gekümmert, hat mich verwöhnt und war gerade in mir, als das Telefon geklingelt hat. Eigentlich wäre ich nie dran gegangen, doch als ich sah, wer versucht hat, mich anzurufen, musste ich mich überzeugen, dass nichts Schlimmes passiert war. Ich meine, Mr Bel hat absolut keine Ahnung von Kindern, und wenn der kleinen LB etwas passiert, während noch nicht einmal raus ist, ob er ihr Vater ist, bekomme ich am Ende den Ärger. Als ich sie dann im Hintergrund habe schreien hören, wusste ich, dass er wirklich Hilfe braucht. Zu meinem Glück wurde ich in meiner Jugend oft als Babysitter gebraucht, sodass ich mit meiner ersten Vermutung richtig lag und ihr helfen konnte. Dennoch habe ich damit Garwin vor den Kopf gestoßen, was mich nicht gerade stolz macht.

Wieder einmal werfe ich einen Blick auf mein Handy, um zu sehen, ob er auf meine Nachricht geantwortet hat. Ich habe ihm gleich geschrieben, als ich wieder zuhause war, und ihm erklärt, dass LB starke Blähungen hatte und es wichtig war, dass ich nach ihr gesehen habe. Doch

Garwin weigert sich bisher, mir zu antworten. Na gut, wenn er so will. Es ist seine Sache.

Frustriert steige ich aus dem Wagen, um eine dem Amt bekannte Familie zu besuchen. Die Mutter ist stark drogenabhängig, einen Vater zu den sieben Kindern gibt es nicht. Vier von ihnen haben wir bereits in Pflegefamilien untergebracht, doch drei müssen noch immer hier leben. Wobei ich nicht weiß, ob sie es in Pflegefamilien wirklich besser hätten. Ich weiß aus eigener Erfahrung, dass Menschen sich vor anderen gut verstellen und hinter geschlossenen Türen ganz anders sein können. Dennoch versuche ich immer, auf jede Kleinigkeit zu achten, wenn ich Hausbesuche mache.

Weil Mrs Blake bekannt ist und von ihr bisher nie Gefahr ausging, darf ich ohne polizeiliche Unterstützung zu ihr, sodass ich auf niemanden angewiesen bin und einfach klingeln kann. Sie weiß nicht, dass ich komme, das merkt man vor allem daran, dass der kleine zweijährige Jerome die Tür öffnet. Er kennt mich und streckt mir sofort die kleinen dürren Arme entgegen, als er mich vor der Tür entdeckt.

»Ette«, ruft er, und ich nehme ihn auf die Arme. Mein Herz blutet, als mir bewusst wird, wie dünn er ist.

»Hey Jerome, wie gehts dir denn?«

»Hunger«, sagt er sofort, weil er weiß, dass ich meistens etwas mitbringe. Und so hole ich die Tafel Schokolade raus, die nur für ihn ist, und reiche sie ihm. Er strahlt übers ganze Gesicht und reißt sofort an der Packung, um sich die Schokolade in den Mund zu stecken.

»Schläft die Mama?«, frage ich, und Jerome nickt. Also gehe ich einfach ins Wohnzimmer, wo sich mir ein fürchterliches Bild bietet. Ich muss nicht lange überlegen, was zu tun ist, renne mit Jerome ins Kinderzimmer, in dem sie zu dritt leben, reiche den anderen beiden schnell noch ihre Tafel Schokolade und sage ihnen, dass sie hier drinnen bleiben müssen. Dann stürme ich zurück ins Wohnzimmer, während ich bereits das Handy in der Hand halte und den Notruf wähle.

»Notrufzentrale, was kann ich für Sie tun?«, fragt eine Frauenstimme, während ich Abigail eine Hand auf die zu kalte Stirn lege.

»Ich bin von Kidss«, informiere ich die Frau so sachlich, wie ich kann, und gebe gleich noch die Adresse dazu durch. »Die Mutter liegt kalt auf der Couch. Ich kann keinen Puls fühlen. Neben ihr liegt eine benutzte Spritze.«

Was mache ich jetzt? Noch während ich darüber nachdenke, lege ich mein Ohr auf ihren Brustkorb, nur um festzustellen, dass sie nicht atmet. Dann greife ich in meine Tasche, in der ich ein Mundstück habe, um Mund-zu-Mund-Beatmung durchführen zu können.

»Können Sie erste Hilfe leisten?«, fragt die Frau am Telefon.

»Ja, ich werde Mund-zu-Mund-Beatmung machen. Ich kenne mich damit aus. Bitte, beeilen Sie sich!«

Damit schalte ich den Lautsprecher des Handys an und lege es zur Seite. Eigentlich halte ich mich für professionell, doch heute fühle ich mich völlig überfordert. Ich nehme das Mundstück und lege meinen Mund darüber. Dann puste ich so viel Luft, wie ich habe, in ihren Mund. Nachdem ich das zweimal gemacht habe, drücke ich dreißig Mal fest auf ihren Brustkorb. Das Ganze wiederhole ich, wobei ich dazwischen immer wieder nachsehe, ob ich einen Pulsschlag ertasten kann. Nichts.

Die Zeit vergeht, und zwischendurch schicke ich die Kinder zurück in ihr Zimmer, damit sie nicht mitansehen müssen, wie ich um das Leben ihrer Mutter kämpfe. Zu meiner Erleichterung gehorchen sie und schaffen es sogar noch, die Haustür zu öffnen. Irgendwann höre ich die Sirenen von einem Rettungswagen, der vorfährt. Als die Sanitäter hereinkommen, kann ich mich nur schwer von Abigail lösen, doch ich überlasse sie den fähigen Männern, die mich zur Seite schieben, und lasse mich auf den Hintern fallen. Dabei kann mein Verstand kaum verarbeiten, was um mich herum geschieht. Die Sanitäter setzen dort an, wo ich aufgehört habe. Fünf Minuten. Fünf Minuten lang kämpfen sie noch um ihr Leben. Dann hören sie auf.

»Zeitpunkt des Todes, drei Uhr siebenundzwanzig am Nachmittag«, sagt der eine von ihnen, bevor er einen Blick auf mich wirf. Er sieht mich traurig an, während ich nicht weiß, was ich machen soll. Es ist zu viel. Es ist einfach zu viel.

»Ma'am.« Die Stimme des einen Sanitäters dringt bis zu mir durch, und ich blicke zu ihm auf. Erst jetzt wird mir bewusst, dass mir Tränen über die Wangen laufen. »Geht es Ihnen gut?«

Ich nicke. Dann schüttle ich den Kopf. Plötzlich wird mir bewusst, dass ich nicht hier rumsitzen darf. Ich muss mich um die Kinder kümmern. Ich muss dafür sorgen, dass sie in eine ordentliche Familie kommen. Familien, die es leider so gut wie gar nicht gibt. »Ich bin in Ordnung«, sage ich und räuspere mich, weil meine Stimme bricht. »Ich muss mich um die Kinder kümmern.«

»Wir werden uns die Kleinen ansehen.«

Wieder nicke ich, dann führe ich einen der Sanitäter durch das versiffte Haus, bis wir bei den Kleinen ankommen. Als ich die Tür öffne, sieht mich Ashley, die mit ihren sechs Jahren die Älteste von ihnen ist, mit großen Augen an. »Geht es Mama gut?«

Ich schenke ihr ein Lächeln, bücke mich und öffne meine Arme, dass sie zu mir kommen kann. Jerome und Levi kommen sofort angerannt und lassen sich von mir halten, nur Ashley wartet in einiger Entfernung.

»Deine Mum hat keine Schmerzen mehr«, sage ich leise. Als wäre dies das Entscheidende, kommt nun auch Ashley zu mir und beginnt zu schluchzen. »Sie hat uns heute Morgen ins Zimmer geschickt und gesagt, wir dürfen nicht rauskommen«, beginnt sie, zu erzählen. »Ich habe mich um Jerome und Levi gekümmert, aber sie hatten so großen Hunger. Aber der Kühlschrank ist leer.«

»Ich weiß«, flüstere ich und streiche ihr sanft durchs Haar. »Es ist alles gut. Du hast das ganz toll gemacht.«

Ich halte sie eine Weile, bis der Sanitäter kommt und sich neben uns auf den Boden setzt. »Wie geht es euch denn?«, fragt er und mustert die Drei eingehend.

»Gut«, sagt Ashley, die sich eindeutig selbst die Haare zu einem Zopf gebunden hat. Ihre Brüder sind angezogen, was sie wohl ihrer großen Schwester zu verdanken haben. Gott, was sollen die drei nur machen? Wie wird es ihnen gehen, wenn ich keine Familie finde, die sie alle drei aufnimmt?

»Wir haben Hunger«, sagt Levi dennoch, und ich lächle ihn offen an.

»Sollen wir etwas essen gehen?«

Alle drei nicken eifrig, und ich sehe zu dem Sanitäter. Der weiß sofort, was ich will, und bedeutet mir, einen Moment zu warten. Kurz darauf kommt er zurück und bedeutet mir, dass alles gut ist. Ich kann die Drei nehmen und mit ihnen das Haus verlassen, ohne dass sie ihre tote

Mutter sehen werden. Dennoch beeile ich mich, sie in den Gang zu führen.

»Zieht die Schuhe im Auto an«, weise ich sie an und führe sie direkt zu meinem kleinen Wagen. Ich hole Sitzerhöhungen und den stabileren Kindersitz für Jerome heraus und schnalle sie alle an.

»Was haltet ihr von Burgern?«, frage ich, während ich mich ebenfalls anschnalle.

»Ja, Burger!«, ruft Levi aus. Und auch Ashley nickt heftig.

»Gut, dann gehen wir erst mal Burger essen.«

Ich fahre den nächsten Fastfood-Laden an und steige mit ihnen aus. Ich helfe Levi und Jerome, ihre Schuhe anzuziehen, während Ashley sich um sich selbst kümmert, nehme sie an die Hand. Sie suchen sich aus, was immer sie wollen, und bekommen sogar ein Kindermenü mit Spielzeug. Dann setzen wir uns an den Tisch, wo sie ihr Essen genießen. Währenddessen gehe ich alle Kontakte durch, um jemanden zu finden, der vielleicht drei Kinder aufnehmen kann. Kinder, die es verdient haben, ein gutes Leben zu bekommen. Kinder, die nichts Böses angestellt haben und die doch so ein hartes Schicksal getroffen hat. Als ich eine halbe Stunde später noch immer auf der Suche nach jemandem bin, der sie alle aufnimmt, unterbricht Ashley mich mit trauriger Miene.

»Müssen wir wo anders hin?«

»Ich suche gerade liebe Leute, die sich um euch kümmern.«

Ashley schüttelt den Kopf. »Aber Mama braucht uns doch.«

Tränen brennen hinter meinen Augen, und ich beiße die Zähne zusammen, um nicht zusammenzubrechen. »Deine Mama kann sich gerade nicht um dich kümmern«, sage ich leise, weil ich noch nicht bereit bin, ihr die Wahrheit zu sagen. »Sie hat mich gebeten, dass ich nach einer guten Familie für euch suche.«

»Aber ich will zu Mama«, schluchzt Ashley, und mein Herz bricht entzwei. Plötzlich bin ich dieses kleine Kind. Plötzlich sitze ich vor einer Erwachsenen, die mir sagt, dass ich nicht mehr zu meiner Mama kann, weil sie gestorben ist.

»Ich weiß«, sage ich leise. »Lass uns erst mal fertig essen, und dann sehen wir weiter. Okay?«

Ashley drückt die Lippen fest aufeinander, doch sie sagt nichts mehr. Dann endlich komme ich bei einer Nummer an, bei der ich ein wenig Hoffnung habe. Schnell tippe ich eine Nachricht, weil ich nicht will, dass die Kinder mitanhören, was ich zu sagen habe. Die ist ernüchternd. Sie haben nur Platz für zwei von ihnen. Und ich muss entscheiden, wen ich trenne. Aber das kann ich nicht! Ich kann doch nicht entscheiden, wen ich von ihnen auseinanderreiße! Sie haben nur noch sich!

Eine ganze Weile sitzen wir in dem Fastfood-Restaurant, bis ich es nicht länger aufschieben kann. Also gehe ich mit den dreien ins Auto.

»Ashley«, sage ich leise und wende mich ihr zu.

»Sie ist tot«, sagt sie einfach nur, und ich nicke.

»Das ist sie.« Gott, sie ist viel zu erwachsen für ihre sechs Jahre!

»Wohin kommen wir jetzt?«

»In eine Pflegefamilie. Vielmehr in zwei. Ich habe keine gefunden, die Platz für euch alle hat.«

Ashley laufen Tränen über die Wangen, dann nickt sie. »Sie sollen zusammen sein«, entscheidet sie, lehnt sich an den Sitz und sagt nichts mehr. Die ganze Fahrt über sagt sie kein Wort. Bei der ersten Familie verabschiedet sie sich von ihren Brüdern. Danach schweigt sie wieder. Als ich sie in ihre Familie bringe, schweigt sie noch immer. Sie wirft mir einen langen Blick zu, als wüsste sie, dass es das gewesen ist. Dann geht sie einfach hinein, während ich mit der Familie alle Einzelheiten kläre.

Es ist bereits fast acht, als ich vor Mr Bels Haus ankomme. Eigentlich zu spät, um noch einen Hausbesuch zu machen. Doch ich brauche das. Ich muss sehen, dass ich auch Gutes bewirke. Dass es Kinder gibt, denen ich wirklich helfen kann. LB muss so ein Kind sein. Alles andere ist inakzeptabel. Also raffe ich mich zusammen, steige aus und klingle an Jensens Tür. Es dauert nur einen Moment, bis er mir aufmacht. Auf dem Arm eine schlafende LB.

»Was ist passiert?«, fragt er sofort.

»Du wirst dich gut um sie kümmern, oder?«, will ich wissen, wobei es mir egal ist, dass mir Tränen über die Wangen laufen. »Es ist egal, ob du ihr Vater bist. Du wirst dich um sie kümmern. Du wirst nicht zulassen, dass ich sie in irgendeine Familie stecken muss.«

Jensen schüttelt den Kopf, dann kommt er auf mich zu, greift mich vorsichtig am Arm und führt mich hinein. Er bedeutet mir, dass ich mich auf die Couch setzen soll, bevor er LB in ihr Bettchen legt, das mittlerweile hier im Wohnzimmer steht. Danach kommt er zu mir, nimmt mich in den Arm und hält mich. Er hält mich einfach nur fest, ohne etwas zu sagen. Und ich weine. Ich weine um all die Kinder, die keine Familie mehr haben. Ich weine um die Kinder, die nicht das Glück haben, in eine gute Pflegefamilie zu kommen. Ich weine um die Kinder, die nie eine Chance bekommen werden. Und ich weine um mich.

Die Stunden vergehen, und ich bleibe auf Jensens Couch sitzen. Ich beobachte ihn, wie er sich um LB kümmert, die irgendwann hungrig aufwacht. Wie er ihren Bauch streichelt, als sie Blähungen bekommt. Wie er sie liebevoll herumträgt, bis sie schläft.

Das ist es, was ich brauche. Genau das.

Mit diesem Gefühl stehe ich irgendwann auf. Jensen sagt nichts, er weiß anscheinend, dass ich das mit mir selbst ausmachen muss. Und so steige ich in mein Auto und fahre beide Pflegefamilien noch einmal an, um sicherzugehen, dass es den Kleinen gut geht. Am Ende gehe ich zu keiner von beiden rein, weil es doch zu spät ist und die Kleinen längst schlafen sollten. Aber es gibt kein Geschrei. Keine weinenden Kinder. Nichts, was darauf hindeuten würde, dass die Kinder es nicht gut haben. Zumindest von außen betrachtet. Wie es hinter den Türen aussieht, kann ich mir nur erträumen.

7 Jensen

Als Lanette die Tür hinter sich ins Schloss fallen lässt, würde ich ihr am liebsten nachgehen. Ich will wissen, was geschehen ist, will mit ihr darüber reden und ihr versichern, dass ich mich immer um LB kümmern werde. Doch das alles kann ich nicht. Erstens bin ich mir sicher, dass Lanette das erst einmal mit sich selbst ausmachen muss. Und zweitens kann ich ihr nichts versprechen. Denn ich habe keine Ahnung, was passiert, wenn LB doch nicht meine Tochter sein sollte. Ich kann mich ja nicht einfach um ein fremdes Kind kümmern, oder?

Mein Blick huscht zu LB, und bei dem Gedanken, sie könnte wieder aus meinem Leben verschwinden, wird mir schwer ums Herz. Sie ist gerade mal den zweiten Tag bei mir, und ich kann mir nicht mehr vorstellen, wie es ohne sie sein sollte. Ja, es ist hart, alleine mit einem Baby zu sein. Aber sie ist auch so verdammt perfekt mit ihren kleinen Händen und den großen Augen, die so wunderschön sind.

Sie ist meine Tochter.

Die Gewissheit erleichtert mir das Atmen, und ich gehe in die Küche, um noch einmal die Namen der Nannys durchzugehen, die heute hier waren, um sich vorzustellen. Ich erinnere mich an jede von ihnen und habe mir zu jeder von ihnen Notizen gemacht. Doch auch, wenn es gegen keine von ihnen etwas einzuwenden gibt, habe ich auch nicht das Gefühl, ich könnte einer von ihnen LB anvertrauen. Irgendwie war nicht die Richtige dabei, das weiß ich.

Seufzend lege ich die Liste beiseite und schicke Elsa eine Nachricht, dass sie allen Nannys eine Absage erteilen soll. Dann durchsuche ich das Internet weiter, damit ich eine Nanny finde. Ich brauche jemanden, so viel steht fest. Ein paar Tage kann ich zuhause bleiben, doch auf Dauer ist das kein Zustand. So verbringe ich die nächsten Stunden, wobei ich mich nicht richtig konzentrieren kann. Lanette geht mir nicht aus dem Kopf.

Ein Blick auf die Uhr verrät mir, dass es nach Mitternacht ist. Ich hoffe, dass sie längst schläft, dennoch kann ich nicht anders, als ihr eine Nachricht zu schreiben.

Jensen

Geht es dir wieder besser?

Es dauert nur einen Moment, bis sie antwortet.

Lanette

Ja. Danke. Und danke, dass du dich so wundervoll um LB kümmerst.

Jensen

Was war heute los?

Diesmal dauert es länger, bis sie antwortet. Und ich bin mir sicher, dass sie mit sich ringt, ob sie es erzählen soll.

Lanette

Ich konnte eine Frau nicht retten, die sich eine Überdosis verpasst hat. Danach musste ich die drei Kinder, die noch bei ihr lebten, in zwei Familien unterbringen. Es war einfach hart.

Jensen

LB geht es gut. Sie schläft wie ein Baby. ;)

Soll ich dir etwas verraten, was ich niemandem einfach so verraten würde?

Lanette

Ja, bitte.

Jensen

Ich liebe sie. Und ich habe eine Heidenangst, was ich machen soll, sollte ich nicht ihr Vater sein.

Lanette

Ich auch nicht. Ich will, dass sie bei dir bleibt. Doch das liegt leider nicht an mir. Du musst ihr Vater sein. Sonst verliere ich den Glauben an das Gute.

Ihre Worte zerreißen mich von innen. Ich meine, ich kenne diese Frau kaum. Ich bin mir fast sicher, dass sie etwas mit diesem Dr. Brown hat. Trotzdem geht sie mir unter die Haut, und ich will, dass es ihr gut geht. Ich will, dass sie mich auflaufen lässt, dass sie mir Kontra gibt. Dass wir uns aneinander reiben. Auf mehr als nur eine Weise.

Jensen

Was würde passieren, wenn ich den Vaterschaftstest doch widerrufe? Und die Vaterschaft anerkenne?

Habe ich das gerade wirklich geschrieben? Ein Blick auf LB reicht aus, um es zu wissen. Es ist das, was ich mir wünsche. Ich glaube, ich war in meinem ganzen Leben noch nie so müde und gleichzeitig so erfüllt von Liebe, wie gerade. Nie so glücklich.

Lanette

Dazu ist es leider zu spät. Und ich weiß auch nicht, ob das gegangen wäre. Ich hoffe einfach auf das Beste. Danke.

Jensen

Danke wofür?

Lanette

Dass du noch mal nachgefragt hast.

Jensen

Gerne. Ich konnte mich auf nichts anderes konzentrieren.

Lanette

Dann geh doch schlafen. Du brauchst jede Stunde, die du bekommst, glaub mir.

Jensen

Warum hast du dich für diesen Beruf entschieden?

Ich will es wirklich wissen. Und ich weiß, dass ich gerade sowieso nicht schlafen kann.

Lanette

Weil ich helfen wollte. Weil ich dafür sorgen wollte, dass Kinder in gute Familien kommen. Nur gibt es davon viel zu wenige.

Jensen

Du hilfst. Glaub mir. Mir hast du geholfen. Wärst du nicht gewesen, hätte ich LB bestimmt abgegeben.

Allein der Gedanke, LB könnte nun in einer Pflegefamilie oder einem Heim sein, zieht sich mein Herz krampfhaft zusammen. Nein, das geht nicht.

Lanette

Aber es ist nicht genug. Es wird nie genug sein, solange es da draußen Kinder gibt, die durch das System fallen.

Eine Weltverbesserin. Lanette will die ganze Welt retten und nicht weniger. Eine Eigenschaft, die ich bisher nie an einer Frau zu schätzen gewusst habe. Dennoch ist es genau diese Eigenschaft, die mich an ihr so beeindruckt.

Jensen

Du kannst nicht die ganze Welt retten. Aber solange du dein Bestes gibst, tust du etwas, um die Welt in die richtige Richtung zu führen. Vergiss das nie.

Lanette

Aber was, wenn es nicht reicht? Was, wenn ich heute die falsche Entscheidung getroffen habe und die Kinder in einer anderen Familie besser aufgehoben gewesen wären? Es gibt Tage, da ist alles zu viel. Es gibt Tage, an denen ich mich frage, ob ich überhaupt etwas bewirke. Es gibt Tage, an denen ich mir wünschte, ich hätte mich für einen anderen Beruf entschieden und würde all das nicht mitbekommen.

Jensen

Das würdest du dir wünschen? Ich kenne dich nicht gut, doch ich bin mir sicher, dass du das nicht lange durchhalten würdest. Innerhalb kürzester Zeit würdest du doch wieder versuchen, die Welt zu verändern. So bist du. Leb damit. Und jetzt richte dich auf, reck dein süßes Kinn und stehe dazu, wie du bist. Denn was anderes hast du nicht, und das ist auch gut so.

Was schreibe ich da? Und warum geht mir diese Frau nicht aus dem Kopf? Warum mache ich mir so viele Gedanken um sie, wo ich doch selbst grad alle Hände voll zu tun habe?

Lanette

Ich werde jetzt schlafen gehen. Gute Nacht.

Gute Nacht. Ja, auch ich sollte langsam schlafen gehen.

Jensen

Träum was Schönes. Und wenn du wieder so außer Atem bist, wie letzte Nacht, darfst du auch gerne an mich denken.

Ich schmunzle, als ich die letzten Worte tippe und lege das Handy beiseite. Ich bin mir sicher, dass sie darauf nicht antworten wird. Und das ist vielleicht auch besser so.

Da LB gerade tief und fest schläft, entscheide ich, unter die Dusche zu springen, bevor ich mich schlafen lege. Ich lasse das kalte Wasser über meinen erhitzten Körper laufen und lege die Stirn gegen die Fliesen. Ich hätte nie gedacht, dass sich mein Leben innerhalb eines Augenblickes so verändern könnte. Nicht nur, dass ich plötzlich ein Baby habe. Nein, es ist mehr. Es ist diese Frau, die dafür gesorgt hat, dass ich mich um LB kümmere, die mir nicht aus dem Kopf geht. Ihre dunklen, fast schwarzen Augen. Ihr braunes Haar, das in weichen Wellen über ihre Schultern fällt. Dieser Mund, der mich so wundervoll provoziert. Und dieser Arsch, den ich schon perfekt betrachten konnte, als sie vor mir hergelaufen ist. Ob ihr bewusst ist, was passiert, wenn sie vor jemandem herläuft? Ob ihr bewusst ist, wie viele Männer ihr auf diesen Arsch blicken?

Mit jeder Sekunde, die vergeht, wird mein Schwanz härter, und ich atme tief durch. Verdammt, ich habe keine Ahnung, wann ich das nächste Mal Zeit haben werde, mir eine Frau fürs Bett zu suchen.

Mit dem Gedanken, dass ich wohl lange Zeit keinen Sex haben werde, greife ich meinen Schwanz und reibe ihn fest. Dabei schließe ich die Augen und stelle mir Lanettes Mund vor. Wie er sich neckend um meine Eichel schließt. Wie sie beginnt, daran zu saugen. Wie sich ihre Zunge unter meinen Schwanz schmiegt, die prallen Venen daran entlangfährt und zu summen beginnt.

Meine Hand pumpt immer schneller, als ich mir ausmale, wie sich ihre Brüste in meinen Händen anfühlen würden. Wie wir uns hinlegen, ihre Pussy über meinem Mund, mein Schwanz in ihrem. Wie ich sie lecke, während sie mich immer weiter in die Ektase treibt.

Mehr braucht es nicht, allein der Gedanke, sie zu schmecken, lässt mich über die Klippe springen, und ich spritze auf den Boden der Dusche. Keuchend hole ich tief

Luft. Shit. Was macht diese Frau nur mit mir? Warum setzt sie sich in meinem Kopf fest, ohne Hoffnung, sie vergessen zu können, wie ich es sonst immer tue?

Vielleicht liegt es daran, dass ich sie nicht auf irgendeiner Party kennengelernt habe, auf der ich nur auf das Eine aus bin. Vielleicht auch daran, wie sie von der ersten Sekunde an mit mir gesprochen hat. Ganz gleich, was es ist, ich muss mich dringend zusammenreißen. Denn ich kann mir nicht vorstellen, dass es gutgehen würde, wenn ich sie nehme. Nicht, wenn sie auch in Zukunft schaut, wie ich mit LB zurechtkomme.

Bei dem Gedanken an LB werde ich plötzlich unruhig. Ich weiß nicht, wie lange sie noch schlafen wird, bevor sie wieder Hunger bekommt. Also wasche ich mich schnell, trockne mich ab und schlupfe in eine Jogginghose und ein Shirt. Ich putze die Zähne und kämme grob die Haare, bevor ich wieder ins Wohnzimmer gehe, nur um erleichtert festzustellen, dass sie noch immer seelenruhig in ihrem Bettchen schläft. Da ich sie nicht wecken will, lege ich mich einfach auf die Couch, um dort ein bisschen zu dösen. Als ich aber mein Handy in die Hand nehme, entdecke ich doch noch eine Nachricht von Lanette.

Lanette
Träum weiter BD

BD? Ist das ihr Ernst?

Jensen
Soll das BD für Big Daddy stehen?

Lanette

Ja

Ich lache leise und schüttle dabei den Kopf. Diese Frau treibt mich auf eine angenehme Weise in den Wahnsinn.

Jensen

Und was wäre dann die Abkürzung für dich?

Lanette

Das kommt darauf an, wie du mich nennst.

Fuck. Ich habe kein Wort, keinen Kosenamen für sie. Little Baby kam von ganz allein, und es bleibt auch nur so lange, bis ich mir sicher bin, dass ich ihr Daddy bin. Denn wenn nicht, würde ich es nicht ertragen, wenn ich ihr einen Namen gegeben hätte, sie aber doch nicht meine Tochter ist. Big Daddy kann ich auch verstehen. Aber was passt zu Lanette?

Erst denke ich, dass ich keine Ahnung habe, doch dann fällt mir ihr sexy Arsch ein und ich grinse in mich hinein.

Jensen

Dann schlaf gut, SA.

Lanette

SA? Für was steht das?

Jensen

Finde es heraus.

Lanette

Ist das eine Herausforderung?

Obwohl ich mir in der Dusche gerade einen runtergeholt habe, zuckt mein Schwanz schon wieder bei ihren Worten.

Jensen

Oh ja. Und jetzt schlaf. Du bist nicht Supergirl, und ohne Schlaf wirst du bald krank und kannst die Welt nicht mehr retten.

Lanette

Supergirl? Hm, irgendwie habe ich das Gefühl, dass das S von SA nicht für Supergirl steht. Ich werde es herausfinden, ganz bestimmt!

Jensen

Schlaf jetzt!

Lanette

Ja, Big Daddy …

Ich schließe die Augen und atme tief durch. Gott, diese Frau treibt mich wirklich in den Wahnsinn! Das hat bisher noch keine Frau bei mir geschafft! Aber allein die Vorstellung, sie könnte mich im Bett Big Daddy nennen … Gott, es macht mich an! Es macht mich hart! Und ich habe keine Ahnung, wie das mit uns noch weitergehen soll.

8 Lanette

Scheiße! Was mache ich da eigentlich? Nicht nur, dass ich vorhin zu ihm gefahren bin, um mich trösten zu lassen. Dieser Chat geht eindeutig zu weit! Ich meine, nicht nur, dass wir hier eindeutig flirten und wir nicht wirklich über LB sprechen. Nein, ich nenne ihn auch noch Big Daddy! Wie komme ich nur dazu, so etwas zu tun?

Mit erhitztem Kopf drehe ich mich im Bett hin und her und versuche, irgendwie Schlaf zu finden. Doch es gelingt mir nicht. Dazu rasen meine Gedanken viel zu sehr. Immer wieder male ich mir aus, wie Jensen im Bett liegt. Neben sich LB, die an seiner Seite friedlich schlummert. Oder ist sie vielleicht wieder wach? Hat er schon wieder eine lange Nacht, weil sie Schmerzen hat? Sofort erinnere ich mich, wie liebevoll er sich um sie gekümmert hat, als ich vorhin bei ihm war. Und daran, wie ruhig sie wurde, als er ihr den Bauch gerieben hat. Nein, ich glaube fest daran, dass er in dieser Nacht alles im Griff hat. Seine Tutorials haben ihm anscheinend geholfen. Bei dem Gedanken, dass er wirklich Tutorials ansieht, um herauszufinden, wie man mit Babys umgeht, schmunzle ich und rolle mich zurück auf die andere Seite.

Und dann wird es mir bewusst. Das ist es, was ich mir wünsche. Einen Mann wie ihn. Der alles liegen und stehen lässt, wenn es um seine Familie geht.

Die Erinnerung, wie es damals mit Garwin war, steigt in mir auf, und meine Brust krampft sich zusammen. Es ist Jahre her, und doch fühle ich noch immer den Stich der Enttäuschung. Ich war überfällig. Und ich wusste nicht, wie ich damit umgehen sollte, weil ich ja noch mitten im Studium war. Garwin war mein Ein und Alles, und ich habe ihm vertraut. Also habe ich ihn angerufen, dass wir uns sehen müssen. Nur, dass er ewig keine Zeit hatte. Drei Tage musste ich warten, bis er kam, um zu erfahren, worüber ich mir Sorgen gemacht habe. Als er hörte, dass ich vielleicht schwanger bin, haben wir lange darüber gesprochen, wie es weitergehen könnte, wenn es so ist. Und obwohl Garwin mich nie zu etwas gedrängt hätte und auch meinte, er wäre für mich da, wie auch immer ich mich entscheiden würde, war für ihn Abtreibung eine reale Möglichkeit. Etwas, das für mich nie in Frage kommen würde.

Ja, das war der Anfang vom Ende. Wir waren beide erleichtert, dass ich nicht schwanger war, dennoch konnte ich nicht vergessen, wie es für ihn war. Wie es mit ihm war. Ich hätte mir gewünscht, dass er mir versichert, dass wir das hinbekommen, komme was wolle. Dass er sein Kind lieben würde. Dass er für unser Kind und auch für mich etwas zurücktreten würde, wenn es nötig wäre. Doch so hat er nicht reagiert. Und mir wurde von Tag zu Tag bewusster, dass sich unsere Beziehung zwar nicht falsch angefühlt hat, aber eben auch nicht mehr richtig. Also haben wir uns getrennt, im Guten, und sind Freunde geblieben.

Am nächsten Morgen bin ich völlig gerädert, als mein Wecker klingelt. Verschlafen strecke ich mich und gähne laut, bevor ich mich aus dem Bett quäle. Wie immer habe ich den Wecker früh genug gestellt, um Zeit für alles zu haben. Duschen. Haare föhnen. Make-up. Als ich dann auch noch einen Kaffee getrunken habe, kann der Tag starten. Als Erstes mache ich mich auf den Weg in die beiden Pflegefamilien, in denen ich Ashley, Levi und Jerome gestern untergebracht habe. Als ich bei den Jungen ankomme, kommen sie mich strahlend begrüßen und springen mir in die Arme.

»Geht es euch gut?«, frage ich, woraufhin sie beide nicken. »Ann hat leckeres Essen gekocht!«, erzählt Levi stolz. »Und ich durfte helfen!«

»Das freut mich aber«, erwidere ich und streiche ihm über den Kopf, bevor ich mich an Ann wende, die die Jungen zum Händewaschen schickt.

»Sie sind echt tolle Jungs«, sagt sie und lächelt zufrieden.

»Das sind sie. Ich bin froh, dass es ihnen gut geht.«

»Und ich bin froh, dass sie sich hier wohl fühlen. Nur heute Nacht war es etwas schwer.«

»Was war denn?«, frage ich sofort, weil ich ein flaues Gefühl im Magen habe.

»Jerome hat lange geweint und nach seiner Schwester Ashley gerufen. Die beiden scheinen ein sehr inniges Verhältnis zu haben.«

Traurigkeit steigt in mir auf, und ich nicke. »Ja, das haben sie. Ashley ist erst sechs, dennoch hat sie sich viel um ihre Geschwister gekümmert.«

»Ich würde mich freuen, wenn die Kinder sich regelmäßig sehen könnten. Wenn die andere Pflegefamilie auch Interesse daran hat, können Sie unsere Nummer gerne weitergeben, dann können wir uns kurzschließen und ein Treffen ausmachen.«

Sofort fühle ich mich besser. »Das hört sich nach einem guten Plan an. Sie wohnt auch gar nicht so weit von hier entfernt.«

»Dann hoffe ich, dass ich bald einen Anruf bekommen werde.«

Sie lächelt mich offen an, und wir besprechen noch, wie es weitergehen wird. Die Jungs sind hier gut untergebracht, und Ann kann sich gut vorstellen, sie länger zu behalten. Ich verspreche, im Laufe des Tages in ihrem alten Zuhause vorbei zu fahren und Kleider zusammenzusuchen sowie bekanntes Spielzeug, und dann verabreden wir uns für den nächsten Tag. Bei Ashley sieht es nicht ganz so gut aus. Als ich bei ihr ankomme, sieht sie mich teilnahmslos an, und Nelly schüttelt den Kopf, als ich ihr einen fragenden Blick zuwerfe.

»Ash, geh doch ein bisschen in den Garten«, sagt Nelly freundlich, und Ashley tut, was ihr gesagt wird, ohne ein Wort zu sagen.

»Wie geht es ihr?«, frage ich sofort, woraufhin Nelly seufzt. »Sie hat noch kein Wort gesprochen. Ich gebe mein Bestes, doch sie verschließt sich.«

»Ihre Mutter ist gestern gestorben«, nehme ich Ashley in Schutz, weil ich weiß, wie sie sich fühlt. »Geben Sie ihr Zeit.«

»Natürlich. Dennoch mache ich mir Sorgen um sie.«

Erst überlege ich, ob ich es wirklich schon ansprechen soll, doch da ich denke, dass es Ashley helfen könnte, reiche ich Nelly die Nummer von Ann. »Ashleys Brüder leben bei Ann, sie ist eine tolle Frau, genau wie Sie. Vielleicht hilft es, wenn Sie sich mal treffen? Ann würde sich freuen, und den Kindern würde es guttun, denke ich.«

Einen Moment zögert Nelly, dann seufzt sie. »Gut, einen Versuch ist es wert.«

»Das finde ich auch.«

Wir unterhalten uns lange, wie es mit Ashley weitergehen wird, doch Nelly ist sich nicht sicher, ob sie Ashley auf Dauer behalten kann. Das macht mich so traurig, dass ich mich wieder weit wegwünsche. Dennoch verspreche ich, mich um die Schule zu kümmern, in die Ashley bald kommen wird, und verabschiede mich von der Kleinen. Ohne dabei auch nur ein Wort von ihr geschenkt zu bekommen.

Ich bin gerade dabei, meine Pause zu planen, als ein Anruf vom Büro reinkommt.

»Hi, Linda, was gibt es?«

Linda koordiniert all unsere Termine, die von oben angegeben werden, und hält uns über Neuigkeiten auf dem Laufenden.

»Hi, Lanette. Ich wollte dir nur gratulieren! Ab morgen hast du eine eigene Praktikantin!«

Verwirrt halte ich einen Moment die Luft an. »Eine eigene Praktikantin?«

»Ja, ihr Name ist Isabella Hauptman. Ab morgen musst du sie früh im Büro abholen, bevor du Familien anfährst, aber sie wird dir bestimmt auch viel Arbeit abnehmen.«

Ich hatte noch lange nicht damit gerechnet, eine Praktikantin zugeteilt zu bekommen, und kann gar nicht sagen, wie sehr ich mich freue. Nicht nur, weil es zeigt, für wie gut meine Arbeit befunden wird. Auch, weil es so jemanden gibt, mit dem ich meine Gedanken teilen kann, wie es meine Vorgesetzten früher mit mir gemacht haben.

»Wie lange wird ihr Praktikum gehen?«, frage ich, während ich in den Wagen steige, um zum nächsten Chinesen zu fahren.

»Ein halbes Jahr. Wobei sie jeden Freitag in der Uni sein wird.«

»Das passt«, sage ich und fädle mich in den Verkehr ein. »Dann hole ich sie morgen früh ab.«

»Super, dann bis morgen. Oder kommst du später noch mal ins Büro?«

Ich überlege einen Moment, entscheide mich dann aber dagegen. »Wenn ich morgen früh sowieso ins Büro muss, mache ich den ganzen Bürokram dann. Ich muss noch ein paar Familien anfahren und wollte auch noch mal nach der kleinen LB schauen.«

»LB ist das Baby, von deren Vater gerade der Vaterschaftstest am Laufen ist?«

»Genau. Er schlägt sich deutlich besser als gedacht, doch ich möchte nichts übersehen.«

»Natürlich«, stimmt Linda zu. »Wir sind nichts anderes von dir gewohnt.«

Ich lache, und wir verabschieden uns, bevor ich auflege. Isabella Hauptman. Gott, wie ich mich auf morgen freue, wenn ich sie kennenlerne!

Es ist wieder spät, als ich bei Jensen ankomme, und ich überlege einen Moment, ob es wirklich eine gute Idee ist, wenn ich reingehe. Doch ich will unbedingt wissen, wie es LB geht, also steige ich aus und gehe, ohne weiter darüber nachzudenken, direkt zur Tür. Jensen öffnet mir mit einem schiefen Grinsen, nachdem ich geklingelt habe.

»Da ist sie ja«, sagt er und macht mir Platz, damit ich reinkommen kann. »Geht es dir heute besser?«

»Ja«, antworte ich ehrlich. »Der Job ist nicht immer leicht. Ich liebe ihn dennoch.«

»Das glaube ich dir.« Er führt mich in die Küche, wo gerade irgendetwas auf dem Herd brutzelt.

»Oh, du machst Essen?«, frage ich und ignoriere dabei meinen knurrenden Magen.

»Ja, Babymilch macht mich nicht wirklich satt«, witzelt er.

»Wo ist LB denn?«

»Sie schläft im Wohnzimmer in ihrem Bett. Geh ruhig und schau nach ihr.«

Ich sollte es tun. Ich sollte nach ihr sehen und mich dann wieder aus dem Staub machen. Doch irgendetwas hält mich davon ab.

»Willst du auch was?«, fragt Jensen, als ich keine Anstalten mache, aufzustehen.

»Ich sollte eigentlich gleich wieder gehen«, weiche ich seiner Frage aus.

»Das war nicht die Frage. Möchtest du gerne mit essen?«

Der Kerl macht mich fertig! »Ja«, gestehe ich. »Ja, ich würde mich freuen, mit essen zu können. Dann muss ich mir zuhause nichts mehr machen.«

Jensen nickt, dann wendet er sich dem Herd zu.

»Wie läuft es mit LB? Hat sie noch Blähungen?«, will ich wissen.

»Ja, doch mit einer guten Bauchmassage bekommen wir es ganz gut in den Griff. Morgen werde ich mir wieder Nannys ansehen, die vielleicht geeignet sind.«

Der Gedanke, dass er LB so schnell abgeben will, gefällt mir nicht. »Zwei Wochen«, sage ich. »Nimm dir wenigstens zwei Wochen, um dich mit ihr einzuleben, bevor du wieder deinem Alltag nachgehst.«

»Ich habe keine zwei Wochen. Ich habe gerade schon eine wichtige Fusion verschoben. Ich brauche am Freitag jemanden, der auf sie aufpasst.«

»Dann lass das doch deine Assistentin machen«, schlage ich vor, weil ich mich erinnere, dass sie Ahnung von Kindern hatte. »Und dann kannst du direkt wieder nach Hause gehen.«

Jensen wendet sich mir zu und blickt mich finster an. »Elsa ist nicht einfach nur eine Assistentin. Ohne sie würde bei uns nichts funktionieren. Also nein, ich werde sie nicht als Babysitter missbrauchen.«

Oha. Heißt das, dass er sie mag? Also so richtig mag? Der Gedanke gefällt mir nicht.

»Dann such dir für die Zeit jemand anderen. Aber geh nicht sofort wieder richtig arbeiten!«

»Kleines, und wer soll dann meine Arbeit übernehmen? Ist ja nicht so, als würden gute Mitarbeiter vom Himmel fallen.«

Okay. Das ist ein Punkt für ihn. »Zwei Wochen«, sage ich noch mal. »Gib euch beiden zwei Wochen. Dann kannst du ja wieder einsteigen. Doch LB braucht gerade jetzt Stabilität.«

Als er sich diesmal zu mir umdreht, funkeln seine Augen. »Ich gebe uns sogar drei Wochen, wenn du dir den Freitag frei nimmst und auf LB aufpasst.«

»Was?«, keuche ich und weiche ein Stück zurück. »Ich kann nicht einfach freimachen.«

»Dann muss ich mir eine Nanny suchen.«

Er widmet sich wieder dem duftenden Essen, während ich beginne, vor Wut zu kochen.

»Vier Wochen«, sage ich fest. »Und wenn ich mitbekomme, dass du doch früher eine Nanny nimmst, reiße ich dir den Arsch auf!«

»Abgemacht«, sagt er sofort, und ich bin völlig perplex. Ich hatte echt mit Widerstand gerechnet.

»Aber die Nanny wird schon früher anfangen, für mich zu arbeiten. Ich will sie im Umgang mit LB beobachten, bevor ich die beiden alleine lasse.«

Plötzlich kommt mir ein Verdacht.

»Hattest du das so geplant?«, frage ich, während er zwei Teller aus dem Schrank holt.

»Würde das etwas ändern?«, fragt er und schöpft uns von dem Eintopf auf.

»Ich weiß es nicht.«

»Dann nein. Ich habe es nicht geplant.«

»Und wenn ich gesagt hätte, dass es nichts ändert?«

»Dann hätte ich zugegeben, dass ich es geplant hatte.« Er zwinkert mir zu und reicht mir den Teller. »Aber jetzt iss erst mal. Ich habe deinen Magen bis zu mir gehört, als du reingekommen bist.«

Der Kerl macht mich fertig!

Kochend vor Wut, recke ich mein Kinn und nehme den Löffel entgegen, die er mir hinstreckt. Ich werde mir nicht anmerken lassen, wie sauer ich bin und noch weniger, wie gerne ich ihm die Gurgel umdrehen will. Also nehme ich lieber einen Bissen von dem Essen und muss ein leises Stöhnen unterdrücken.

»Schmeckt, oder?«

»Nein«, lüge ich. »Doch der Hunger treibt es rein.«

Jensen lacht, dann beginnt auch er zu essen. So vergeht die Zeit, ohne dass wir etwas sagen. Irgendwann reicht er mir ein Glas mit Cola, das ich dankbar annehme, und ich glaube, ich habe seit sehr langer Zeit nicht mehr so gut gegessen.

»Dein Hunger ist wohl sehr groß«, stellt Jensen fest, als mein Teller leer ist. Ohne viel dazu zu sagen, tut er mir noch mal auf und reicht ihn mir.

»Ich muss mich auch mit Idioten wie dir rumschlagen, da komme ich nicht so oft zum Essen.«

Als ich das sage, verfinstert sich seine Miene. »Du solltest schauen, dass du regelmäßig isst. Alles andere ist nicht gesund.«

»Zu viel Fastfood ist nicht gesund«, kontere ich. »Und zu mehr hätte ich keine Zeit. Dann esse ich lieber nicht so viel und mache mir abends noch was.«

Dass ich das auch oft vergesse, erwähne ich lieber nicht.

»Wann wird eigentlich das Ergebnis des Tests da sein?«, lenkt Jensen das Gespräch in eine andere Richtung.

»Bis Montag sollte es da sein«, sage ich mit einem flauen Gefühl im Magen. Die Angst, dass LB doch nicht seine Tochter sein könnte, treibt mich wohl auch bald in den Wahnsinn.

»Okay.« Auch Jensen sieht unsicher aus. »Verdammt, sie ist meine Tochter. Alles andere steht nicht zur Debatte!«

Er legt sein Essen beiseite und geht zu einem kleinen Schrank, um sich einen Whisky einzuschenken. Als er meinen vorwurfsvollen Blick sieht, schüttelt er den Kopf, kippt den Whisky in die Spüle und räumt das Glas wieder weg. »Ich meine, ich weiß nicht, was ich machen würde, wenn sie es nicht wäre. Sie ist erst den dritten Tag hier, aber …«

»Aber sie ist deine Tochter«, sage ich, weil ich weiß, was er meint. »Und der Test wird das belegen.«

»Ja, sie ist meine Tochter«, bestätigt er. »Ich würde alles für sie tun.«

»Selbst eine ahnungslose Frau hereinlegen?«

Als ich das sage, grinst er wieder breit. »Du warst die beste Wahl. Ich wollte LB nicht einfach bei jemandem lassen, den ich nicht kenne. Und Elsa kann nicht, sie wird in dem Gespräch dabei sein.«

»Warum hast du nicht direkt gefragt?«

Jensen zuckt die Schultern. »Das wäre doch langweilig.«

9 Jensen

Fuck, es fühlt sich so verdammt gut an, sie hier zu haben. Mich mit ihr zu unterhalten und sie zu ärgern. Es stimmt, ich hatte geplant, sie dazu zu bekommen, am Freitag aufzupassen. Doch ich hatte auch Angst, sie einfach zu fragen. Also dachte ich, ich versuche es damit, ihr einzureden, dass ich eine fremde Nanny beauftrage. Und es hat geklappt.

»Es wäre ehrlich gewesen«, erwidert sie und stellt ihren leeren Teller beiseite. »Ehrlichkeit ist wichtig.«

Wichtig für was?, will ich sie am liebsten fragen. Doch ich traue mich nicht.

»Das ist es. Deswegen habe ich auch nicht gelogen, als du gefragt hast, ob das von Anfang an mein Plan war.«

Ich schenke ihr noch eine Cola ein, die sie mit einem zufriedenen Lächeln annimmt. »Du bist seltsam«, sagt sie und nippt an ihrem Getränk. »Hat dir das schon mal jemand gesagt?«

»Elsa sagt das andauernd«, erwidere ich leichthin. Allerdings entgeht mir nicht, dass Lanette sich einen Moment versteift, als ich Elsas Namen ausspreche. Genauso, wie vorhin. Interessant.

»Dann kann ich ihr nur zustimmen. Gute Frau.«

Ich lache. »Das ist sie. Ich fürchte nur, ihr Mann kann mich nicht ausstehen, weil sie so viel arbeitet.«

Ja, ich hätte sie auflaufen lassen können und die Eifersucht, die ich hinter ihrer Mimik vermute, gären lassen können. Aber das möchte ich nicht. Ich möchte nicht, dass sie etwas Falsches denkt.

»Dann solltest du schauen, dass du ihr ein Extra-Gehalt auszahlst, mit dem die beiden in Urlaub können«, schlägt sie direkt vor. »Damit sollte er dich wieder mögen.«

»Das tue ich regelmäßig. Nicht das Extra-Gehalt. Stattdessen frage ich Elsa, wo sie ihren nächsten Urlaub machen wollen, und buche es direkt.«

Lanettes Augen werden groß, als ich das erzähle. »Wirklich?«

»Ich tue alles dafür, dass mir meine guten Mitarbeiter erhalten bleiben. Also ja, jeder bekommt nach einer gewissen Zeit Bonuszahlungen oder sonstige Zuwendungen. Dadurch fühlen sich die Mitarbeiter in ihrer Arbeit wertgeschätzt.«

»Das ist gut.« Lanette setzt sich auf ihrem Barhocker etwas nach hinten, und ich habe das Gefühl, dass sie unheimlich müde ist.

»Vielleicht sollten wir mal ins Wohnzimmer? Ich bin gern in LB's Nähe.«

Es ist keine Lüge. Doch ich hoffe auch, dass Lanette sich dort etwas besser zurücklehnen und entspannen kann.

»Gute Idee. Dann kann ich sie mir auch mal anschauen.«

Ich folge ihr und genieße wieder einmal den Ausblick. Ich frage mich, wie sie reagieren wird, wenn sie erfährt, was SA bedeutet. Lanette geht direkt zu LB's Kinderbettchen und wirft einen Blick auf das zufrieden schlafende Baby. Ich bin so froh, dass Lanette sich am Freitag um die Kleine kümmern wird. Das macht es mir deutlich leichter, arbeiten zu gehen.

»Sie sieht zufrieden aus.«

»Das ist sie auch, hoffe ich. Ich gebe zumindest mein Bestes, damit es so ist.«

Lanette nickt, dann blickt sie sich aufmerksam um. Noch immer liegen überall Sachen für LB herum. Doch wenn selbst ich mich daran gewöhnt habe, wird es Lanette auch nichts ausmachen.

»Ich denke, ich sollte dann wohl gehen«, sagt Lanette und macht Anstalten, sich auf den Weg zum Ausgang zu machen.

»Bleib doch wenigstens noch, bis du dein Glas leer hast«, versuche ich, sie aufzuhalten. Lanette wirft einen Blick auf ihr Glas, dann nickt sie und setzt sich auf die Couch. Ich mache es mir neben ihr bequem und fühle mich so wohl, wie noch nie in Anwesenheit einer Frau.

»Wirst du am Freitag frei bekommen?«

Lanette nickt. »Das bekomme ich schon hin. Ich habe ab morgen eine Praktikantin, die mich unterstützen wird, nur freitags ist sie in der Uni. Das passt also, so ist sie nicht sofort auf sich alleine gestellt.«

»Eine Praktikantin?«, frage ich interessiert und stelle mein Glas auf den Tisch vor der Couch. »Erzähl mehr.«

»Ich weiß noch gar nicht viel über sie«, gesteht Lanette. »Sie ist noch im Studium, und ich soll sie morgens immer im Büro abholen. Wobei ich hoffe, dass wir es auch ab und an hinbekommen, dass ich sie wo anders einsammle, wenn ich Termine habe, die in der entgegengesetzten Richtung liegen.«

»Das wird ja wohl zu machen sein.« Ich rutsche etwas weiter gegen die Sofalehne. Lanette kuschelt sich ebenfalls tiefer in die Kissen.

»Eigentlich bekommt man so schnell keine Praktikantin«, gesteht sie. »Ich bin ja selbst noch sehr neu in meinem Job und noch nicht lange alleine unterwegs.«

»Aber du bist verdammt gut in deinem Job. Deswegen bekommst du sie. Damit sie von der Besten lernt.«

Lanette gähnt, und ich bin mir nicht sicher, ob sie meine letzten Worte überhaupt noch gehört hat.

»Ich bin gespannt, wie sie sein wird.«

Ihre Augen fallen von ganz allein zu, und ich grinse. Ganz vorsichtig nehme ich ihr das Glas aus der Hand und stelle es auf dem Tisch ab.

»Schlaf gut«, flüstere ich und lege eine Decke über sie, nachdem ich ihre Schuhe ausgezogen habe. Sofort rollt sie sich zusammen und schmatzt leise vor sich hin, was ich irgendwie süß finde. Dann nehme ich LB, gehe mit ihr ins Kinderzimmer und mache ihr eine frische Windel. Die Kleine ist zum Glück zufrieden und mit Schnuller ganz leise, sodass ich auch noch eine Milch machen kann, die ich mit ins Schlafzimmer nehme. Dort legen wir uns gemeinsam ins Bett, und ich gebe ihr das Fläschchen.

»Magst du sie?«, frage ich LB, während sie wieder mal ihre kleinen Händchen ausstreckt.

»Ja, ich auch. Sie ist anders. Auf eine sehr angenehme Art.«

LB trinkt einfach weiter, ohne auf meine Worte zu reagieren. Was natürlich vollkommen normal für ihr Alter ist.

»Ja, ich werde sie irgendwann demnächst fragen, ob sie mit mir ausgehen will. Aber erst, wenn sie nicht mehr für uns zuständig ist. Davor könnte das nicht so gut ankommen.«

Mit dem Gedanken, wie ich Lanette um ein Date bitte, kuschle ich mich unter die Decke und lösche das Licht. Und nachdem LB fertig getrunken hat, schlafen auch wir ein.

10 Lanette

Als mein Wecker klingelt, fühle ich mich vollkommen desorientiert. Ich brauche einen Moment, um zu begreifen, woran das liegt. Dann wird mir bewusst, dass ich nicht in meinem Bett liege. Scheiße, ich befinde mich nicht einmal in meiner Wohnung! Ich befinde mich noch immer in Jensens Haus!

Gott, wenn das jemand erfährt, kann das nur Ärger geben. Das hätte nie passieren dürfen! Ich hätte die Einladung zum Essen nicht annehmen dürfen und hätte auch nicht die Cola austrinken sollen!

Mein Blick fällt zum Tisch vor der Couch, und mir wird bewusst, dass ich die Cola nicht ausgetrunken habe. Ich war so müde, dass Jensen sie mir aus der Hand genommen haben muss, um sie abzustellen.

»Mist!«, fluche ich leise und springe auf die Beine. Es ist sechs Uhr, genug Zeit, um nach Hause zu fahren und mich schnell fertigzumachen. Aber was, wenn mich jemand sieht, wie ich das Haus verlasse? Was, wenn jemand meine Vorgesetzten informiert und sie etwas Falsches denken?

Mit einem flauen Gefühl im Magen schlupfe ich in meine Schuhe und gehe, so leise ich kann, zur Haustür. Zu meiner Erleichterung ist bisher kaum jemand auf der

Straße und ich komme, glaube ich, ungesehen zu meinem Auto. Als ich darin sitze, atme ich erleichtert aus. Shit, ich habe so fest geschlafen, dass ich überhaupt nichts mehr mitbekommen habe! Aber wer will mir das verübeln? In der einen Nacht bin ich hierher gekommen, weil LB Blähungen hatte und Jensen Hilfe gebraucht hat. Und in der nächsten Nacht habe ich keinen Schlaf gefunden, weil ich wegen der Arbeit so fertig war. Ich habe den Schlaf dringend gebraucht, das ist selbst mir bewusst. Doch ich hätte eben in meinem Bett schlafen sollen und nicht auf Jensens Couch.

Gott, habe ich vielleicht sogar im Schlaf geschmatzt? Garwin hat mich früher immer damit aufgezogen und hat mich sogar mal gefilmt, weil ich steif und fest behauptet hatte, dass ich das nicht tun würde. Was, wenn Jensen es nun mitbekommen hat?

Hitze steigt in meine Wangen, während ich den Wagen starte und mich auf den Heimweg mache. Dabei komme ich einfach nicht darüber hinweg, dass ich bei Jensen auf der Couch eingeschlafen bin.

Als ich zuhause ankomme, renne ich ins Bad, um, so schnell ich kann, zu duschen. Als ich allerdings vor dem Spiegel ankomme, bleibe ich wie erstarrt stehen. Dabei kann ich nicht einmal sagen, warum. Ich sehe noch immer aus, wie ich selbst. Nichts hat sich verändert. Ich meine, ich habe ja auch nichts getan, weshalb ich mich verändert haben könnte. Und doch ist da ein Gefühl tief in mir drinnen, wodurch ich mich anders fühle. Als wäre ich nicht mehr ich selbst, dabei kann ich nicht benennen, was es ist. Man sieht es nicht, und doch ...

Verwirrt schüttle ich den Kopf, ziehe mich schnell aus und springe unter die Dusche. Ich lasse mir nicht so viel Zeit wie sonst, schrubbe mich nur kurz ab und binde meine Haare nach dem Waschen zu einem unordentlichen Pferdeschwanz. Die Zeit zum Föhnen fehlt mir heute definitiv. Ich lege leichtes Make-up auf und bin erleichtert, als ich auf die Uhr blicke. Es reicht sogar noch für einen Kaffee.

Es ist genau acht, als ich im Büro ankomme und Linda begrüße.

»Du musst öfter hier auftauchen und nicht immer alles von unterwegs aus machen«, mahnt sie mich, als ich sie umarme. »Ich meine, keiner hier zweifelt daran, wie viel du arbeitest. Wann immer man dich anruft, bist du schon oder noch unterwegs zu einem Termin. Aber im Ernst, ich vermisse dich hier.«

Ich lächle, gehe mit ihr in mein Büro und lasse mich am Schreibtisch nieder. »Ja, aber solange ich alles von unterwegs aus machen kann, spare ich Zeit, die ich sinnvoller investieren kann.«

»Ich weiß. Keiner macht so viele Kontrollbesuche in Familien und Pflegefamilien wie du. Und keiner hat so viele gute Pflegefamilien an der Hand wie du. Ich bin trotzdem froh, wann immer ich dich sehe.«

Ich lächle sie an, schalte den Computer ein, greife in die Schublade und hole mir einen Schokoriegel heraus. »Ich finde es auch immer schön, hier zu sein. Erzähl, was gibt es Neues?«

Ich beuge mich ein Stück zu ihr, um mir den neusten Klatsch und Tratsch anzuhören. Dabei gibt es kaum etwas Neues zu erzählen, und so sind wir innerhalb weniger Minuten damit durch.

»Na gut, dann mache ich mich wohl mal an die Arbeit«, sage ich und öffne mein Postfach, um die Mails durchzugehen. Ich trage die neuen Termine ein, markiere die wirklich wichtigen, wie die, die ich vor Gericht auftauchen muss, um Aussagen über Kinder oder Eltern zu machen, und beantworte die anderen Nachrichten. Danach mache ich mich daran, meine Fälle, die ich die letzten Tage bearbeitet habe, zu protokollieren. Es geht recht schnell, weil ich mir immer alles im Handy speichere, sodass ich es nur an den Computer schicken und in Form bringen muss. Die Zeit vergeht und ich bin völlig in Gedanken, als plötzlich eine junge Frau vor mir steht und mich erwartungsvoll ansieht. Ihre blonden Haare trägt sie zu einem einfachen Zopf gebunden, wodurch ihr hübsches Gesicht gut in Szene gesetzt wird. Erst habe ich keine Ahnung, was sie von mir will, bis mir einfällt, warum ich heute Morgen schon im Büro bin.

»Sie müssen Mrs Hauptman sein!« Ich stehe auf und strecke ihr meine Hand entgegen. »Ich bin Mrs Dobran.«

»Schön, Sie kennenzulernen.« Sie lächelt mich breit an, und ich bedeute ihr, sich auf den Stuhl vor meinem Schreibtisch zu setzen.

»Also, Sie sind unsere neue Praktikantin?«

»Ja, ich bin in meinem letzten Studienjahr und hoffe, hier irgendwie Fuß fassen zu können.«

»Wie kommen Sie dazu, als Sozialarbeiterin arbeiten zu wollen?«

Ich will sie nicht ausfragen, bin aber doch neugierig. Jeder meiner Kollegen hat seine ganz eigene Geschichte.

»Ich weiß es ehrlich gesagt nicht«, gesteht sie. »Ich wollte etwas Soziales lernen. Und je länger ich mich damit auseinandergesetzt habe, umso mehr hat es mich zu diesem Beruf gezogen. Ich möchte Kindern helfen, ich möchte dafür sorgen, dass es ihnen gut geht.«

»Sie werden es nicht immer schaffen«, bereite ich sie auf das Unausweichliche vor. »Es gibt Fälle, in denen kommen wir zu spät. Es gibt Fälle, in denen hassen uns die Kinder, weil wir sie von ihren Eltern wegholen. Es gibt Fälle, da müssen wir Geschwister voneinander trennen, weil wir keine Pflegefamilien haben, die sie alle zusammen aufnehmen können. Ich sage das nicht, um Sie abzuschrecken, doch es ist unser Alltag.«

»Das ist mir natürlich bewusst«, lenkt sie sofort ein. »Ich hoffe dennoch, dass ich mit meiner Arbeit etwas Gutes bewirke!«

»Dann werden Sie das schaffen.« Ich strahle sie an, weil ich es ihr so gut nachempfinden kann. »Ich werde Sie mal über die Fälle informieren, die uns heute begegnen werden, und dann machen wir uns gemeinsam auf den Weg in die Familien. Büroarbeit läuft bei mir meist nebenbei übers Tablett und Handy, damit ich mir den Weg hierher sparen kann und jede Minute sinnvoll nutze. Mein Augenmerk liegt auf den Familien. Ich kontrolliere alle sehr regelmäßig, um sicherzugehen, dass ich nichts übersehe, und nehme mir die Zeit, auch hinter die Kulissen zu sehen. Aber das erkläre ich Ihnen, wenn wir unterwegs sind.«

Sie lächelt mich an, und in der nächsten Stunde berichte ich von einigen meiner aktuellen Fälle.

»Und am Ende, bevor wir Feierabend machen, werden wir noch zu einem Fall gehen, der uns ein gutes Gefühl schenken wird«, beende ich meine Berichterstattung. »Mr Bel wurde vor wenigen Tagen ein Baby vor die Tür gelegt. Es hat etwas Überredungskunst gebraucht, ihn dazu zu bringen, sich um die kleine LB zu kümmern, doch er hat sich ihr angenommen und ist ein wundervoller Vater. Am Montag werden wir die Ergebnisse von seinem Vaterschaftstest bekommen; wenn der positiv ausfällt, ist der Fall so gut wie abgeschlossen. Dann gibt es keinen Grund mehr, ihm auf die Finger zu schauen.«

»Mr Bel.« Isabella scheint sich innerlich Notizen zu machen, was mir sehr gut gefällt.

»Gut, dann lassen Sie uns mal losgehen.«

Damit machen wir uns auf den Weg. Der Tag verläuft recht ereignislos. Es gibt keine kurzfristigen Anrufe von der Polizei und auch Linda belästigt uns nicht, um Kinder in Obhut zu nehmen. Dennoch ist Isabelle am Nachmittag geschlaucht von den ganzen Eindrücken und den erbärmlichen Zuständen in vielen Familien.

»Man gewöhnt sich leider daran«, erkläre ich, als wir im Auto sitzen.

»Warum werden die Kinder nicht aus solchen Familien geholt?«, fragt sie entsetzt. »Ich meine, da sah es aus, als wäre seit Wochen nicht geputzt worden. Und die Mutter stand völlig neben sich.«

»Die Mutter nimmt Hilfe an und arbeitet an sich. Es besteht keine Kindeswohlgefährdung. Und wenn wir alle Kinder, die nur«, ich mache mit den Händen Anführungszeichen in der Luft, »in Unordnung aufwachsen, aus der Familie herausnehmen würden, hätten wir gar keinen Platz mehr in Heimen und Pflegefamilien. Es gibt zu viel, das wir nicht ändern können, und das System ist schon jetzt überlastet.«

Isabelle schweigt, dann nickt sie. »Okay. Ich wünschte trotzdem, wir könnten mehr machen.«

»Wir können unsere Zeit sinnvoll nutzen, gerade in solchen Familien vermehrt nachschauen und handeln, sobald wir es dürfen. Deswegen mache ich alles an Büroarbeit nebenher und gehe nur ein bis zweimal die Woche ins Büro. Damit nutze ich meine Zeit deutlich besser.«

»Ja, das macht Sinn. Wie viele Fälle haben wir heute noch?«

Ich sehe sie an und lächle. »Normalerweise arbeite ich länger. Doch für heute reicht es. Wir werden nur noch bei Mr Bel vorbeifahren und sehen, wie es der kleinen LB geht.«

Damit stelle ich den Wagen an und mache mich auf den Weg zu Jensen. Mit jedem Meter, den wir zurücklegen, beginnt mein Herz mehr zu rasen und ich sehne mich danach, Isabella einfach zu sagen, dass sie für heute Feierabend hat, und ich Jensen alleine besuche. Doch das wäre weder gut noch professionell. Also reiße ich mich zusammen und hoffe, dass Isabella mir nicht anmerkt, wie ich mich fühle.

Vor Jensens Haus parke ich wie immer auf der gegenüberliegenden Seite und lächle, als ich den Kinderwagen vor seiner Tür stehen sehe. Gut, er war heute auf jeden Fall mit LB spazieren.

»Wie heißt die Kleine eigentlich mit vollem Namen?«, fragt Isabella, als wir aussteigen.

»Er hat ihr noch keinen richtigen Namen gegeben«, gestehe ich. »Ich glaube, dass er Angst davor hat, es zu tun. Wenn am Montag herauskommen sollte, dass sie doch nicht seine Tochter ist, wird es ihm das Herz brechen. Also nennt er sie LB für Little Baby. Für mich ist das okay, wobei er ihr am Montag einen Namen geben muss. Vorher werde ich das Haus nicht verlassen.«

Ich zwinkere ihr zu und klingle an der Haustür.

»Das ist ja echt süß«, sagt sie. »Danke, dass wir am Ende noch etwas Schönes erleben.«

»Man muss sich an den schönen Dingen festhalten. Sonst hält man diesen Job nicht lange durch.«

Jensen öffnet die Tür und lächelt mich mit LB auf dem Arm an. »Ah, heute zu zweit?«

»Hallo, Mr Bel. Das ist Mrs Hauptman, meine Praktikantin. Ich habe Ihnen ja gestern erzählt, dass ich ab heute eine haben werde.«

Er blickt mich einen Moment amüsiert an, was einen Schauer über meinen Rücken jagt.

»Aber sicher, Mrs Dobran. Kommen Sie doch rein.«

Er schüttelt Isabella und mir die Hand, und wir folgen ihm nach drinnen. »LB und ich waren heute beim Arzt, zur Vorsorgeuntersuchung. Ich habe einen guten Kinderarzt gefunden, den wir sogar zu Fuß erreichen können. Er war sehr zufrieden mit ihr.«

»Das höre ich gerne.«

Jensen bedeutet uns, in der Küche auf den Barhockern Platz zu nehmen. Sofort geht mir das Bild durch den Kopf, wie er mir gestern hier das Essen gereicht hat.

»Wie steht es um ihre Blähungen?«

»Haben wir im Griff. Sie hat sich an die Milch gewöhnt. Allerdings wollte ich sie heute baden und habe mir dazu ein Tutorial angesehen. Da ich aber wusste, dass Sie kommen, habe ich gehofft, dass Sie mich dabei unterstützen würden. Ich habe Angst, dass ich etwas falsch machen könnte.«

Verwirrt sieht Isabella zu mir. Natürlich, es ist nicht normal, dass wir bei so etwas helfen. Also erkläre ich es ihr. »Mr Bel hat keine Ahnung von Kindererziehung und Babypflege. Nachdem er so ins kalte Wasser geschmissen wurde, habe ich ihm angeboten, ihn zu unterstützen, wenn er Hilfe braucht.«

»Und dafür bin ich mehr als dankbar!«, fügt er hinzu. »Ich weiß nicht, was ich gemacht hätte, wenn Sie mir mit den Blähungen nicht geholfen hätten.«

»Sie wären zum Arzt gegangen und der hätte ihnen geholfen«, tue ich meine Hilfe ab. »Aber wir sollten LB vielleicht gleich baden, damit Mrs Hauptman und ich zu unserem wohlverdienten Feierabend kommen.«

»So früh heute?«, fragt Jensen und sieht mich einen Moment verwirrt an. »Das bin ich von Ihnen gar nicht gewohnt.«

»Ich will meine Praktikantin ja nicht am ersten Tag überfordern.«

Ich zwinkere ihr zu, und gemeinsam machen wir uns auf den Weg ins Bad. Jensen hat bereits eine kleine Wanne auf die Badewanne gestellt. Dazu hat er ein Thermometer und Badezusatz bereitgelegt.

»Das sieht doch schon gut aus«, lobe ich ihn. »Dann mal Wasser in die Wanne und danach ausziehen.«

Jensen wirft mir einen vielsagenden Blick zu, der mir Hitze ins Gesicht jagt. Gott, dieser Mann macht mich fertig! Doch nun, da ich nicht alleine bin, muss ich mich zusammenreißen und kann ihm nicht immer entgegenschleudern, was mir so auf der Zunge liegt.

Und so bin ich dankbar, als er sich daran macht, die kleine Wanne mit Wasser zu füllen und die Temperatur zu prüfen, LB auszieht und sie dann unbeholfen hält.

»Hier. Lassen Sie zuerst die Füße langsam ins Wasser tauchen, damit sie nicht erschrickt«, fordre ich ihn auf.

Jensen macht, was ich ihm sage, und LB scheint das zu gefallen. Sie strampelt wild mit den Füßen und gibt leise Geräusche von sich.

»Legen Sie ihren Kopf hier auf den Unterarm und halten Sie sie hier am Arm fest. Dann kann sie nicht ins Wasser rutschen, und Sie haben die andere Hand frei, um sie zu waschen.«

»So?«, fragt Jensen und tut, was ich ihm sage. Dabei greife ich nach seinem Arm, um ihn in eine andere Position zu bringen. Als wir uns berühren, stockt mir der Atem. Ein kribbelndes Gefühl breitet sich in mir aus, das ich nicht so einfach ignorieren kann.

»Super. Dann nehmen Sie den Lappen und beginnen, die Kleine von Kopf bis Fuß zu waschen. Wichtig, immer oben beginnen und unten enden, damit es nicht unhygienisch wird.«

»Okay. Mache ich es so richtig?«

»Perfekt. Vergessen Sie nicht, sie auch hinter den Ohren zu waschen. Und lassen Sie immer wieder Wasser über ihren Oberkörper laufen, damit sie nicht auskühlt.«

Jensen gibt sich unheimlich viel Mühe und scheint es richtig zu genießen. Als er LB zwischen den Beinen wäscht, stellt er sich etwas ungeschickt an, was mich zum Lachen bringt.

»Sie werden ja die Anatomie von Frauen kennen«, ziehe ich ihn auf. »Seien Sie einfach vorsichtig und drücken nicht zu fest, dann ist alles gut.«

»Glauben Sie mir, ich kenne die Anatomie von Frauen sehr gut.« Er blickt mich an, und seine Augen scheinen regelrecht zu glühen.

»Sie haben ein Kind. Ich bin von nichts anderem ausgegangen.«

Als er fertig ist, reiche ich ihm ein Handtuch, und er wickelt LB vorsichtig hinein. »Wenn sie schon nackt ist, ist es für die Bindung gut, sie auch mal nur in einer Windel auf Ihren Oberkörper zu legen. Haut-zu-Haut-Kontakt ist wichtig für Babys.«

»Klar.« Jensen sieht mich erneut mit diesem Glühen an, dann hält er mir LB entgegen. »Würden Sie kurz?«

Obwohl ich befürchte, dass ich genau weiß, was er vorhat, nehme ich die Kleine auf den Arm und beobachte Jensen, wie er sich völlig ungeniert das Shirt über den Kopf zieht. Oh Gott! Ich muss mich zusammenreißen, um nicht sabbernd am Boden zu liegen. Dieser Körper! Jensen sieht aus, als würde er jeden Tag trainieren. Seine Muskeln sind vollkommen ausgebildet, zeichnen sich unter seiner Haut perfekt ab, und ich glaube, ich habe in meinem ganzen Leben noch nie so ein perfektes Sixpack gesehen wie seins. Also in echt, nicht auf irgendeiner Leinwand oder in einer Zeitung. Mit einem Grinsen nimmt er LB wieder an sich und hält sie so, dass beide engen Hautkontakt haben. Dabei liegt die Decke über ihr, sodass sie nicht auskühlt.

»Das hat doch ganz gut geklappt. Ich würde sagen, Sie brauchen soweit keine große Hilfe mehr.«

»Dank Ihnen«, erwidert er. »Danke. Ich weiß nicht, ob ich das alles ohne Sie so gut geschafft hätte.«

»Sie hätten das genauso gestemmt.«

»Nein«, widerspricht er mir. »Ich hätte es viel schwerer gehabt.«

Er sieht mich eindringlich an, und ich weiß nicht, was ich dazu sagen soll. Gott, ich bin nur selten sprachlos. Eigentlich habe ich immer eine kecke Erwiderung, ganz gleich in welcher Situation.

»Gut, ich denke, wir werden dann wohl mal Feierabend machen. Ich melde mich spätestens am Montag mit dem Ergebnis.«

Ich hoffe, dass er nicht erwähnt, dass ich morgen auf LB aufpassen werde.

»Dann bis spätestens Montag.«

Jensen führt uns zur Tür, wo er sich auch von Isabella verabschiedet, und ich atme tief durch, als wir endlich an meinem Wagen ankommen. Isabella schweigt, wofür ich ihr unheimlich dankbar bin.

11 Jensen

Shit. Ich will sie. Ich will sie so sehr, wie noch nie zuvor eine Frau. Als ich daran denke, wie sie mich angestarrt hat, als ich mein Shirt ausgezogen habe, wird mein Schwanz hart. Fuck, ich brauche mehr als nur meine Hand. Ich brauche sie. Nackt. In meinem Bett. Unter mir. Auf mir. Mit meinem Schwanz in ihrem Mund.

Durch das Fenster beobachte ich, wie sie mit ihrer Praktikantin davon fährt, und ich entscheide mich, dass es nicht genug ist. Nein. Ich muss sie noch mal sehen. Alleine. Ich will mich mit ihr unterhalten, will sie necken, will sie in meiner Nähe. Also nehme ich mein Handy und schreibe ihr eine Nachricht.

Jensen

Tut mir leid für die Störung. Doch ich habe vergessen, Sie etwas zu fragen. Es geht darum, wie es ab Montag laufen wird, wenn das Ergebnis da ist. Wäre schön, wenn Sie mich noch mal anrufen könnten.

Ich schreibe mit Absicht vorsichtig, falls ihre Praktikantin die Nachricht liest. Denn ich kann mir nicht vorstellen, dass es bei ihren Vorgesetzten gut ankommen würde, wenn jemand herausfindet, dass ich mit ihr flirte. Zu meiner Freude kommt sogar relativ schnell eine Antwort.

Lanette

Ich werde Sie so in einer halben Stunde noch mal anrufen. Dann können wir noch mal die möglichen Abläufe besprechen.

Mit freundlichen Grüßen

Lanette Dobran

Eine halbe Stunde. Verdammt, ich muss mir dringend überlegen, was ich bis dahin mache, um die Zeit schnell rumzubekommen. Ein Blick auf LB, die ruhig in meinen Armen schläft, verrät mir, dass sie erst mal keine Ablenkung bieten wird. Im Gegenteil, sie ist so zufrieden, den direkten Kontakt zu mir zu haben, dass ich sie nicht mal ablegen kann. Oder will. Also entscheide ich mich, zu versuchen, etwas zu arbeiten.

Mit LB im Arm gehe ich in mein Büro und schalte den Laptop ein, um meine Mails zu checken. Bisher klappt das Homeoffice ganz gut. Wichtige Gespräche tätige ich nur, wenn LB gut gegessen hat und eingeschlafen ist; und alles andere, was am PC zu erledigen ist, bekomme ich auch hin. Ich gehe alle Mails durch und habe auch einige Wichtige von Elsa, die ich mir für morgen ansehen muss. So arbeite ich mich Stück für Stück durch, bis mein Handy endlich klingelt.

Eine angenehme Aufregung breitet sich in mir aus, als ich darauf blicke und tatsächlich Lanettes Namen erblicke.

»Ja?«, frage ich und hoffe, dass es nicht ihre Praktikantin ist.

»Ich bin's.«

Shit, sie klingt irgendwie atemlos. Als würde sie sich genauso auf dieses Gespräch freuen wie ich.

»Bist du alleine?«

»Ja.«

Yes! »Komm noch mal vorbei. Ich würde gerne mit dir besprechen, wie wir es morgen machen.«

Lanette schweigt einen Moment, dann räuspert sie sich. »Ich weiß nicht, ob das so eine gute Idee ist.«

Und ob es das ist! »Warum?«

»Ich hätte gestern nicht bei dir einschlafen dürfen. Das ist nicht professionell.«

»Am Montag bekomme ich die Bestätigung, dass LB meine Tochter ist. Danach muss nichts mehr professionell sein.«

Janette schweigt einen Moment, dann seufzt sie. »Du kannst mir auch am Telefon erzählen, wie es morgen ablaufen soll. Ich habe heute keine Zeit, vorbeizukommen.«

Bei ihren letzten Worten steigt unerklärlicherweise Eifersucht in mir auf. »Ist dein Dr. Brown bei dir?«

Es ist ein unbegründeter Vorwurf, dennoch ist es genau das, was ich befürchte.

»Selbst, wenn er es wäre, es würde dich nichts angehen. Du und ich, wir sind nur durch meine Arbeit in Kontakt.«

Ich muss tief durchatmen, um nicht wütend zu werden. Einzig LB, die noch immer an meine Brust geschmiegt auf meinem einen Arm liegt, lässt mich Ruhe bewahren. »Willst du mir erzählen, dass du es nicht fühlst? Verdammt, wir flirten die ganze Zeit! Du nennst mich BD und ich dich SA. Was ist plötzlich anders?«

Sie schweigt einen Moment, und ich habe schon Angst, dass sie gar nichts mehr sagt. Doch irgendwann tut sie genau das.

»Sag mir einfach, wann ich morgen da sein soll. Und dann lass uns am Montag noch mal in Ruhe reden.«

Montag. Shit. Entweder will sie dieses Gespräch auf Montag verschieben, weil es danach keinen Grund mehr gibt, sich mit mir abgeben zu müssen, oder sie will es auf Montag verschieben, weil sie dann nicht mehr für mich zuständig ist und es keine Konflikte mehr mit ihrer Arbeit gibt. So oder so, für diesen Moment macht es mich wütend. Fuck, ich kenne diese Frau noch immer kaum, und doch will ich sie wie nie eine zuvor!

»Morgen um acht. Ich werde wohl den ganzen Tag in der Firma sein, vielleicht sogar bis nach neun, je nachdem, wie es läuft.«

»Ich werde um halb acht da sein. Bis morgen.«

Damit legt sie auf. Ich kann mich nur mit Mühe davon abhalten, das Handy gegen die nächste Wand zu schmeißen. Das kann doch echt nicht wahr sein! Das ist nicht, was ich mir für diesen Abend vorgestellt habe. Shit, in meinem Kopf habe ich mir sogar ausgemalt, dass ich sie heute gegen die Wand drücken und küssen würde. Aber okay. Montag.

Die nächsten zwei Stunden bin ich mit der Arbeit beschäftigt und bereite mich ordentlich auf den nächsten Tag vor. LB schläft wie meistens friedlich, und ich nutze die Zeit, bis sie wach wird und Hunger bekommt. Dabei bin ich froh, das Handtuch als Decke über ihr zu haben, denn ich habe ihr nach dem Baden keine Windel angezogen, und das kann echt ekelig sein.

»Na, du kleine Pieselmaus?«, frage ich, als sie die Augen öffnet und leise Laute von sich gibt. Ich glaube, ich habe echt Glück mit ihr, im Netz habe ich von Schreikindern gelesen. LB dagegen beschwert sich nur, wenn sie wirklich ein Problem hat und sich mitteilen muss. »Gut geschlafen?«

Sie bewegt sich in meinen Armen, und ich bringe sie in ihr Zimmer, um sie auf die Wickelkommode zu legen und noch einmal mit einem Lappen zu waschen, da auch sie voller Pipi ist. Mich selbst trockne ich nur ab. Ich ziehe sie an, erzähle mit ihr und habe das Gefühl, dass sie sich mit jedem Tag etwas verändert. Als würde sie jeden Tag irgendwie ein bisschen was lernen.

»Morgen wird Lanette auf dich aufpassen«, sage ich leise. »Freust du dich?«

LB macht schmatzende Geräusche, die mir sagen, dass sie Hunger hat. Also beeile ich mich, ihr die Milch zu machen. Ich gebe ihr die Flasche und lege sie danach in ihr Bettchen, um schnell unter die Dusche zu springen. Normalerweise warte ich damit, bis sie schläft, doch normalerweise bin ich auch nicht angepinkelt. Als ich jedoch im Bad bin, merke ich, dass ich unruhig bin. Ich kann LB nicht einfach im Wohnzimmer liegen lassen, während sie wach ist, und dabei hier duschen. Verdammt!

Erst überlege ich, wie ich es mache, dann hole ich eine weiche Decke, lege sie im Bad auf den Boden und lege danach LB darauf.

»Damit ich dich im Auge behalten kann«, sage ich und streiche über ihre weiche Wange. »Aber nicht wegkrabbeln!«

Als ich mir sicher bin, dass sie noch immer zufrieden ist, ziehe ich mich schnell aus und steige unter die Dusche. Zu meiner Erleichterung scheint LB zufrieden damit, den Wassertropfen zuzusehen. Tatsächlich schaffe ich es, mich in Ruhe zu duschen und zu rasieren, während LB lieb auf dem Boden liegt. Als ich wieder angezogen bin, nehme ich sie auf den Arm und bringe sie ins Wohnzimmer. »Und jetzt?«, frage ich und überlege, wie ich den Abend verbringe. LB ist noch immer wach, was mich wundert, doch nicht stresst. Ich überlege gerade, ob ich Musik anmachen soll, als es an meiner Tür klingelt.

»Könnte das doch Lanette sein?«

Bei dem Gedanken macht sich Aufregung in mir breit, und ich mache mich auf den Weg zur Tür. Ich habe sie noch nicht ganz geöffnet, als sich mir eine Frau an den Hals schmeißt und mich damit fast umwirft.

»Ich habe dich so vermisst!«, quietscht Cynthia und klammert sich an mich.

»Was machst du denn hier?« Ich bekomme diesen Satz gerade noch heraus und bin völlig überfordert, als sie mir ihre Zunge in den Hals steckt.

»Ich bin gerade aus Frankreich zurück«, stöhnt sie und macht sich auch schon an meinem Shirt zu schaffen, um es hochzuziehen. Dabei versuche ich, sie vorsichtig von mir zu lösen, was sich deutlich schwieriger gestaltet als gedacht. »Ich bin sofort zu dir gekommen. Jensen, ich brauche dich! Jetzt!«

Da sie an meinem Shirt nicht weiter kommt, zieht sie an meiner Hose, wobei ich es endlich schaffe, ihre Hände einzufangen, um sie davon abzuhalten.

»Stopp!«, keuche ich und schiebe sie ein Stück zurück. »Cynthia, ich kann gerade nicht!«

Und vor allem will ich auch nicht. Denn nicht sie ist es, die seit Tagen meine Gedanken beherrscht.

»Warum? Hast du schon Besuch?«

Sie sieht mich mit ihrem so typischen Schmollmund an und macht dabei große Augen.

»Nicht wirklich«, gebe ich zu.

»Und warum solltest du dann nicht können?«

Ich stöhne. Cynthia ist eine der wenigen, die ich in den letzten Jahren immer wieder ficke. Dabei ist klar, dass es keine Exklusivität gibt. »Ich bin nicht alleine«, sage ich und werfe einen Blick hinter mich. Shit, ich habe keine Ahnung, wie ich ihr erklären soll, dass ich ein Kind habe.

»Also doch eine Frau?«

Sie blickt hinter mich, als könnte sie dort jemanden entdecken.

»Nicht ganz«, sage ich, denn LB ist definitiv noch keine Frau. »Wenn du willst, kannst du reinkommen. Aber es wird keinen Sex geben.«

Sie zieht eine Augenbraue nach oben, doch dann nickt sie. »Schade. Ich habe mich so auf deine Talente gefreut. Frankreich wird so gelobt, doch mit dir kann keiner konkurrieren.«

Ich verdrehe die Augen, während ich vor ihr herlaufe, und frage mich, ob sie nun meinen Arsch begafft, wie ich es immer bei Lanette tue. Fuck. Lanette. Wie viel lieber es mir wäre, wenn sie jetzt hier wäre und nicht Cynthia.

»Und wo …«

Sie spricht nicht weiter, als wir im Wohnzimmer ankommen und sie das Chaos erblickt, das hier herrscht. Gut, für andere ist es vielleicht kein Chaos, doch für meine Verhältnisse schon.

»Oh mein Gott!«, ruft sie aus und geht direkt zum Babybett, um hineinzusehen. »Ein Baby?«

»LB«, stelle ich sie vor. »Sie lag am Montag vor meiner Haustür.«

Montag? Ist es erst so wenige Tage her, dass LB in mein Leben getreten ist? Für mich fühlt es sich so an, als hätte sie schon immer zu mir gehört.

»Jensen, du kannst sie nicht einfach behalten«, belehrt mich Cynthia, wobei sie LB anstrahlt. »Du musst das melden!«

»Denkst du, ich bin blöd?«, fauche ich und nehme LB auf den Arm. »Ich habe natürlich bei der Polizei angerufen. Lanette, sie ist von Kidss, hat mich dazu gebracht, mich der Kleinen anzunehmen. Laut einem Zettel, der bei ihr gelegen ist, ist sie meine Tochter. Am Montag kommt das Ergebnis vom Vaterschaftstest.«

»Oh mein Gott«, quietscht sie erneut und streckt ihre Arme nach LB aus. »Sie ist ja so süß! Darf ich sie mal halten?«

Widerwillig reiche ich ihr die Kleine, die mit großen Augen die Fremde ansieht.

»Bist du eine süße Maus. Und so hübsch!« Cynthia wiegt LB hin und her und erzählt leise mit ihr. Dabei hätte ich nicht gedacht, dass sie mit Kindern kann. Allerdings kenne ich Cynthia auch kaum. Ich weiß, wie ich sie zum Kommen bringen kann, und ich weiß, wie gut sie mir einen blasen kann. Viel mehr ist da nicht.

»Wünschst du dir, dass sie deine Tochter ist?«, fragt Cynthia nach einer Weile.

»Sie ist meine Tochter«, sage ich fest. »Ganz gleich, was der Test aussagt, ich werde sie nicht mehr hergeben.«

Es ist eine Tatsache. Sollte der Vaterschaftstest negativ ausfallen, werde ich um sie kämpfen. Mit allem, was ich habe.

»So hätte ich dich nie eingeschätzt.« Cynthia setzt sich auf die Couch und greift nach LB's Hand. »Das gefällt mir.«

Schön für sie. Es fühlt sich trotzdem falsch an, sie hier auf der Couch sitzen zu haben und nicht Lanette. »Ich hätte mich auch nicht so eingeschätzt«, sage ich. »Aber es ist so.«

»Was bedeutet LB eigentlich?«

Cynthia blickt mich fragend an, und plötzlich ist es mir peinlich, dass ich ihr noch immer keinen richtigen Namen gegeben habe. Vor allem jetzt, da ich mir sicher bin, dass LB zu mir gehört. Ganz gleich, was passiert.

»Little Baby. Ich wollte ihr erst am Montag einen Namen geben, wenn das Ergebnis da ist.«

Ich will Cynthia schon sagen, welchen Namen ich für LB ausgesucht habe, doch es fühlt sich falsch an. So vieles fühlt sich plötzlich falsch an.

Ohne darüber nachzudenken, nehme ich das Handy und schicke Lanette eine Nachricht.

Jensen

Vergiss den Vaterschaftstest. Vergiss alles. LB ist meine Tochter; wenn der Test negativ ausfällt, werde ich um sie kämpfen. Und was die Geburtsurkunde angeht, du kannst den Namen Mariella eintragen. Ich muss nicht bis Montag warten, um ihr den Namen zu geben.

Ich lege das Handy weg und gehe zu Cynthia, um Mariella auf den Arm zu nehmen. Es fühlt sich so an, als würde sie sich sofort an mich schmiegen. Als wüsste sie genauso wie ich, dass wir unzertrennlich sind. Dass unsere Leben ab nun parallel verlaufen. Dann schließt sie die Augen.

»Ich muss LB ins Bett bringen. Morgen habe ich einen wichtigen geschäftlichen Termin, ich werde mich auch gleich schlafen legen.«

»Wer wird auf die Kleine aufpassen?«, fragt Cynthia sofort.

»Lanette. Sie hat sich extra frei genommen.«

Cynthia blickt mich fragend an. »Und wer ist das?«

»Die Sozialarbeiterin, die für uns zuständig ist.«

»Und die kümmert sich um LB, während du arbeitest? Hat sie nichts Wichtigeres zu tun? Ich könnte auch aufpassen, wenn du willst.«

»Nein«, sage ich sofort. »Ich darf sie nicht einfach jemandem geben, sonst könnte ich Ärger bekommen. Deswegen arbeite ich gerade auch nur von zuhause aus.«

»Ach so. Gut. Aber wenn du mal jemanden brauchst, ich mag Kinder.«

»Ich melde mich.«

Ich führe Cynthia zur Tür und bin froh, als sie endlich weg ist. Dann lege ich mich mit LB ins Bett, wobei ich nicht noch einmal aufs Handy blicke. Ich will für heute einfach nur noch schlafen.

12

Jensen

Vergiss den Vaterschaftstest. Vergiss alles. LB ist meine Tochter; wenn der Test negativ ausfällt, werde ich um sie kämpfen. Und was die Geburtsurkunde angeht, du kannst den Namen Mariella eintragen. Ich muss nicht bis Montag warten, um ihr den Namen zu geben.

Mariella. Mariella Bel. Der Name ist wunderschön. Doch bei all der Freude, dass die Kleine endlich einen richtigen Namen hat, habe ich auch Angst. Ich weiß nicht, was ich machen soll, sollte am Montag herauskommen, dass Mariella nicht seine Tochter ist. Es würde nicht nur ihm das Herz brechen. Vor allem, weil es wirklich ein Kampf werden würde. Ein alleinstehender Mann, der keinen Bezug zu dem Kind hat, muss kämpfen, um ein Kind zu bekommen. Vor allem, wenn nichts über die Mutter bekannt ist.

Die Mutter. Ich habe die letzten Tage immer wieder versucht, herauszufinden, wer sie sein könnte, doch nichts gefunden. Vielleicht sollte ich das morgen machen. Ich habe den ganzen Tag, um zu recherchieren. Und wenn ich sie dazu bekomme, dass sie das Sorgerecht ganz offiziell an Jensen abgibt, kann ihm niemand etwas. Denn er ist der beste Vater, den die Kleine haben kann.

Mit dem Gedanken setze ich mich auf die Couch, nur um im nächsten Moment eine weitere Nachricht zu bekommen. Diesmal nicht von Jensen.

Garwin

Bist du zuhause?

Lanette

Ja, aber ich liege schon fast im Bett. Die Woche war lang und anstrengend.

Garwin

Kann ich vorbei kommen?

Ich sollte nein schreiben. Ich sollte ihm sagen, dass er nicht kommen kann, weil ich dabei bin, mich in jemanden zu verlieben. Doch es ihm zu schreiben, wäre feige. Und ich war noch nie feige.

Lanette

Klar. Wann bist du da? Ich muss noch schnell unter die Dusche.

Garwin

Zwanzig Minuten. Bis gleich.

Ich seufze und entscheide, dass mir die Zeit nicht reicht, um noch unter die Dusche zu springen. Stattdessen gehe ich in die Küche, um festzustellen, dass ich wieder mal vergessen habe, einzukaufen.

Seufzend setze ich mich auf die Couch und lese Jensens Nachricht noch mal. Ich muss einfach dafür sorgen, dass er Mariella behalten kann. Es gibt keine Alternative. Vor allem darf sie nicht in irgendeine Pflegefamilie kommen, bis das Familiengericht entschieden hat. Ich überlege fieberhaft, wie ich Mariellas Mutter finden könnte, bis es an der Tür klingelt. Eigentlich habe ich keine Lust, Garwin zu sehen. Doch wir sind Freunde.

»Hey«, grüße ich ihn, als ich ihn reinlasse. »Wie gehts dir denn?«

Garwin sieht fertig aus, und ich weiß, dass etwas auf Arbeit passiert sein muss. Seine Augen sind geschwollen und die Schultern eingefallen.

»Kann ich einfach nur die Nacht bei dir verbringen?«, fragt er und steht wie ein Häufchen Elend vor mir. »Ich kann heute nicht allein sein.«

»Klar«, antworte ich. »Wodka?«

»Nein.« Garwin blickt sich in meiner Wohnung um, wobei er den Eindruck macht, dass er nichts wahrnimmt. Dann sieht er mich aus traurigen Augen an.

»Können wir einfach schlafen?«

Ich nicke, denn ich weiß, gerade gibt es nichts zu sagen. Seine Dämonen quälen ihn, wie mich meine ab und an quälen. Er braucht einen Freund, nicht mehr und nicht weniger. Also führe ich ihn ins Schlafzimmer, nehme meine Schlafsachen und verschwinde im Bad, um mich umzuziehen. Als ich bettfertig bin, liegt Garwin bereits unter der Decke, und ich kuschle mich neben ihn. Sofort legt er seinen Kopf auf meine Brust, und ich streiche durch sein so vertrautes Haar. Einfach so. Um ihn zu beruhigen.

»Sie ist gestorben«, sagt er nach über einer Stunde. »Ich konnte nichts machen. Sie hat die Tabletten ihrer

Mutter genommen. Es war eine absolut unauffällige Familie. Ein unachtsamer Moment. Und ich konnte nichts mehr für sie tun.«

Tränen rinnen über seine Wange, und ich weiß, dass ich nichts sagen kann, das es wieder gut macht. Denn wenn ein Kind stirbt, kann man das nicht wieder gutmachen. Also schweige ich.

»Ihre Eltern sind am Boden zerstört. Ich kannte sie, seit sie auf die Welt gekommen ist. Sie war so ein fröhliches Kind.«

»Wie alt war sie?«, will ich jetzt doch wissen.

»Vier.«

Vier Jahre. Und dann wird sie einfach aus dem Leben gerissen. Es ist nicht fair. Also streiche ich weiter über Garwins Haar, während er leise Tränen in mein Shirt weint.

Als ich am nächsten Morgen aufwache, ist Garwin bereits weg, und ich bin mir sicher, dass er bei der Arbeit ist. Ich selbst habe noch genug Zeit, um mich fertigzumachen. Duschen, anziehen, Make-up, Kaffee. Dennoch brauche ich heute länger für alles. Denn plötzlich habe ich unbändige Angst. Angst davor, Jensen zu sehen. Angst davor, ihm zu nah zu kommen. Angst davor, was ihm am Montag bevorsteht.

Um sicher zu sein, dass es Garwin besser geht, schicke ich ihm eine Nachricht, bevor ich das Haus verlasse.

Lanette

Geht es wieder?

Garwin

Es muss. Danke, dass du gestern für mich da warst. Und Entschuldigung, dass ich auf deine letzte Nachricht nicht geantwortet habe. Ich war wohl eifersüchtig auf deine Arbeit.

Eifersüchtig. Garwin war noch nie eifersüchtig. Vor allem nicht auf meine Arbeit. Und ich will nicht, dass er auf irgendetwas eifersüchtig ist, denn dazu hat er kein Recht.

Lanette

Nicht schlimm. Wünsche dir einen schönen Tag.

Ich packe mein Handy in die Tasche, dann mache ich mich auf den Weg zu Jensen. Vor seinem Haus bleibe ich länger im Wagen sitzen als nötig. Doch etwas in mir traut sich nicht rein. Nicht, nachdem Isabella mich gestern so wissend angesehen hat, nachdem wir von Jensen weggegangen sind. Sie hat nichts gesagt, doch sie hat sich ihren Teil gedacht, so viel steht fest. Und das ängstigt mich mehr als alles andere. Denn plötzlich habe ich Angst um meinen Job und um meinen Ruf.

Als es immer später wird, atme ich tief durch. Ich muss da jetzt rein, ob ich will, oder nicht. Ich werfe einen letzten Blick auf mein Handy und merke, dass darauf zwei Nachrichten eingegangen sind. Eine von Garwin und eine von Jensen.

Garwin

Das wünsche ich dir auch. Ich melde mich die Tage. Vielleicht bringe ich dir auch wieder mal was zu essen vorbei, damit du nicht verhungerst.

Bei seinen Worten lache ich, fühle mich aber nicht danach. Vor allem, weil ich jetzt Jensens Nachricht lesen muss.

Jensen
Ich beiße nicht. Und Mariella hat noch keine Zähne. Komm rein.

Mist! Er hat mich natürlich längst gesehen!

Mit flauem Gefühl im Magen steige ich aus und gehe direkt zur Tür. Ich muss nicht erst klingeln, damit er mir öffnet.

»Hey«, grüße ich ihn und bin froh, dass er Mariella auf dem Arm hält. Irgendwie vermittelt sie mir Sicherheit, die ich ohne ihre Anwesenheit nicht hätte.

Scheiße, seit wann suche ich Sicherheit bei anderen? Seit wann bin ich nicht mehr selbst stark und selbstbewusst? Was hat Jensen mit mir gemacht?

Ich weiß es nicht, doch ich weiß, dass ich mich gerade extrem unwohl fühle.

»Danke, dass du auf sie aufpasst.«

Jensen reicht sie mir direkt. »Ich weiß echt nicht, was ich ohne dich machen würde.«

Dir eine Nanny suchen, die du nicht kennst und bei der du ein ungutes Gefühl hättest. Doch das sage ich nicht.

»Für LB mache ich das doch gerne.«

Für dich auch. Doch auch das sage ich nicht. Ich sage überhaupt sehr wenig und fühle mich, als wäre ich nicht ich selbst.

»Ja. Für LB.«

Er sieht nicht glücklich aus, und auch ich bin nicht glücklich. Das Leben kann einfach scheiße sein. Aber das weiß ich ja schon lange.

»Gut, dann hau ich jetzt ab. Ich melde mich, wenn ich mich auf den Heimweg mache.«

Jensen beugt sich runter, um LB auf die Stirn zu küssen, und ich wünschte, er würde sich zu mir beugen, um mir ebenfalls einen Kuss zu geben. Einen Moment habe ich das Gefühl, dass er genau das tun wird. Doch dann schüttelt er den Kopf und verlässt das Haus. Mit LB auf dem Arm blicke ich ihm nach, bis er mit seinem Sportwagen aus der Garage fährt. Ich blicke ihm nach, bis er an der Kreuzung abbiegt und aus meinem Sichtfeld verschwindet. Ich blicke ihm sogar noch nach, als er längst weg ist.

»Was macht dein Papa nur mit mir?«, frage ich leise und richte meine Aufmerksamkeit endlich auf das Baby in meinen Armen. Mein Seelenpflaster. Denn LB, nein Mariella ist alles, was ich mir von meiner Arbeit erwünsche. Sie wird geliebt, und Jensen wird ihr immer ein guter Vater sein. Ich weiß es einfach. »Was macht er nur mit mir.«

Ich küsse sie ebenfalls auf die Stirn, dann gehen wir hinein. Jensen hat alles vorbereitet, sodass ich mir um nichts Sorgen machen muss. Er hat mir aufgeschrieben, wann Mariella das letzte Mal gegessen hat, wann er sie das letzte Mal gewickelt hat und wie ihr Rhythmus normalerweise ist. Er hat sogar das Milchpulver portioniert, damit ich es später nur noch in die Flasche kippen muss. Es ist perfekt.

Da ich heute einiges vor habe, lege ich Mariella in ihr Bettchen und bin froh, dass sie weiter schläft. Dann nehme ich meinen Laptop und schicke Jensen eine Nachricht mit der Bitte, dass er mir sein W-Lan-Passwort gibt. Die Antwort kommt nicht von ihm, sondern von einer mir unbekannten Nummer mit der Information, dass Elsa für mich da ist, sollte etwas sein. Ich bedanke mich und logge mich dann mit meinem Laptop ein. Danach verbringe ich die nächsten Stunden damit, im Internet zu recherchieren und zu telefonieren. Ich gehe alles durch, was mir einfällt, von Krankenhäusern, über Frauenhäuser, bis hin zu Entzugskliniken. Doch es gibt einfach keine Spur zu ihr.

Zwischendurch kümmere ich mich um Mariella, die ein unheimlich zufriedenes Kind ist. Okay, Entzugskliniken fallen dabei wohl weg. Mariella ist kerngesund und definitiv nicht auf Entzug. Aber wo könnte ihre Mutter dann stecken? Warum hat sie ihre Tochter einfach vor Jensens Tür gestellt? Ich bekomme es nicht in meinen Kopf und habe langsam auch keine Idee mehr, als es irgendwann an der Tür klingelt.

»Wer könnte das wohl sein?«, frage ich Mariella, die gerade in meinem Arm liegt und süße Geräusche von sich gibt. »Sollen wir mal öffnen?«

Mariella antwortet natürlich nicht, ich mache mich dennoch auf den Weg, um zu öffnen.

»Ja?«, frage ich, als ich eine wunderschöne Blondine vor mir erblicke, die mich mit schief gelegtem Kopf ansieht.

»Hi«, grüßt sie mich freundlich. »Sie müssen von Kidss sein. Ich bin Cynthia, eine Freundin von Jensen. Er hat mir gestern Abend erzählt, dass Sie heute auf die kleine LB aufpassen werden.«

Sie beugt sich zu LB herunter und lächelt sie liebevoll an, bevor sie sich wieder aufrichtet. »Ich habe ihm ja angeboten, dass ich auch aufpassen kann, doch ich verstehe natürlich, dass er sie nicht einfach so weitergeben darf. Ich wollte mich trotzdem vorstellen.«

Verwirrt nicke ich und mustere sie genauer. Sie sieht aus wie ein Model. Groß, schlank und ein Gesicht, wie aus Porzellan. »Ähm, ja.«

»Ich dachte, ich komme einfach mal vorbei, um Ihnen und der kleinen LB Gesellschaft zu leisten. Sie kennen sich hier ja bestimmt kaum aus, und ich kann Ihnen alles zeigen.«

Sie geht an mir vorbei und direkt in die Küche. »Jensen hat gesagt, dass Sie alles im Griff haben würden, doch wenn ich mir überlege, ich wäre mit einem fremden Baby in einem fremden Haus, graut es mir.«

»Das ist kein Problem. Mr Bel hat alles gut vorbereitet.«

Sie lächelt mich offen an. »Ja, er ist ein Perfektionist.«

Sie bedeutet mir, mich auf einem der Stühle niederzulassen, und ich tue es. Viel zu verwirrt, um wirklich etwas sagen zu können. Wer verdammt noch mal ist diese Frau?

»Ich war gestern ja völlig überrumpelt, als Jensen plötzlich ein Baby bei sich hatte. Aber soll ich ehrlich sein? Ich glaube, es ist ein Wink vom Schicksal.«

»Ein Wink vom Schicksal?«

»Ja«, sagt sie und schenkt mir ein Glas Wasser ein. »Ich meine, Jensen und ich kennen uns schon so lange. Doch er war nie bereit für eine Beziehung. Aber wenn er jetzt ein Kind hat, ich glaube, es sollte so sein.«

»Sind Sie beide zusammen?«

Sie schüttelt bedauernd den Kopf. »Nein, das hat sich eben nie ergeben. Aber ich weiß, dass er mehr für mich empfindet. Und ich hoffe, dass er jetzt, da er sesshaft wird, dazu steht. Ist es nicht das, was man sich für ein Kind wünscht?«

Sie ist sich sicher, dass er sie liebt? Ich bin mir da nicht so sicher. Doch sie empfindet definitiv etwas für ihn. Und auch, wenn ich eine unbegründete Abneigung gegen diese Frau habe, ist sie freundlich. Ihr scheint wirklich etwas an Jensen zu liegen. Ein Umstand, der mir nicht gefällt. Doch ich habe kein Recht auf solche Gefühle. Also verfalle ich in den Arbeitsmodus, um mehr über diese Frau herauszufinden.

»Dann erzählen Sie doch mal etwas über sich. Was machen Sie beruflich?«

Cynthia strahlt sofort übers ganze Gesicht. »Ich bin Schauspielerin. Ich habe gerade in Frankreich gedreht und habe morgen ein Vorsprechen für einen weiteren großen Film. Wobei ich lieber bei einer Serie mitspielen würde. Da hat man ein längerfristiges Einkommen und der Job ist sicherer.«

»Was für ein Film war das denn?«, frage ich. Cynthia erzählt stolz von ihrer Rolle, von den Dreharbeiten und davon, wie sie sich ihr zukünftiges Leben vorstellt. Dabei glänzen ihre Augen wie Diamanten. Dennoch geht ihr Blick immer wieder zu Mariella, als wollte sie sich versichern, dass es ihr an nichts mangelt. Als Mariella aufwacht, springt Cynthia sofort auf die Beine und bereitet die Flasche vor.

»Meine Schwester hat vor einem Jahr ein Kind bekommen. Ich habe immer wieder auf den kleinen Bryan aufgepasst, daher weiß ich, wie man mit Babys umgeht.«

Ich nicke, als wäre das wichtig, behalte Mariella aber selbst, um ihr die Flasche zu geben. Immer wieder fragt sie mich über mein Leben aus, und ich antworte in kurzen Sätzen, weil ich nicht gerne mich spreche und über die Arbeit nichts sagen darf.

»Wo ist nur die Zeit geblieben?«, fragt Cynthia, als sie am Abend auf die Uhr blickt. »Ich hatte eigentlich gehofft, Jensen noch zu sehen, doch ich treffe mich noch mit einer Freundin. Es hat mich unheimlich gefreut, Sie kennenzulernen.«

Sie lächelt mich freundlich an, dann beugt sie sich zu mir und küsst mich auf die Wange. »Vielleicht sieht man sich ja noch einmal.«

Damit verlässt sie das Haus, und ich habe keine Ahnung, was ich denken soll. Aber ich weiß eins. Sie ist aufmerksam und liebt Kinder. Sie wäre eine gute Mutter.

13 Jensen

Es ist ziemlich spät, als ich mit Essen zuhause ankomme. Dabei weiß ich nicht einmal, ob Lanette überhaupt noch zum Essen bleiben wird. Ich habe ihr zwar geschrieben, dass ich etwas mitbringen würde, doch es kam keine Antwort.

Als ich im Wohnzimmer ankomme, weiß ich auch, warum. Lanette liegt auf der Couch, ihre Augen sind geschlossen und Mariella schlummert zufrieden auf ihr. Es ist ein Bild, das schöner nicht sein könnte. Da ich es nicht wieder vergessen möchte, nehme ich mein Handy und schieße ein Foto. Was auch immer die Zukunft bringen mag, zumindest für Mariella wird es später mal eine Erinnerung wert sein. Die Frau, die mich dazu gebracht hat, sie sofort bei mir zu behalten.

Um die beiden nicht zu wecken, gehe ich leise in die Küche und stelle das Essen ab. Ich schenke mir einen Whisky ein und trinke ihn. Ich bin echt fertig. Den ganzen Tag in einem stickigen Büro zu sitzen, um Einzelheiten für die Fusion zu besprechen, ist nicht gerade das, was zu meinen Lieblingsbeschäftigungen gehört. Dennoch war es ein guter Tag. Nachdem wir uns über die grobe Richtung geeinigt hatten, lief alles zu meiner Zufriedenheit, und ich muss mir vorerst keine größeren

Gedanken machen. Dennoch habe ich mich danach noch lange mit Elsa unterhalten und bin zu dem Schluss gekommen, dass ich einen guten Stellvertreter brauche. Jemanden, der da ist, wenn ich wegen Mariella zuhause bleiben muss. Außerdem hat Elsa mir noch mal eine Liste mit potenziellen Nannys in die Hand gedrückt, die sie vorher schon aussortiert hat.

»Irgendwann werden Sie eine brauchen«, hatte sie mir zwinkernd gesagt. Natürlich. Auch ihr ist bewusst, dass ich der Kleinen vollkommen verfallen bin. Und sie hat recht. Ich würde sofort alles hinschmeißen, wenn ich müsste. Nur um Mariella immer behalten zu können.

Da ich von Tag zu Tag unruhiger werde, genehmige ich mir einen zweiten Whisky, bevor ich alles wegräume und ins Wohnzimmer zurückgehe. Diesmal werde ich von intensiv dunklen Augen begrüßt, die mich anblicken.

»Gut geschlafen?«, frage ich und setze mich neben Lanette, die sich vorsichtig aufrichtet.

»Ja«, sagt sie und gähnt laut. »Dabei wollte ich gar nicht einschlafen.«

»Schon gut. Wie war euer Tag?«

Lanette blickt zu Mariella und lächelt. »Sie ist wundervoll und so zufrieden. Du machst das echt gut.«

»Sie macht das echt gut«, widerspreche ich. »Sie ist perfekt und wundervoll.«

»Das ist sie.«

Lanette sieht Mariella lange an, bevor sie ihre Aufmerksamkeit wieder auf mich richtet. »Wegen Montag, wir sollten uns wirklich noch mal unterhalten.«

Mein Herz krampft sich zusammen, und einen Moment glaube ich schon, dass sie mehr weiß, als sie mir sagt. Doch das wäre nicht ihre Art. Lanette ist direkt und ehrlich. Hätte sie bereits ein Ergebnis, wüsste ich davon.

»Sie ist meine Tochter«, sage ich also nur. »Und ich mache, was immer nötig ist, um sie zu behalten.«

»Ich weiß«, erwidert die Frau, die ich näher bei mir haben will. Doch ich rücke nicht an sie ran. Mir ist bewusst, dass sie das gerade nicht zulassen würde. Nicht, bis ihre Arbeit nicht getan ist. »Aber wir sollten alle Eventualitäten einkalkulieren.«

Und dann erklärt sie mir, was passieren würde, wenn ich nicht der leibliche Vater wäre. Damit hätte ich kein Recht mehr, Mariella bei mir zu behalten, und sie müsste mich als Pflegefamilie eintragen, wozu ich noch einiges an Unterlagen ausfüllen muss. Sie hat sie natürlich alle dabei, sodass wir die nächsten Stunden damit verbringen, alles vorzubereiten. Mit jeder Stunde, die vergeht, wird meine Angst größer, dass etwas schiefgehen könnte. Allein die Vorstellung, Mariella am Montag abgeben zu müssen, bringt mich um den Verstand. Dennoch habe ich nicht das Bedürfnis, sie zu mir zu nehmen. Zu sehr genieße ich den Anblick, wie Lanette sie auf dem Arm hält und sie immer leicht hin und her wiegt.

»Verdammt«, fluche ich irgendwann und springe regelrecht auf die Beine, als ich auf die Uhr blicke. Es ist bereits nach elf. »Ich habe doch extra was zu essen mitgebracht. Hast du Hunger?«

Erst habe ich das Gefühl, dass Lanette ablehnen wird. Doch dann nickt sie.

»Ja, was gibt es denn?«

»Thailändisch. Ich hoffe, du magst das.«

»Das hört sich gut an. Gerne.«

Dass sie mit mir essen wird, macht mich glücklicher, als es sollte, und so gehe ich in die Küche, um das Essen noch mal aufzuwärmen. Ich richte alles auf Teller an und bringe es ins Wohnzimmer. Normalerweise esse ich nie im hier, doch ich will Lanette mit Mariella auf dem Arm nicht aufscheuchen.

»Das riecht ziemlich gut«, sagt sie, und wie beim letzten Mal knurrt ihr Magen laut. »Danke dir.«

Ich schenke ihr ein Lächeln und kann diesmal nicht anders. Ich rücke näher zu ihr heran, sodass sich unsere Beine streifen. Sofort regt sich mein Schwanz, und ich hoffe, dass sie das nicht sieht. Gott, bisher war mir so etwas egal. Wenn ich scharf auf eine Braut war, habe ich es ihr gesagt und sie genommen, wenn es ihr genauso ging. Aber mit Lanette ist alles anders. Sie ist anders.

»Wie sieht dein Wochenende denn aus?«, frage ich, während ich ebenfalls esse.

»Wie immer. Ich werde ein paar Freunde besuchen und lesen.«

Ihr Blick wandert zu Mariella, die gerade ihre Augen öffnet.

»Na, wieder wach?« Nun kann ich nicht widerstehen und halte meine Hände hin, damit sie mir die Kleine gibt. »Hattest du einen schönen Tag?«

»Sie hat gegessen, in die Windeln gemacht und hat sich auch gut mit deiner Freundin verstanden, die uns besucht hat.«

Meine Freundin? Verwirrt sehe ich zu Lanette auf. »Mit wem?«

»Cynthia. Sie war hier, um mir Gesellschaft zu leisten. Sie ist lieb.«

Alles in mir schreit, Lanette zu sagen, dass Cynthia nicht meine Freundin ist. Doch ich widerstehe dem Drang und überlege, wie ich es verpacke, ohne dass es peinlich wird.

»Ja, sie ist echt lieb. Allerdings hätte ich ihr Mariella nicht anvertraut.«

»Warum nicht?«, will Lanette wissen.

»Weil ich sie nicht gut genug kenne. Wir treffen uns immer mal wieder, doch ich weiß absolut nichts aus ihrem Leben.«

Lange schweigt Lanette, während ich Mirella in Arm halte und ihre Gegenwart genieße. Nie hätte ich gedacht, dass ein Baby so etwas in mir auslösen könnte.

»Sie wäre eine gute Mutter.«

Als Lanette diese Worte ausspricht, fühle ich mich einen Moment vor den Kopf gestoßen.

»Was?«

»Cynthia. Sie wäre eine gute Mutter, finde ich. Sie war total begeistert von Mariella. Und sie hat die ganze Zeit davon gesprochen, dass sie sich auch eine Familie wünscht.«

»Ich will sie nicht«, platzt es direkt aus mir heraus. »Lanette, hast du es noch nicht begriffen?«

Vorsichtig lege ich Mariella auf die Couch, ganz nach hinten und sichere sie mit einem Kissen vor ihr, damit sie nicht herunterfallen kann. Dann beuge ich mich zu Lanette vor. »Hast du es wirklich noch nicht begriffen?«

»Jensen«, haucht sie, rührt sich aber nicht.

»Ja. Jensen.« Ich beuge mich noch ein Stück näher zu ihr, kann sie fast riechen. »Und Lanette. Verdammt, es gibt neben Mariella nur eine Frau, die mir nicht aus dem Kopf geht. Und das ist ganz sicher nicht Cynthia.«

Lanette seufzt bei meinen Worten ganz leise, und das ist der Moment, in dem ich mich nicht mehr kontrollieren kann. Ohne auch nur noch einen Gedanken zu verschwenden, beuge ich mich zu ihr und tue das, wovon ich träume, seit ich sie das erste Mal gesehen habe.

Ihre Lippen sind so weich. So sanft. So verführerisch. Erst sitzt sie nur da, kommt mir nicht entgegen, weicht aber auch nicht zurück. Dann drückt sie sich mir leicht entgegen. Mehr brauche ich nicht. Mit einer geschmeidigen Bewegung ziehe ich sie näher zu mir, bis sie auf meinem Schoß sitzt und meinen harten Schwanz an ihren Beinen fühlen muss. Ich tauche meine Zunge in ihren Mund, schmecke sie und erobere ihren Mund, wie ich es mir all die Tage vorgestellt habe.

Und Lanette? Lanette erwidert den Kuss. Nein, das stimmt nicht. Es ist so viel mehr. Sie erobert meinen Mund, als wäre ich die Luft, die sie zum Atmen braucht. Innerhalb von Sekunden drückt sie sich fester gegen mich, greift in mein Haar und stöhnt. Sie ist so intensiv, dass mir der Atem stockt und ich einen Moment nicht weiß, wie ich reagieren soll. Doch dann bin ich mir sicher. Meine Hände fahren unter ihr Shirt, ihren Rücken hinauf, bis ich in ihrem Nacken ankomme. Ich drücke leicht gegen ihre Wirbelsäule, lasse meine Finger darum kreisen und genieße, wie Lanette beginnt, ihr Becken an mir kreisen zu lassen. Das Ganze ist so intensiv, dass ich schon Angst habe, wie ein Schuljunge in meiner Hose zu kommen.

»Ahaaamaaa aaahaaa baaaahaaaa!«

»Fuck!«, fluche ich, als Mariella zu brüllen beginnt. Ohne auch nur eine Sekunde zu zögern, lösen wir uns voneinander, und ich nehme sie auf den Arm.

»Bescheidenes Timing«, erkläre ich ihr und wiege sie leicht hin und her. »Daran müssen wir noch arbeiten.«

Noch während ich das sage, blicke ich zu Lanette, die plötzlich auf die Beine springt. »Das … Mist. Ich meine …«, stottert sie, bevor sie ihre Stimme wiederfindet.

»Das war der beste Kuss, der mir je vergönnt war«, sage ich, bevor sie doch noch etwas anderes sagen kann.

»Und ich habe vor, dort anzuknüpfen, wo wir aufgehört haben, wenn die Kleine satt und bettfertig ist.«

»Nein«, ruft Lanette aus und weicht einen Schritt von mir zurück. »Nein. Ich muss gehen.«

Meine Brust zieht sich zusammen, als sie aus dem Haus stürmt, als wäre ihr der Teufel auf den Fersen. Ich schaffe es nicht einmal, ihr zu folgen. Und dann sind Mariella und ich wieder allein. Und einsamer, als ich mich je gefühlt habe.

14 Lanette

Wie konnte ich nur? Wie konnte ich so etwas tun?

Nachdem ich einige Meter gefahren bin, halte ich am Seitenstreifen und schlage mir die Hände vors Gesicht. Dabei rollen Tränen über meine Wangen. Tränen, die da nicht sein dürfen. Genauso wenig, wie das Verlangen, das tief in mir lodert.

»Du bist so ein Idiot!«, schimpfe ich in die Stille meines Autos. »So ein verdammter Idiot.«

Alles in mir schmerzt, seit ich aus Jensens Haus gestürmt bin. Alles in mir schreit danach, zu ihm zurückzugehen. Aber das kann ich nicht. Nicht, wenn ich mir und meinem Job treu bleiben will. Nicht, wenn ich auch morgen noch ohne schlechtes Gewissen in den Spiegel sehen will. Ich bin für Jensen und Mariella zuständig, und was ich gerade gemacht habe, ist alles andere als professionell.

Immer mehr Tränen rinnen über meine Wangen, während ich nicht weiß, wie ich mich so habe gehenlassen können. Scheiße, ich mag Jensen! Ich mag ihn so sehr, dass es schmerzt. Aber ich kann nicht alles für etwas riskieren, das vielleicht keine Zukunft hat. Und mein Beruf bedeutet mir ALLES!

So sitze ich noch lange da, bis mein Handy vibriert. Ich muss nicht darauf blicken, um zu wissen, wer es ist. Es hätte mich gewundert, wenn er sich nicht melden würde. Ich warte, bis er wieder auflegt, und seufze, als danach eine Nachricht reinkommt.

Jensen

Renn nicht weg. Ich weiß nicht, was es ist oder worauf es hinaus läuft. Ich kann auch warten, bis mit Mariella alles geklärt ist. Doch wenn du davon läufst, weiß ich nicht, ob es mir gelingt, dich einzuholen.

Seine Worte bringen mich nur noch mehr zum Weinen. Warum sagt er genau das Richtige? Warum ist er so verdammt perfekt, dass es weh tut? Erst überlege ich, ob ich überhaupt etwas schreiben soll. Doch es wäre nicht fair, ihn zu ignorieren.

Lanette

Mein Beruf bedeutet mir alles. Ich kann nicht riskieren, ihn zu verlieren. Es tut mir leid.

Jensen

Lass uns am Montag reden. Wenn der Test da ist. Wenn dir niemand mehr vorwerfen kann, es könnte ein Interessenkonflikt entstehen. Denn ich kann nicht aufhören, an dich zu denken. Verdammt, ich schmecke dich noch immer auf meiner Zunge.

Seine Worte bringen mich zum Lachen, während ich schluchze. Warum ist in seiner Welt alles so einfach?

Ich weiß, warum. Weil es für ihn immer einfach war. Er stand nicht vor dem Nichts, als er noch ein Kind war.

Er musste nicht um alles kämpfen, was er hat. Ich zweifle nicht daran, dass er hart arbeitet, doch es gibt diesen einen entscheidenden Unterschied. Und der heißt Familie.

Familie.

Dieses eine Wort hallt in meinem Kopf wider. Immer und immer wieder. Dabei sehe ich allerdings nicht meine tote Mutter vor mir. Nein. Vor meinen Augen manifestiert sich ein anderes Bild. Ein Bild von einem Mann und einem Baby. Und dann kann ich nicht mehr denken. Ohne auch nur eine Sekunde verstreichen zu lassen, wende ich den Wagen und fahre zurück. Ich renne regelrecht zu Jensens Haus, und als ich klingle, macht er innerhalb von Sekunden auf. Er sagt nichts, er lässt mich einfach reinkommen. Und als die Tür geschlossen ist, drückt er mich gegen die nächste Wand. Sein Kuss ist verlangend, leidenschaftlich und verzehrend. Er ist genau das, was ich brauche, um zu vergessen. Er ist das, was ich brauche, um mich frei zu fühlen.

»Ich gebe den Fall ab«, flüstere ich an seinem Mund. »Ich schreibe gleich morgen früh eine Mail. Nicht ich werde es sein, die dir am Montag das Ergebnis mitteilt. Ich werde aber an deiner Seite sein.«

Habe ich das wirklich gesagt? Ist das hier gerade real?

Jensens Hände an meinem Körper, seine Finger an meiner Hüfte beweisen es mir. Es ist echt. Und es ist die schönste Realität, die ich mir vorstellen kann.

»Endlich«, haucht Jensen in meinen Mund.

Er hebt mich hoch, und ich schlinge die Beine um seine Hüfte. Er trägt mich direkt ins Schlafzimmer.

»Was ist mit Mariella?«

Jensen grinst mich eine Sekunde an. »Die schläft tief und fest. Wenn wir fertig sind, hole ich sie.«

Das reicht mir, um mich fallen lassen zu können. Er legt mich mit dem Rücken aufs Bett und bleibt einen Moment vor mir stehen, um mich zu betrachten. Seine Augen funkeln, sein ganzer Körper ist angespannt.

»Verflucht, du bist die schönste Frau, die ich je gesehen habe«, flüstert er, bevor er meine Beine spreizt und sich dazwischen kniet. »Aber jetzt will ich alles sehen. Ich will dich schmecken, ich will dich riechen. Ich will dich fühlen.«

Damit fährt er an den Seiten meiner Schenkel nach oben, bis zu meiner Hüfte. Er wandert noch höher, schiebt seine Hände unter den Saum meines Tops, und ich schaudere, als seine Finger meine nackte Haut berühren. Er ist so sanft und dabei so bestimmt. Die perfekte Mischung.

»Sag mir, worauf stehst du im Bett?«

Erst glaube ich, mich verhört zu haben, doch Jensen fixiert mich mit festem Blick.

»Auf was stehst du?«, präzisiert er seine Frage. »Stehst du darauf, wenn der Mann die Kontrolle hat? Oder bist du lieber oben? Willst du einen Finger in dir, während ich dich lecke, oder vielleicht sogar einen vorne und einen in deinem süßen Hintern? Willst du es hart und heftig, oder sanft und vorsichtig? Sag mir, was willst du?«

Bei jedem seiner Worte läuft mir ein Schauer durch den Körper, und mein Innerstes beginnt zu brennen. Dabei habe ich keine Ahnung, ob ich das kann. Ob ich aussprechen kann, was er von mir wissen will.

Jensens Hände fahren derweil über meinem Top nach oben. Sie streichen sanft über meine Rundungen und reizen meine Nippel, was mich zum Stöhnen bringt.

»Wo willst du meine Hände lieber«, fragt er weiter. »Auf deinen perfekten Titten? Willst du, dass ich sie knete, an ihnen knabbere, meine Zunge darüber gleiten lasse? Oder willst du, dass ich mich deinem sexy Arsch widme? Dass ich ihn halte, ihm die Aufmerksamkeit gebe, die er verdammt noch mal verdient hat?«

»Beides!«, stöhne ich, als er sich nach unten beugt und durch den Stoff des Tops und BHs meinen Nippel beißt. »Ich will beides!«

»Oh ja«, raunt er. »Sag mir mehr. Sag mir genau, was ich mit dir anstellen soll. Sag mir, was dir gefällt.«

Jensen schält mich Stück für Stück aus meinen Klamotten. Erst das Oberteil, den BH und am Ende die Hose, wobei ich meine Schuhe und Socken schnell selbst abstreife. Seine Hände sind überall, genau wie sein Mund.

»Mehr«, sagt er leise. »Sag mir, was du brauchst!«

Ich schlucke, weil ich kaum noch denken kann. Dennoch bewirken seine Worte, dass ich es genau vor Augen habe. Dass das Bild von uns immer mehr Form annimmt.

»Ich will geleckt werden«, gestehe ich, als er sich wieder meiner Brust widmet. »Mit zwei Fingern in mir. Ich will an deinem Mund kommen, bevor ich deinen Schwanz in meinen Mund nehme und dich in den Wahnsinn treibe.«

Jensen stöhnt laut, dann zieht er meinen Slip über die Hüfte, sodass ich splitterfasernackt vor ihm liege. Einen Moment betrachtet er mich, und ich bin froh, dass ich mich heute Morgen noch rasiert habe.

»Das Schönste, was ich je gesehen habe«, wiederholt er, wobei er mit seinen Fingern über meine Scham fährt. Er fühlt sofort, wie erregt ich bin, denn er verteilt die Nässe zwischen meinen Schamlippen und auf meinem Kitzler. Er reizt mich, wie mich noch nie ein Mann gereizt hat.

»Zwei Finger?«, fragt er, als ich stöhnend und winselnd unter ihm liege. Seine andere Hand liebkost meine Brust, die schon fast schmerzhaft geschwollen ist.

»Ja, bitte!«, flehe ich. Und dann gibt er mir genau das, was ich brauche. Mit zwei Fingern taucht er tief in mich ein. Ich beuge mich ihm entgegen, nehme ihn nur noch tiefer in mich auf und stöhne ungehemmt. Als Jensen seine Zunge auf meinen Kitzler legt, ist es um mich geschehen. Nie in meinem Leben bin ich so schnell gekommen. Der Orgasmus zerreißt mich, lässt meinen ganzen Körper krampfen und zerrt einen Schrei aus meiner Kehle, der durch die ganze Straße zu hören sein muss. Doch Jensen ist das nicht genug. Seine Finger bewegen sich immer intensiver in mir, sodass der Orgasmus nicht abebbt. Seine Zunge fährt kleine Achten auf meinem Kitzler, der geschwollen unter seiner Liebkosung zuckt und vibriert. Das Ganze ist so intensiv, dass ich es kaum aushalte.

»Zu viel!«, keuche ich, als Jensen in meinen Kitzler beißt. »Zu viel!«

Sofort drückt er seine Zunge fest dagegen, lindert den Schmerz und lässt mich endlich zur Ruhe kommen. Er streichelt mich sanft über den Bauch, die Hüften, die Beine. Und endlich komme ich runter. Als er sicher ist, dass ich geerdet bin, rutscht er zu mir hoch.

»So?«, fragt er mit brennenden Augen. »Wolltest du es so?«

»Ja«, hauche ich und fühle mich völlig erschöpft. Doch dann spüre ich seinen harten Schwanz, und eine neue Lust erwacht in mir. »Ja, genau so wollte ich den ersten Teil.«

Jensen, der zu ahnen scheint, was ich meine, lacht leise.

»So gierig?«, fragt er, als ich meine Finger über seine Brust gleiten lasse. Ich genieße den schmalen Flaum Haare, der zwischen seine Beine führt, und frage mich, wann er sein Shirt ausgezogen hat. Shit, warum habe ich das nicht mitbekommen?

»Gieriger«, erwidere ich. Dann setze ich mich auf, um ihn auszuziehen. »Und es ist nicht fair, dass du die Aussicht genießen kannst, mir aber so viel Stoff die Sicht verwehrt.« Ich öffne seine Anzugshose, schiebe sie über seine Hüften und nehme dabei gleich die Boxershorts mit. Sein Glied ist noch größer, als ich es mir vorgestellt habe und doch nicht zu riesig. Ich hatte mal einen Freund, mit dem Sex weh tat, weil er zu mächtig war. Aber Jensen hat die perfekte Größe.

Als ich seine die Hose und Shorts ausgezogen habe, knie ich mich zwischen seine Beine und lecke meine Lippen. Seine Eichel glänzt und reckt sich mir entgegen. Zuerst lasse ich meine Zunge sanft darüber streichen, dann nehme ich ihn ganz in den Mund. Ich lecke, sauge und schlucke, als er ganz tief in meiner Kehle ist. Jensen vibriert unter mir. Seine Muskeln zucken, während ich mich ihm widme.

»Verdammt, ich komme gleich!«, flucht er leise, woraufhin ich ihn nur noch tiefer in mich aufnehme und einen Unterdruck im Mund aufbaue. Mehr braucht es nicht. Er ergießt sich in meine Kehle, und ich schlucke alles.

15 Jensen

Da liegt sie. Eine Frau in meinem Bett. Und es ist das erste Mal in meinem Leben, dass ich nicht überlege, wie ich sie so schnell wie möglich wieder rausbekomme. Im Gegenteil. Ich werde alles dafür tun, damit noch Tausende solcher Momente folgen.

Lanette hat sich vorhin im Bett völlig verausgabt. Erst habe ich sie verwöhnt, dann hat sie mich verwöhnt und dann haben wir miteinander geschlafen. Ich habe sie erkundet, wie ich nie zuvor eine Frau erkundet habe. Ich habe mir nicht nur sagen lassen, was sie will, ich habe es mir gemerkt und mir jede Regung ihres Körpers eingeprägt, um ihr immer und immer wieder Lust bereiten zu können. Morgen. Übermorgen. Und auch in fünf Jahren.

Verdammt, wie kann ein Mensch in so wenigen Tagen eine so wichtige Rolle in meinem Leben einnehmen? Ich verstehe es nicht, doch ich habe auch nicht vor, es zu Tode zu analysieren.

Als ich ein leises Geräusch von draußen höre, stehe ich schnell auf, schlupfe in meine Boxershorts, und gehe zu Mariella. Die Kleine ist grad am Aufwachen, sodass ich sie auf den Arm nehme, damit sie nicht zu schreien beginnt. Ich mache ihre Milch, füttere sie, wickle sie und nehme sie mit ins Bett. Erst überlege ich, wie ich es machen soll, weil Lanette auf der Seite schläft, an der das Beistellbettchen steht. Ich könnte die Kleine in die Mitte zwischen uns legen. Doch ich habe Angst, dass wir sie aus Versehen zerquetschen. Also wiege ich sie auf dem Arm, bis sie wieder schläft, und lege sie in ihr Bettchen. Danach kuschle ich mich von hinten an Lanette. Im schlimmsten Fall sind wir beide wach, wenn Mariella aufwacht. Es gibt Schlimmeres.

Es ist ein seltsames Gefühl, als ich am nächsten Morgen aufwache und alleine im Bett liege. Die letzten Tage hat mich Mariella geweckt und ich habe mich um sie gekümmert. Heute scheint die Sonne hell am Himmel.

Lanette muss sich um Mariella gekümmert haben. Dabei war sie letzte Nacht auch ziemlich lange wach.

Schnell springe ich aus dem Bett und mache mich auf den Weg in die Küche. Wie erwartet finde ich dort Lanette, die am Herd steht und uns Frühstück macht.

»Na, gut geschlafen?«, fragt sie und dreht sich zu mir um. Sie sieht so verführerisch aus, so wunderschön. Ihr Haar ist verwuschelt, unter ihren Augen sind Reste ihres Make-ups zu sehen. Und es gefällt mir. Denn es verrät mir, dass sie die ganze Nacht hier war und sich wohl genug in ihrer Haut fühlt, um nicht als Allererstes ins Bad rennen zu müssen, um sich aufzuhübschen.

»Sehr gut. Und du?«

Sie dreht sich wieder der Pfanne zu, wobei sie in der einen Hand einen Pfannenwender hat, im anderen Arm hält sie Mariella. »Auch sehr gut. Ich hoffe, du magst Rührei?«

»Rührei hört sich perfekt an!«

Ich sollte zu ihr gehen. Sollte ihr die Kleine abnehmen und ihr helfen. Doch sie zu beobachten ist zu schön. Und sie scheint alles perfekt im Griff zu haben, denn sie handelt Mariella, als wäre sie ihre Tochter und als hätte sie jahrelange Übung.

Als sie jedoch Anstalten macht, die Pfanne zu nehmen, um ins Esszimmer zu gehen, gehe ich um den Tresen herum und nehme sie ihr ab.

»Das mache ich.« Ich küsse sie auf die Wange, dann bringe ich die Pfanne ins Esszimmer. Der Tisch ist bereits gedeckt, sodass nur noch Kaffee fehlt. Auch darum kümmere ich mich.

»Danke«, sagt Lanette leise und schenkt mir ein wundervolles Lächeln. »Ich dachte, du würdest dich freuen, wenn du mal wieder etwas länger schlafen kannst. Daher habe ich mich um Mariella gekümmert. Ich hoffe, das ist in Ordnung?«

»Sicher«, bestätige ich. »Wobei ich darauf bestehe, dass du morgen ausschläfst.«

Bei meinen Worten senkt sie den Blick und ihre Wangen färben sich rot.

»Heißt das, ich soll noch eine Nacht hier verbringen?«

»Ja«, antworte ich, ohne auch nur eine Sekunde darüber nachzudenken. »Ja, das wär schön.«

Sie hebt den Kopf, doch diesmal sehe ich kein Lächeln. Sie sieht irgendwie verunsichert aus. »Jensen, wir müssen darüber reden, wie es weitergeht. Das gestern ... Es war eine Kurzschlussreaktion.«

»Es war die einzig richtige Reaktion«, erkläre ich fest. »Lanette, ich wollte dich bei mir. Ich wollte dich in meinem Bett. Ich wollte dich hier an meiner Seite, seit ich dich das erste Mal gesehen habe.«

»Aber es ist alles so kompliziert«, erwidert sie. »Ich meine, ich könnte meinen Job verlieren.«

Bei diesen Worten hört sich ihre Stimme gebrochen an, sodass ich schnell nach ihrer Hand greife. »Niemand kann etwas für seine Gefühle. Schreib eine Mail, erkläre unsere Situation und gib den Fall ab. Du bist so toll in deinem Job, sie können gar nicht auf dich verzichten.«

Sie sieht nicht überzeugt aus, sagt aber nichts mehr dazu. Stattdessen wirft sie andere Fragen auf.

»Und was, wenn unsere Gefühle nur einen Moment so überreagieren? Ich meine, wer sagt uns, dass das hier wirklich hält? Ich habe einfach Angst.«

Ohne lange darüber nachzudenken, ziehe ich sie auf meinen Schoß und streiche mit der Nase über ihre Schläfe. »Ich kann dir nichts versprechen«, sage ich ehrlich und küsse die Stelle, die ich eben noch mit der Nase berührt habe. »Ich bin eigentlich nicht der Mann, der auch nur darüber nachdenkt, eine zweite Nacht mit einer Frau zu verbringen. Doch genau das wünsche ich mir. Eine zweite, vierte und hundertste Nacht. Mit dir. Mehr muss ich im Moment nicht wissen. Denn niemand kann sagen, was das Morgen bringt.«

»Also hast du keine Angst?«, fragt sie.

»Ich habe Angst, dass du vor lauter Angst davon läufst«, gestehe ich. »Sonst nichts.«

Bei dieser Aussage schenkt sie mir endlich wieder ein Lächeln. »Ich verspreche, ich werde versuchen, es nicht zu tun.«

»Besser so. Denn ich war im Fangen schon immer der Schnellste.«

Damit lasse ich sie wieder los, nehme ihr aber Mariella aus dem Arm. »Iss, nicht, dass du noch davon läufst, weil du sonst verhungerst.«

Sie grinst und tut sich und mir von dem Ei auf den Teller. Dabei richte ich meine Aufmerksamkeit auf meine Tochter.

»Guten Morgen«, sage ich leise und stupse ihre Nase mit meiner. »Hast du gut geschlafen? Ja? Hast du Lanette einfach geweckt?«

Sie gluckst leise vor sich hin, und ich strahle sie breit an. »Du wirst wirklich von Tag zu Tag größer. Bald muss ich dir bestimmt neue Sachen kaufen, weil du aus deinen alten raus wächst.«

Aus den Augenwinkeln sehe ich, wie Lanette uns beobachtet, doch das stört mich nicht. Im Gegenteil. Es fühlt sich richtig an.

»Und du wirst einmal das schönste Mädchen, das du dir vorstellen kannst. Du wirst allen den Kopf verdrehen, und ich werde all die Verehrer, die dann Schlange stehen, verjagen.«

Lanette lacht leise, und ich blicke zu ihr auf. »Das wird so sein«, bestätige ich.

»Ja, das glaube ich dir. Und dann werde ich dich daran erinnern, was du mir noch vor wenigen Minuten gesagt hast.«

»Und was soll das sein?«

»Dass du jahrelang nicht daran gedacht hast, eine Frau öfter in dein Bett zu holen. Wenn deine Tochter also nach dir kommt, wirst du es ziemlich schwer haben.«

Allein der Gedanke daran lässt seltsame Gefühle in mir aufsteigen. »Sie ist meine Tochter. Und ich werde sie gut erziehen.«

»Das wirst du.«

Lanette nickt zur Bestätigung. »Und sie wird dich vergöttern.«

Wieder wandert mein Blick zu dem kleinen Wesen in meinen Armen. Ich hoffe es. Ich hoffe, dass es genauso kommen wird.

»Wir sollten essen«, sage ich nach einer Weile und richte meine Aufmerksamkeit auf meinen Teller. Das Ei schmeckt fantastisch, und ich nehme mir eine zweite Portion. Als wir fertig sind, kümmere ich mich um Mariella, während Lanette den Tisch abräumt.

»Was machen wir mit dem schönen Tag?«, fragt sie, als alles aufgeräumt ist.

»Was hältst du von einem Spaziergang?«

Sie strahlt mich an. »Wir könnten an den Lake Moore laufen. Oder wir könnten zum Strand fahren und Mariella die Wellen zeigen.«

»Den Strand«, entscheide ich. »Das wird ihr gefallen.«

Lanette sieht glücklich mit der Entscheidung aus, und wir packen alles, was wir für den Tag brauchen. Mariellas Tasche und eine für uns.

»Wir sollten kurz bei dir vorbei fahren, damit du dir einen Bikini holen kannst.«

Lanette schüttelt sie den Kopf. »Mein Bikini ist vor zwei Jahren kaputt gegangen und ich hatte seither noch keine Zeit, mir einen Neuen zu holen.«

Verstört ziehe ich die Augenbrauen zusammen. »Soll das heißen, dass du die letzten zwei Jahre nicht schwimmen warst?«

Sie zuckt die Schultern. »Nicht wirklich. Ich gehe oft zum Strand, doch ich gehe immer nur mit den Füßen ins Wasser.«

»Heute wirst du schwimmen«, entscheide ich. »Komm, wir kaufen dir einen Bikini.«

Ohne ihr auch nur die Chance zu geben, zu widersprechen, nehme ich die Taschen und trage sie zum Auto.

Dann packe ich Mariella ein, und wir fahren zum nächsten Laden. Ich weiß von Cynthia, dass sie hier gerne shoppen geht, also werden wir für Lanette auch etwas finden.

»Jensen«, sagt sie jedoch, als wir davor stehen bleiben. »Ich fürchte, was die hier haben, ist nicht ganz meine Preisklasse. Ein Stück weiter die Straße runter ist ein Laden, in dem ich ganz gerne einkaufen gehe.«

Sie greift nach meiner Hand und zieht mich weiter. Erst will ich protestieren, weil ich nicht vorhabe, sie zahlen zu lassen. Doch dann überlege ich es mir anders. Lanette ist selbstständig, sie steht auf eigenen Füßen. Sie wird mir nicht erlauben, etwas für sie zu kaufen, das sie als zu teuer erachtet. Also folge ich ihr und wiege dabei Mariella in meinem Arm.

»Hier«, sagt Lanette. »Ich liebe diesen Laden.«

»Dann lass uns reingehen.«

Ich folge ihr und muss gestehen, dass die Sachen alle gut aussehen. Ich hatte schon befürchtet, dass sie mich in einen Woolworth oder so zerren würde. Doch der Laden ist schnuckelig und scheint gute Qualität zu haben. Eine ganze Weile laufe ich neben ihr her und beobachte, wie sie einen Bikini nach dem anderen in die Hand nimmt, bevor sie ihn wieder weglegt. Bis sie einen weißen in der Hand hält, der mir sofort gefällt. Es ist einer der Bikinis, die man mit vier Schnüren am Hals und am Rücken bindet, und auch das Höschen wird an den Seiten gebunden. Sie will ihn schon wieder zurücklegen, als ich danach greife. »Den will ich an dir sehen.«

Erst zieht sie die Augenbrauen nach oben, doch dann zuckt sie mit den Schultern. »Gut, aber ich glaube nicht, dass er mir sonderlich gut passen wird.«

»Das wird er«, sage ich im Brustton der Überzeugung. »Glaub mir, ich habe einen Blick für so etwas.«

Dazu sagt sie nichts, stattdessen nimmt sie mir den Bikini aus der Hand und verschwindet in der nächsten Umkleide. Sie braucht eine ganze Weile, bis sie ihren Kopf herausstreckt.

»Ich weiß nicht«, sagt sie und blickt sich vorsichtig um.

»Wir sind alleine hier«, erkläre ich. »Zeig dich, ich will ihn sehen.«

Ihre Wangen glühen, als sie die Umkleide verlässt. Mein Schwanz meldet sofort sich zu Wort. Lanette ist überall hell, dennoch umschmeichelt der Bikini sie auf eine Weise, die schöner nicht sein könnte. Er bedeckt ihre Brüste genug, damit sie nichts zeigt, was man nicht sehen sollte. Dabei hebt er sie leicht an, sodass die Rundungen oben perfekt zur Geltung kommen. Ich kann nicht anders, ich gehe auf sie zu und zeichne diese Rundungen nach. »Perfekt«, murmle ich dabei. »Und wunderschön.«

Ich genieße diesen Augenblick einen Moment, dann gehe ich einen Schritt zurück. »Dreh dich um, ich will noch sehen, ob dein Hintern nicht rausfällt.«

Lanette lacht leise, dann dreht sie sich um ihre eigene Achse.

»Also meinst du, er passt?«

»Er ist wie für dich gemacht«, bestätige ich. »Nimm ihn.«

Sie strahlt mich an, dann verschwindet sie wieder in der Umkleide. Ich gehe derweil durch die Reihen der Kleiderständer, bis mein Blick bei einem leichteren Sommerkleid hängen bleiben. Es besteht aus einem feinen Stoff, der dennoch nicht durchsichtig wirkt, und ich kann mir gut vorstellen, wie Lanette darin aussieht. Noch bevor sie aus der Umkleide kommt, gehe ich schnell zur Kasse und bezahle das Kleid. Ich packe es in Mariellas Tasche. Es wird eine Überraschung für Lanette. Ich kann nur hoffen, dass es ihr auch wirklich passt.

Einen Moment später kommt sie ebenfalls zur Kasse und legt den Bikini auf den Tresen.

»Versuch gar nicht erst, ihn zu bezahlen«, fordert sie mich heraus.

»Schon gut, ich bin ganz brav.« Zur Bestätigung hebe ich meine eine Hand nach oben.

Lanette lacht, und als wir fertig sind, gehen wir Hand in Hand aus dem Laden. Es fühlt sich seltsam gut an, mit einer Frau Händchen zu halten. Etwas, das ich bisher auch noch nicht gemacht habe. Jetzt frage ich mich, warum. Doch dann fällt mir ein, dass ich es einfach nie wollte, dass ich vor Lanette nie eine Frau an meiner Seite wollte.

Eine halbe Stunde später kommen wir am Strand an. Obwohl die Sonne auf uns herabbrennt, schwitze ich kaum. Der laue Wind, der vom Meer her kommt, kühlt mich ab, sodass es hier gut zu ertragen ist.

Lanette und ich bringen unsere Sachen zum Strand, und wir finden bald einen Platz zwischen all den anderen Sonnenanbetern. Wir breiten ein Tuch aus, auf dem wir es uns bequem machen, und Lanette wickelt sich ein Handtuch um. Erst frage ich mich, was sie da macht, doch dann zieht sie sich geschickt den Bikini darunter an, ohne dass jemand zu viel von ihr sieht.

»Wow, so was können auch nur Frauen.«

Sie lacht und legt sich auf das Tuch. »Dir würde das bestimmt auch gelingen.«

»Vielleicht«, gebe ich zu und ziehe mich direkt hier aus, weil ich meine Badehose bereits unter meiner Wäsche trage. »Aber ich muss es heute nicht ausprobieren.«

Ich lege mich auf die andere Seite des Tuches, sodass Mariella zwischen uns ist. Sie schläft gerade, also warten wir eine Weile, bevor wir uns ins Wasser stürzen.

»Wir müssen sie gleich noch eincremen.« Lanette sieht in den Himmel. »Nicht, dass sie einen Sonnenbrand bekommt.«

Lanette bewegt sich so, dass Mariella in ihrem Schatten liegt.

»Ich habe sie vorhin eingecremt, als du im Bad warst.«

Zu meiner Freude strahlt Lanette. »Der perfekte Papa.«

»Wie es sich gehört.«

Sie grinst breit, dann legt sie sich auf den Rücken, um sich bräunen zu lassen. Ich habe aber andere Pläne. Ich hole die Sonnencreme aus meiner Tasche, dann beuge ich mich über Lanette. »Achtung, kalt«, warne ich sie noch, bevor ich meine Hände mit der Creme auf ihren nackten Bauch lege. Lanette kreischt leise auf, doch dann entspannt sie sich.

»Danke«, haucht sie und schließt wieder die Augen, während ich mich ihrem Körper widme.

16 Lanette

Wir liegen eine ganze Weile nebeneinander, ohne viel zu sprechen. Ich genieße die Sonne auf meiner Haut, während Jensen am Tablett sitzt und ein bisschen arbeitet. Es ist einfach nur schön.

Irgendwann meldet sich Mariella, sodass wir ihr unsere ganze Aufmerksamkeit schenken.

»Was meinst du?«, frage ich, nachdem sie gewickelt ist und getrunken hat. »Will sie mit uns in die Wellen laufen?«

Das muss ich Jensen nicht zweimal fragen. Sofort springt er auf die Beine, im einen Arm hält er Mariella, die andere Hand hält er mir entgegen.

»Das nenne ich einen perfekten Plan.«

Gemeinsam rennen wir auf die Wellen zu, die angenehm kühl um meine Knöchel spülen, und ich lache wie ein verliebter Teenie. Ich weiß nicht, wann ich mich das letzte Mal so frei gefühlt habe.

»Hätte ich beide Hände frei, würde ich dich jetzt ins Wasser tragen«, erklärt Jensen mit einem schelmischen Grinsen auf den Lippen.

»Das glaube ich dir gerne. Aber ich bin ganz froh, dass mir das erspart bleibt.«

»Hm«, überlegt er. »Wir müssen wohl wirklich eine Nanny suchen, die uns unterstützt, damit ich auch mal alleine mit dir hierher kommen kann.«

Der Gedanke löst widersprüchliche Gefühle in mir aus. Einmal wünsche ich mir Zeit alleine mit Jensen. Der Gedanke, frei mit ihm in den Wellen zu toben, an nichts und niemanden zu denken und zu tun, was wir wollen, gefällt mir. Gleichzeitig fühlt es sich falsch an, Mariella bei jemand Fremden zu lassen. Dennoch ist mir bewusst, dass Jensen bald jemanden braucht, da er irgendwann wieder arbeiten muss. Also sage ich nichts dazu und genieße das Wasser, das langsam bis zu meinem Hintern reicht.

»Willst du eine Runde schwimmen?«, frage ich Jensen, der auf das weite Meer hinausblickt, wobei sein Gesicht einen sehnsuchtsvollen Ausdruck annimmt.

»Das passt schon«, tut er es ab und küsst Mariella auf die Stirn.

»Wenn du willst, nehme ich sie und du kannst schwimmen gehen. Das macht mir nichts aus, mir reicht es, im Wasser umher zu laufen.«

Jensen stockt einen Moment, dann lächelt er mich offen an.

»Danke.«

Er küsst mich sanft auf die Schläfe, reicht mir die Kleine und hechtet tiefer ins Wasser. Ich genieße den Anblick, wie das Wasser um ihn herum spritzt und er sich kurz darauf kopfüber hineinstürzt.

»Dein Papa ist, glaube ich. Eine Wasserratte«, flüstere ich Mariella zu und gehe parallel zum Strand weiter. »Und er ist einfach perfekt.«

Die Kleine blickt mich nur an, als wollte sie sagen, das weiß ich doch.

»Ja, natürlich weißt du das. Immerhin hat er sich von der ersten Sekunde an so toll um dich gekümmert!«

Ich gehe ein kleines Stück tiefer ins Meer hinein, bis ich Mariellas nackte Füße hinein heben kann. Erst zuckt sie zurück, doch dann strampelt sie, als würde es ihr gefallen.

»Schön, nicht wahr?«

Ich achte darauf, dass nur ihre Füße nass werden, alles andere finde ich zu viel, und so verbringen wir die Zeit gemeinsam, während Jensen so weit aufs Meer hinausschwimmt, dass ich ihn nicht mehr wirklich ausmachen kann. Irgendwann schläft Mariella ein, und ich gehe mit ihr zurück zum Strand, um mich mit ihr hinzulegen.

»Mrs Dobran?«, ertönt in dem Moment eine Stimme, die mich den Atem anhalten lässt. Ich blicke mich um und wünschte, ich wäre nicht hier. Ich wünschte, wir wären heute nicht ans Meer gegangen. Denn da steht meine Praktikantin, in einem kaum vorhandenen Bikini, der meinem wohl nicht so unähnlich ist, und einer weiteren jungen Frau neben sich.

»Isabella, schön Sie zu sehen«, lüge ich und stehe auf, um sie zu begrüßen. »Genießen Sie auch das schöne Wetter?«

»Wie könnte ich nicht? Ich wohne ja nicht weit von hier, daher bin ich oft hier am Strand.«

Warum wusste ich nicht, wo sie lebt? Scheiße, wir hätten auch einen Strand weiter weg wählen können. Aber ich bin in meiner Freizeit noch nie jemandem aus dem Geschäft begegnet, ich habe mir keine Gedanken darüber gemacht.

»Ja, natürlich.«

»Und Sie sind mit Ihrem Freund hier?«, fragt sie und blickt sich suchend um, als würde er gleich um die nächste Ecke gelaufen kommen.

»Nun ja«, druckse ich herum, ohne zu wissen, was ich sagen soll. Es ist so viel komplizierter, weil noch nichts geklärt ist. Vor allem nicht, was die Arbeit angeht. »Es ist etwas verzwickter, und es hat auch Auswirkungen auf die Arbeit«, gestehe ich. Es hat keinen Sinn, es ihr zu verschweigen. Spätestens am Montag wird sie mitbekommen, dass ich Jensens Fall abgegeben habe. Vielmehr, dass ich ihn abgeben werde, noch habe ich die Mail nicht geschickt.

»Wie meinen Sie das denn?«, fragt sie direkt.

»Ich bin mit Mr Bel hier«, sage ich frei heraus. »Wir haben uns am Freitagabend noch einmal unterhalten. Ich werde seinen Fall abgeben, ich bin nicht mehr objektiv.«

Bei meinen Worten beginnt Isabella zu grinsen.

»Dann hab ich mich ja doch nicht geirrt. Er hat aber auch extrem mit Ihnen geflirtet, als wir Donnerstag bei ihm waren. Das freut mich für Sie.«

Ihre Antwort beruhigt mich. Sie macht mir keine Vorwürfe, dass ich unprofessionell bin oder so. Im Gegenteil, sie scheint sich wirklich zu freuen.

»Ja«, gebe ich zu. »Und das macht, dass ich den Fall abgeben muss. Er hat mich heute eingeladen, den Tag mit ihm zu verbringen, und ich habe zugesagt, unter der Voraussetzung, dass ich seinen Fall abgebe.«

Es ist nur die halbe Wahrheit, doch mehr braucht sie nicht zu wissen.

»Okay, dann weiß ich für Montag ja schon Bescheid. Wir sehen uns dann ja im Büro!«

Wir verabschieden uns, und ich lasse mich erleichtert auf unseren Platz fallen. »So schwer war das ja gar nicht«, sage ich zu der schlafenden Mariella, bevor ich mich neben sie lege und die Augen ebenfalls schließe.

Es ist Nachmittag, als Jensen und ich bei ihm ankommen. Ich habe ihm natürlich von Isabella erzählt, und er meinte, dass ich richtig reagiert habe. Jetzt will ich gleich die Mail schreiben, damit ich das auch hinter mir habe. Jensen reicht mir dazu seinen Laptop, auf dem ich mich auf meinem Mailfach einloggen kann, und ich mache es mir auf der Couch bequem. Ich brauche lange, um eine ordentliche Mail formulieren zu können. Immer wieder lösche ich alles, bevor ich irgendwann einen Text habe, den ich für gut erachte. Ich erkläre meinen Vorgesetzten, dass es einen Interessenkonflikt gibt, was Mr Bels Fall angeht, und ich darum bitte, schon ab Montag von einer Kollegin vertreten zu werden. Ich erkläre, dass, wenn alles gut geht, nur noch das Ergebnis des Vaterschaftstests überprüft werden muss, Mr Bel aber schlimmstenfalls Mariella adoptieren möchte, weil er sie als seine Tochter ansieht, ob sie es von Blut her ist oder nicht. Ich gebe einen kurzen Bericht ab, wie ich Jensen im Umgang mit Mariella erlebt habe, und lege alles beiseite, um es später noch einmal zu überprüfen, bevor ich es endgültig wegschicke. Dann gehe ich in die Küche, in der Jensen am Kochen ist.

»Fertig?«, fragt er, als ich zu ihm trete und in die Pfanne blicke, in der er eine leckere Soße zaubert.

»Fast. Ich will es nachher noch mal lesen, bevor ich es wegschicke.«

»Das mache ich auch oft so.« Er steckt einen Löffel in die Soße und hebt ihn vor meine Lippen. »Probier mal.«

Das lasse ich mir nicht zwei Mal sagen, und als sich der Geschmack auf meiner Zunge entfaltet, schließe ich die Augen und stöhne leise. »Sehr gut!«

»Lass mich auch mal probieren.« Jensen beugt sich zu mir herüber, legt seine Hand in meinen Nacken und küsst mich. Seine Zunge dringt in meinen Mund ein, erobert ihn und bringt mich erneut zum Stöhnen. Doch der Kuss endet genauso schnell, wie er gekommen ist und seine Augen funkeln.

»Stimmt, sie schmeckt sehr gut.«

Ich lache, schüttle dabei aber den Kopf. »Dann decke ich wohl mal den Tisch.«

Jensen stimmt zu, und ich mache mich daran, die Teller aus dem Schrank zu holen, sodass wir kurz darauf gemeinsam essen.

»Wie läuft eigentlich die Suche nach einer Nanny?«, frage ich, während ich mir einen Löffel Pasta in den Mund stecke.

»Ich habe am Freitag mit drei Frauen telefoniert, die zumindest am Telefon überzeugt haben. Ab Dienstag kommt jeden Tag eine von ihnen, um sich vorzustellen. Ich will mir ansehen, wie sie mit Mariella umgehen und dann eine bezahlte Probewoche vereinbaren.«

»Ich bin froh, dass du das so gewissenhaft machst.« Ich schiebe mir einen weiteren Löffel mit Pasta in den Mund. »Eine Nanny ist gut und wichtig, doch es gibt so viele, die nicht wirklich mit Kindern umgehen können.«

»Warum kannst du eigentlich so gut mit Kindern umgehen?«, fragt Jensen, woraufhin ich den Kopf senke. Ich spreche nicht gerne über meine Vergangenheit, es ist kein schönes Thema.

»Ich habe schon früh babygesittet.« Es ist keine Lüge. Nur eben auch nicht die ganze Wahrheit.

»Die Leute müssen dir nachgerannt sein, so wie du mit Kindern umgehst.«

Ich zucke die Schultern. »Mir war nicht langweilig.«

Wieder nicht die Wahrheit, aber auch keine Lüge. Denn langweilig war mir wirklich nie, ich hatte immer zu viel zu tun.

»Lanette.« Jensen wartet, bis ich zu ihm aufblicke. »Du musst es nicht erzählen. Aber wenn du irgendwann bereit bist, mir zu sagen, was dich gerade bedrückt, werde ich dir zuhören.«

»So offensichtlich?«, frage ich mit einem unsicheren Lächeln.

»Du hast dich vor meinen Augen verschlossen. Also ja. Aber es ist okay. Wir lernen uns gerade erst kennen.«

Ich bin erleichtert, dass er nicht versucht, mir alles aus der Nase zu ziehen. Garwin hat lange versucht, herauszufinden, was in meiner Vergangenheit vorgefallen war. Ich war aber nie bereit, ihm wirklich alles zu erzählen. Ich habe ihm nur Eckdaten und grobe Fakten genannt. Alles andere war mir zu viel und zu intim.

»Und wenn ich es dir nie erzählen werde?«, frage ich, weil auch das möglich ist.

»Dann ist das so. Jeder muss selbst entscheiden, wie er mit seiner eigenen Vergangenheit umgeht.«

Interessiert lege ich den Kopf schräg. »Und was ist es bei dir?«

Er zuckt die Schultern. »Nichts Besonderes. Ich war der verwöhnte Sohn eines zu viel arbeitenden Vaters. Als Kind war ich schmächtig und ein leichtes Opfer. Das hat sich geändert, als ich in die Pubertät kam. Ich wusste gar nicht, wie mir geschah, als die Mädchen sich plötzlich für mich interessierten, und irgendwann wurde das Leben leichter, weil ich älter war. So einfach.«

»Hat dir eine das Herz gebrochen?«

Jensen lacht. »Meine Mutter, als sie starb. Mehr war da nicht. Ich weiß nicht, warum ich nie ein Interesse an einer richtigen Beziehung hatte, es war einfach so.«

»Also hast du auch keine Ahnung, warum sich das gerade ändert?«

Wieder lacht er, und er greift nach meiner Hand. »Ich glaube, es lag daran, wie du mit mir gesprochen hast. Wie du um Mariella gekämpft hast. Deine ganze Art.«

Seine Worte lassen auch mich lächeln. »Ich konnte nicht zulassen, dass sie irgendwohin kam. Ich wusste, dass ich kaum Pflegefamilien an der Hand hatte, die nicht schon voll waren. Niemand, dem ich wirklich vertraut hätte. Mariella ist so klein, so unschuldig. Ich wollte sicher sein, dass sie es einmal gut hat.«

»Und wie kamst du darauf, dass sie es bei mir guthaben würde?«

Ich zucke die Schultern. »Bei dir wäre sie zumindest finanziell abgesichert gewesen. Doch schon nach wenigen Stunden war klar, dass es mehr sein würde. Dass du ihr die Welt zu Füßen legen würdest. Und das hat mich wiederum von dir überzeugt.«

»Danke«, sagt er leise. »Danke, dass du um Mariella gekämpft hast. Ich liebe sie schon jetzt so sehr, wie ich es mir nie hätte vorstellen können.«

»Ich weiß.«

Als wir fertig gegessen haben, räumt Jensen den Tisch alleine ab, und ich gehe noch mal an den Computer. Ich lese meine Mail erneut, bevor ich sie abschicke, und bete, dass sich keine Nachteile durch meine Entscheidung ergeben werden. Aber das wird sich erst noch zeigen. Da ich für heute nichts mehr machen kann, setze ich mich auf die Couch und sehe Jensen dabei zu, wie er Mariella füttert und sie bettfertig macht. Ich weiß nicht, warum, doch ich könnte den beiden ewig dabei zusehen. Mariella ist so ausgeglichen, wie es nur wenige Babys sind, und Jensen ist unendlich geduldig. Sie harmonieren perfekt.

Als es an der Tür klingelt, springe ich auf die Beine, damit Jensen nicht gestört wird. »Ich mache schon auf, wenn es dir recht ist.«

»Danke.«

Er hält Mariella in Arm, während sie trinkt und ihn mit großen Augen ansieht. Also gehe ich zur Haustüre, nur um erneut Cynthia davor anzutreffen.

»Oh, hallo!« Sie strahlt mich regelrecht an. »Ist Jensen schon wieder arbeiten? Passt du wieder auf LB auf?«

»Ähm ... Nein. Jensen füttert sie gerade.«

»Sehr schön! Ich hatte gehofft, ihn heute zu sehen.«

Ohne darauf zu warten, dass ich sie herein bitte, geht sie ins Wohnzimmer, wo sie sich zu Jensen beugt, um ihn auf die Wange zu küssen. »Hey! Wie gehts euch denn?«

Jensen blickt sie nicht ganz so glücklich an, wobei sein Blick immer wieder unsicher zu mir huscht.

»Gut, was machst du denn hier?«

Cynthia lässt sich einfach neben ihm nieder. »Ich wollte dich gestern schon sehen, doch ich musste irgendwann gehen. Also dachte ich, ich komme heute noch mal vorbei.«

Bei diesen Worten huscht ihr Blick plötzlich zu mir. »Oh, habe ich euch beide gerade etwas gestört? Ist das hier gerade ein offizieller Besuch?«

»Nein«, sagt Jensen, während ich »Ja« sage. Einen Moment herrscht betretenes Schweigen, bevor Jensen sich räuspert.

»Lanette ist zu Besuch. Wir haben uns gestern noch lange unterhalten und sie wird meinen Fall abgeben.« Er lächelt mich offen an, und seine Augen strahlen dabei. »Sie will es mit mir versuchen.«

Cynthia rutscht entsetzt ein bisschen von ihm ab, bevor ihr Blick abwechselnd von ihm zu mir schweift.

»Versuchen? Also zusammen sein? So richtig?«

»Ja.« Jensens Stimme ist fest, und er sieht sie eindringlich an. »So richtig.«

»Wow.«

Einen Moment scheint sie nicht zu wissen, was sie sagen soll. Doch dann schüttelt sie den Kopf, bevor sie zu mir aufblickt. »Wow. Glückwunsch! Das hat noch keine geschafft!«

Ich habe keine Ahnung, was ich dazu sagen soll. Aber anscheinend muss ich auch nichts sagen, denn Cynthia steht auf und umarmt mich. »Ich hatte zwar gehofft, endlich mal eine Chance bei Jensen zu haben, doch ich wünsche ihm einfach nur alles Gute. Und wenn du das bist, freue ich mich für euch!«

Sie drückt mich fest, bevor sie mich loslässt. Gott, sie sieht aus wie eine Zicke, wie ein verwöhntes, reiches Gör. Und auch, wenn sie echt viel spricht, scheint ihr Herz am rechten Platz zu sein.

»Danke.«

»Soll ich lieber gehen? Ich meine, ich habe dich ja gestern schon ein bisschen kennengelernt, doch ich würde mich freuen, den Abend mit euch verbringen zu können.«

»Lass uns das doch auf nächste Woche verschieben«, wirft Jensen direkt ein. »Wir hatten einen langen Tag und wollten es uns auf der Couch bequem machen.«

»Natürlich.«

Sie beugt sich wieder zu Jensen und küsst ihn erneut auf die Wange. Danach streicht sie Mariella sanft über die

Stirn. »Du veränderst deinen Papa«, sagt sie leise. »Das machst du gut.«

Damit steht sie auf und sieht mich eindringlich an. »Aber tu ihm ja nicht weh!«

»Das habe ich nicht vor«, sage ich fest.

»Gut. Dann wünsche ich euch einen schönen Abend. Ich melde mich, wegen nächster Woche!«

Damit rauscht sie davon und lässt mich verwirrt, schockiert und doch grinsend stehen.

»Ja, sie ist schon sehr speziell«, fasst Jensen meine Gedanken zusammen, bevor er aufsteht. »Ich bringe Mariella ins Bett, dann können wir uns überlegen, was wir mit dem Abend anfangen.«

17 Jensen

Der Sonntag vergeht viel zu schnell, und ich fühle mich irgendwie seltsam, als Lanette sich am Abend von mir verabschiedet. Aber sie hat recht, wir haben beide ein eigenes Leben. Wir können nicht von null auf hundert lospreschen. Also arbeite ich noch bis in die Nacht hinein, bevor ich mich irgendwann schlafen lege. Dennoch finde ich keine Ruhe. Zu viel geht mir durch den Kopf. Vor allem aber habe ich Angst, dass das Ergebnis des Vaterschaftstests negativ ausfallen könnte. Ich liebe Mariella so sehr, dass ich mir keinen einzigen Tag mehr ohne sie vorstellen will. Ich meine, sie ist meine Tochter! Ob das ein Familiengericht aber auch so sehen wird, müsste ich sie adoptieren, ist eine andere Frage. Ich bin ein alleinstehender Mann, der keinerlei Erfahrung mit Kindererziehung hat und dessen Alltag eigentlich aus Arbeit besteht. Wie groß sind da die Chancen, dass ein Richter mir das Sorgerecht überträgt?

Immer wieder wandert mein Blick zu Mariella, die tief und fest schlummert. Sie ist perfekt, fast zu perfekt. Ich will und kann sie nicht verlieren. Nicht, nachdem ich mich so sehr an sie gewöhnt habe.

Irgendwann stehe ich auf, weil ich noch immer keinen Schlaf finde, und entscheide, dass ich Lanette eine Nachricht schicke. Ich hoffe zwar, dass sie schläft, doch ich habe das Bedürfnis, ihr irgendwie näher zu sein.

Jensen

Kann nicht schlafen.
Bist du morgen da, wenn das Ergebnis kommt?

Als ihre Antwort kurz darauf kommt, muss ich schmunzeln. Ihr scheint es ähnlich wie mir zu gehen.

Lanette

Ich auch nicht. Und ja, ich werde da sein. Ich werde morgen als Erstes in Erfahrung bringen, wer jetzt für dich zuständig ist, und dann klären, wann derjenige zu dir kommt. Aber es wird alles gut werden!

Jensen

Ich habe trotzdem Angst.

Lanette

Ich weiß. Aber wir bekommen das gemeinsam hin.

Verdammt. Wo nimmt sie nur diesen Optimismus her? Ich bekomme das irgendwie nicht hin.

Jensen

Mein Bett ist zu groß.

Ich stelle mir vor, wie sie lächelt, während sie diese Nachricht liest.

Lanette

Meins zu kalt.

Jensen

Dann komm her. Vielleicht finden wir zusammen Schlaf.

Lanette

Das geht nicht. Von dir aus ist es weiter zu meiner Arbeit. Ich müsste noch früher aufstehen, nachdem ich es sowieso kaum schaffe, einzuschlafen.

Jensen

Weil dir kalt ist. Bei mir ist es warm.

Lanette

Führ mich nicht in Versuchung!

Jensen

Doch, genau das habe ich vor.

Eine ganze Weile kommt gar nichts, und ich frage mich schon, ob sie vielleicht doch endlich eingeschlafen ist. Ich gehe in die Küche, um mir ein Glas Wasser einzuschenken, und checke noch einmal meine Mails. Dabei hoffe ich, dass ich das Ergebnis gleich morgen früh bekomme. Sonst drehe ich noch durch! So vergeht die nächste halbe Stunde, in der ich durchs Haus tigere, bevor irgendwann mein Handy noch einmal vibriert. Ist sie etwa doch noch wach?

Lanette

Mach auf.

Mach auf. Verdammt! So schnell ich kann, stürme ich zur Tür und kann mein Glück kaum fassen. Da steht sie. Mit einer Tasche in der Hand und großen, müden Augen.

»Ich brauche dringend ein warmes Bett, sonst pack ich den nächsten Tag nicht.«

Ohne etwas zu sagen, ziehe ich sie in meinen Arm und drücke sie fest an mich. »Danke.«

Sie sagt nichts dazu, stattdessen küsst sie mich sanft auf die Wange und macht sich von mir los. Ihre Tasche lässt sie einfach fallen und geht ins Schlafzimmer. Dort angekommen, schlupft sie aus ihrer Hose und legt sich in mein Bett. Der Anblick ist genau richtig. Also lege ich mich neben sie, um sie mit meinem Körper zu wärmen, und finde auch endlich meinen wohlverdienten Schlaf.

Am nächsten Morgen werde ich von Lanettes Wecker geweckt, noch bevor sie sich auch nur rührt. Ich schalte ihn aus und ziehe sie enger an mich, um sie noch einen Moment zu spüren. Um ihr nahe zu sein. Um sie bei mir zu haben. Dann beginne ich, sie auf die Schläfe, auf die Stirn, auf die Nase zu küssen. Ich hauche immer mehr Küsse auf ihr zerknautschtes Gesicht, bis sie leise stöhnt.

»Noch nicht«, murmelt sie und dreht sich von mir weg.

»Aber dein Wecker hat gerade geklingelt«, informiere ich sie. »Wenn du nicht zu spät zur Arbeit kommen willst, musst du aufstehen.«

Sie brummt leise vor sich hin, bevor sie sich wieder auf den Rücken dreht und an die Decke blickt. »Ich hätte viel früher zu dir kommen sollen«, beschwert sie sich. »Dann hätte ich auch mehr Schlaf bekommen.«

Ich küsse sie erneut, diesmal auf den Mund. Lanette erwidert den Kuss und schmiegt sich verführerisch an mich.

»Aber jetzt muss ich aufstehen«, raunt sie und schwingt sich aus dem Bett. Noch bevor ich etwas dazu sagen kann, verschwindet sie in meinem Bad, sodass ich mit Mariella alleine zurückbleibe. Einen Moment bleibe ich noch liegen, bevor auch ich aufstehe. Ich ziehe mir ein Shirt über, gehe in die Küche und lasse zwei Kaffee aus dem Vollautomaten raus. Ich decke den Tisch und mache die Milch für Mariella fertig, die auch gleich aufwachen wird. »Daran könnte ich mich echt gewöhnen«, stellt Lanette fest, als sie zu mir in die Küche kommt und sich einen Kaffee nimmt. »Danke schön!«

Ich küsse sie erneut, weil ich nicht genug von ihr bekomme, und setze mich gemeinsam mit ihr an den Tisch. »Jeder Zeit.«

Sie lächelt mich glücklich an, dann macht sie sich einen Toast.

»Ich muss los. Ich will alles geklärt haben, bevor Isabella heute kommt. Ich melde mich, sobald ich etwas weiß.«

Damit küsst sie mich ein letztes Mal flüchtig, nimmt ihre Tasche und verschwindet aus meinem Haus.

Und genau in dem Moment, in dem die Türe ins Schloss fällt, meldet sich Mariella, die Hunger bekommt.

Die nächsten Stunden ziehen sich wie Kaugummi. Immer wieder blicke ich auf die Uhr und warte darauf, dass sich jemand bei mir meldet. Dabei ist es gerade einmal neun Uhr. An Arbeit ist dabei nicht zu denken, was ich Elsa bereits mitgeteilt habe. Wobei sie sich das natürlich längst dachte, sie weiß, dass heute das Ergebnis des Vaterschaftstests kommt.

»Meinst du, wir sollten Lanette eine Nachricht schreiben, ob es etwas Neues gibt?«, frage ich Mariella, die mich von meinem Arm aus mit großen Augen anblickt. Das Gewicht ihres kleinen Körpers in meinen Armen ist so normal geworden, dass ich es fast schon vermisse, wenn ich sie nicht herum trage. »Oder würden wir sie stören?«

Natürlich bekomme ich keine Antwort, dennoch tut es gut, sie bei mir zu haben. Mit ihr an meiner Seite fühle ich mich nicht ganz so allein gelassen. Dabei würde es ohne sie diese Unsicherheit heute nicht geben. Wobei ich es mir nicht anders wünschen würde. Mariella bereichert mein Leben, wie ich es mir nie habe vorstellen können.

»Du hast recht«, antworte ich seufzend auf etwas, das sie gar nicht gesagt hat. »Wir würden sie heute nur stören. Sie hat mit Sicherheit genug um die Ohren.«

Das hat sie bestimmt. Nicht nur ich bibbere heute, Lanette hat heute zwei Dinge, die ihr Sorgen bereiten. Einmal weiß ich, dass sie mit mir mit fiebert, und zum anderen muss sie in der Arbeit noch klären, wie es dazu kam, dass sie meinen Fall abgegeben hat.

»Also müssen wir die Zeit wohl alleine totschlagen«, flüstere ich und gehe mit Mariella in den Garten. Die Sonne scheint auf uns herab, und ich überlege, was sich hier alles ändern muss. Ich will Mariella ein kleines Spielparadies aufbauen, mit Schaukel, Rutsche und Sandkasten. Aber auch ein Baumhaus mit Geheimversteck und ein kleines Planschbecken für die heißen Tage wären toll.

In Gedanken male ich mir aus, wo ich was hinbauen werde, und überlege, was ihr sonst noch gefallen würde.

Eine Wippe vielleicht, wenn sie Freunde zu Besuch hat? Außerdem wird sie sich bestimmt über ein Bobbycar oder andere Fahrzeuge freuen.

Ich bin so in Gedanken, dass ich fast überhöre, als es an der Tür klingelt.

»Jetzt wird es interessant«, flüstere ich Mariella zu und gehe mit ihr zur Tür. Zu meiner Erleichterung steht Lanette mit ihrer Praktikantin davor.

»Hey«, grüßt sie mich, ohne sich mir zu nähern. »Isabella kennst du ja schon.«

Ich nicke. »Hi, schön euch zu sehen.«

Lanette schenkt mir ein schüchternes Lächeln, dann deutet sie mit dem Kopf auf Isabella.

»Sie wird dir das Ergebnis mitteilen. Meine Vorgesetzten meinten, das wäre so in Ordnung. Ich selbst kenne das Ergebnis auch noch nicht, ich wollte es nicht vor dir wissen.«

Noch während sie spricht, bildet sich ein Kloß in meinem Hals, und ich trete einen Schritt zur Seite, weil ich nicht weiß, was ich sagen soll.

Lanette und Isabella verstehen die Geste richtig und kommen rein. Ich führe sie ins Wohnzimmer. »Wollt ihr etwas trinken?«, frage ich, wobei ich nur höflich sein will. Sie sollen nein sagen, Isabella soll mir dringend das Ergebnis mitteilen!

»Nein, danke«, sagt sie zu meiner Erleichterung und lächelt mich freundlich an. »Aber können wir uns setzen?«

Setzten? Mist. Das ist kein gutes Zeichen, oder? Ich meine, warum sollte ich mich setzen wollen, wenn Mariella auch vom Blut her meine Tochter ist? Muss man nicht eher sitzen, wenn es schlechte Neuigkeiten sind?

Ich nicke. »Natürlich.«

Damit machen wir es uns auf der Couch bequem, und ich drücke Mariella enger an mich. Was mache ich nur, wenn ich sie heute abgeben muss? Wenn ich wirklich darum kämpfen muss, dass sie bei mir bleiben darf? Allein der Gedanke bringt mich um den Verstand, und ich würde Isabella gerne anschreien, dass sie sich gefälligst beeilen soll. Sie greift so langsam in ihre Tasche, um einen Umschlag herauszuholen, dass ich ihn ihr am liebsten aus der Hand reißen würde. Ich schaffe es gerade so, mich zu kontrollieren, als sie mich offen anlächelt.

»Also, Mr Bel. Nachdem Mrs Dobran am Wochenende Ihren Fall abgegeben hat, wurde ich damit beauftragt, Ihnen heute die Nachricht zu überbringen.«

»Ja, so viel habe ich schon mitbekommen«, gebe ich trocken von mir. Lanette, die neben mir sitzt, greift sofort nach meiner Hand, um mich zu beruhigen.

»Jedenfalls habe ich hier das Ergebnis.« Sie holt einen Brief aus dem Umschlag heraus und reicht ihn mir. Erst sehe ich nur Buchstaben und Zahlen, ohne etwas damit anfangen zu können, als könnte ich nicht mehr lesen.

»Aus dem Test geht hervor, dass sie zu 99,9 % LB's Vater sind. Herzlichen Glückwunsch!«

Noch während sie spricht, stößt Lanette einen spitzen Schrei aus und umarmt mich vorsichtig, weil ich Mariella auf dem Arm halte. Mein Blick huscht zu dem kleinen Wesen in meinem Arm. Meine Tochter. Sie gehört zu mir, und niemand kann sie mir je wieder nehmen! Das Gefühl ist so befreiend, dass sich hinter meinen Augen Tränen bilden. Doch auch das ist mir egal.

»Mariella Bel«, flüstere ich. »Dein Name ist Mariella Bel. Und keiner kann uns je wieder voneinander trennen.«

Noch während ich das ausspreche, steigt Angst in mir auf. Was, wenn ich etwas vermassle? Was, wenn ich Mariella nicht gerecht werde? Wenn ich etwas tue, das sie für immer schädigt?

»Ich bin so froh«, flüstert Lanette an meiner Seite, und ich richte meine Aufmerksamkeit auf sie. Auch ihr laufen Tränen über die Wangen. »Ich kann dir gar nicht sagen, wie sehr ich mich für dich freue!«

»Meine Tochter«, flüstere ich einfach nur.

»Wir sollten noch einige Unterlagen für das Familiengericht ausfüllen, damit es offiziell ist. Danach werden Sie nichts mehr von uns hören, es sei denn es gibt Probleme.«

»Danke.« Ich blicke die Frau an, die mir diese wundervolle Nachricht übermittelt hat. »Ich danke Ihnen von Herzen.«

»Ich habe doch gar nichts gemacht.« Sie läuft rot an. »Aber ich freue mich für Sie. Ich meine, man sieht, wie sehr Sie die Kleine lieben. Alles andere wäre schrecklich gewesen!«

18 Lanette

Ich freue mich so sehr für Jensen, dass ich mein eigenes Leid völlig vergesse. Mariella ist seine Tochter. Sie gehört zu ihm, und niemand kann etwas dagegen tun. Sobald das Familiengericht das bestätigt hat und das Sorgerecht auf ihn übergegangen ist, hat er nichts mehr zu befürchten.

Ich dagegen? Ich würde am liebsten in Tränen ausbrechen. Es war schlimm, heute Morgen in der Arbeit anzukommen. Linda hat mich sofort zu sich gerufen und mir mitgeteilt, dass unser Chef mich sehen möchte. Sie wusste nicht, warum, doch auch ihr war bewusst, dass es nichts Gutes zu heißen hatte, und so legte sie mir die Hand auf die Schulter, bevor ich mich auf den Weg ins Bryans Büro gemacht habe.

»Lanette.« Das war alles, was Bryan zu mir sagte, als ich in sein Büro kam, und er deutete mit dem Kopf auf meinen Stuhl. »Ich denke, wir haben einiges zu besprechen.«

Sofort stieg Übelkeit in mir auf, und ich musste hart schlucken. Es war klar, dass Bryan nicht wirklich glücklich war.

»Natürlich«, antwortete ich und legte meine Hände in den Schoß. »Ich denke, es geht um meine Mail, die ich am Wochenende geschrieben habe?«

Er nickte und setzte sich aufrechter hin. »Du bist eine meiner besten Angestellten. Du arbeitest mit vollem Einsatz und Herzblut, das merkt man. Doch diesmal hast du dich zu sehr engagiert.«

Wieder schluckte ich, sagte aber nichts dazu.

»Seit wann läuft etwas zwischen Mr Bel und dir?«

»Freitagabend. Ich habe mich entschieden, den Fall abzugeben, und bin dann zu ihm gefahren, um es ihm mitzuteilen.«

»Hast du ihn am Freitag davor schon gesehen?«

Lügen nützt nichts, das war mir klar. Also blieb ich bei der Wahrheit. »Ja. Er hatte geschäftlich einen wichtigen Termin, und ich habe mich angeboten, auf Mariella aufzupassen. Ich habe den Tag in seinem Haus verbracht, während er auf Arbeit war.«

Er schwieg lange, bevor er sich räusperte. »Ich habe mir die Akte genau angesehen. Du bist nachts zu ihm gefahren, weil die Kleine Blähungen hatte. Du warst jeden Tag bei ihm, immer als Letztes.«

»Ja«, stimmte ich zu. »Zu sehen, wie er mit der Kleinen umging, tat mir gut. Vor allem, nachdem ich Abigail nicht retten konnte. Die Kinder zu trennen hat mich ziemlich fertig gemacht, Mariella in liebenden Händen zu sehen, war an diesem Abend genau das, was ich brauchte.«

Er nickte, zumindest das konnte er nachvollziehen. »Und trotzdem hast du eine Grenze überschritten, etwas, das ich vor allem von dir nicht erwartet hätte.«

»Ich weiß«, gab ich kleinlaut zu. »Ich wollte es nicht, doch als mir bewusst wurde, dass meine Gefühle einen Weg gingen, der nicht mit der Arbeit vereinbar war, habe ich sofort reagiert.«

Wieder nickte er, dann seufzte er. »Ich bin froh, dass du sofort reagiert hast. Wäre es anders, würden wir hier schon nicht mehr sitzen.«

Er hätte mich gekündigt. Das musste er nicht erst sagen.

»Dennoch muss ich dich abmahnen. Das ist dir bewusst, oder?«

Abmahnen. Es könnte schlimmer sein, oder? »Natürlich«, antwortete ich, obwohl ich gehofft hatte, um so etwas herum zu kommen.

»Außerdem wird von dir erwartet, dass du jeden Tag zuerst im Büro auftauchst und zu Ende deiner Arbeit hierher kommst, um deine Akten zu führen. Ich will dich jeden Tag hier sehen, hast du das verstanden?«

In meinem Hals bildete sich ein Knoten, und ich nickte. »Ja, natürlich.«

»Und ich verlange, dass du dich nach heute von Mr Bel fernhältst. Ich kann keine schlechte Publicity gebrauchen. Und wenn sich eine unserer Mitarbeiterinnen einen reichen Mann bei der Arbeit sucht, wirft das kein gutes Licht auf uns. Wenn die Presse von so einem Fall hört, wird sie es so hindrehen, wie sie es will. Und meist kommt dabei nichts Gutes raus.«

»Aber«, stotterte ich, weil ich nicht wusste, was ich dazu sagen sollte. Ich sollte mich von Jensen fernhalten? Nachdem wir das letzte Wochenende miteinander verbracht hatten? Nachdem ich mich gewagt hatte, diesen Schritt zu gehen? »Aber warum? Ich meine, ich habe den Fall abgegeben. Es gibt keinen Grund, mich von ihm fernzuhalten!«

»Dein Job sollte dir Grund genug sein. Ich denke, wir sind uns ebenso einig, dass dieses Gespräch hier unter uns bleibt.«

Tränen standen in meinen Augen, auf einmal bekam ich kaum noch Luft. »Also muss ich mich zwischen meinem Job, den ich über alles liebe, und einem Mann entscheiden?«

Er kam um seinen Tisch herum und legte mir eine Hand auf die Schulter. »So sieht es aus. Und ich hoffe, die Entscheidung fällt so aus, wie alle es denken würden.«

Für meinen Job. Er musste es nicht aussprechen. Keiner hier im Büro würde davon ausgehen, dass ich kündigen würde. Niemals.

»Dann sind wir uns wohl einig. Wir sehen uns heute Abend. Sei noch beim nächsten Gespräch mit ihm dabei, das würde jeder erwarten, ganz gleich, aus welchen Gründen du den Fall abgegeben hast. Und dann wirst du dich von ihm fernhalten.«

Dazu gab es nichts zu sagen. Also stand ich einfach auf, verließ das Büro und ging in mein eigenes.

Und jetzt? Jetzt sitze ich hier, freue mich für Jensen und weine gleichzeitig um mein Herz. Denn es zerbricht in genau diesem Moment in tausend Teile. Ich will ihn. Ich will ihn und Mariella als Ganzes. Und ich kann nichts davon haben. Nicht, wenn ich meinen Job behalten will. Ich lasse Isabella ihre Arbeit machen, mische mich in nichts ein und sauge den Anblick von Jensen und Mariella in mich auf. ER liebt sie. ER wird es überleben. Aber was ist mit mir? Wie soll ich das überstehen, wenn er schon jetzt so wichtig für mich ist? Ich kenne ihn erst seit einer Woche, doch das letzte Wochenende war das schönste, das ich je hatte. Nicht einmal mit Garwin habe ich mich so gefühlt wie mit Jensen.

Als alle Formalitäten erledigt sind, komme ich langsam in der Realität an. Das hier und jetzt wird unser letztes Aufeinandertreffen sein. Zumindest, wenn Jensen sich so einfach abservieren lässt. Er hat mich am Samstag kurz zuhause rausgelassen, also weiß er, wo ich lebe. Ich hoffe, dass er nicht vor meiner Tür stehen wird, um zu fragen, warum ich ihn nicht mehr sehen kann.

»Lanette«, sagt er leise, als Isabella sich schon auf den Weg zur Tür macht. »Alles in Ordnung?«

Ich versuche mich an einem Lächeln und nicke. »Ja, natürlich. Ich freue mich nur so.«

Ohne Vorwarnung kommt er auf mich zu und nimmt mich fest in den Arm. Mariella liegt mittlerweile in ihrem Bettchen und schläft.

»Danke«, flüstert er an meinem Ohr. »Danke, dass du für mich da warst. Danke, dass du mich dazu gebracht hast, mich sofort um sie zu kümmern. Ich weiß, ich habe es schon einmal gesagt, aber ich kann es nicht oft genug sagen.«

»Es war mein Job«, flüstere ich. Denn mehr wird es nicht gewesen sein. Ein Job. Jensen wird ein kurzer Sonnenstrahl in meiner Vergangenheit sein, ein kurzer Moment der Glückseligkeit.

»Es war mehr«, antwortet er. »Du bist mehr für mich, das weißt du, oder?«

Er greift nach meinem Kinn und hebt es an, damit ich ihm in seine Brandyaugen sehen kann. Augen, die so tief reichen wie der Grund der tiefsten See. Tränen brennen hinter meinen Augen, und es fällt mir nur schwer, sie herunterzuschlucken.

»Ich sollte gehen, Isabella wartet.«

»Sag mir erst, was los ist«, verlangt er, und es zerreißt mich von innen. Er weiß es, oder wenigstens vermutet er etwas.

»Nichts«, lüge ich. »Lass uns heute Abend reden.«

Erst habe ich das Gefühl, dass er etwas dagegen sagen wird. Doch dann nickt er. »Gut. Heute Abend. Ich werde auf dich warten.«

Er wird warten. Er wird lange warten. Denn ich werde nicht wieder hierher kommen. Ich wende mich von ihm ab, weil ich die Tränen nicht länger zurückhalten kann, und stürme regelrecht aus dem Haus. Isabella wartet bereits im Auto, sie strahlt mich an, bis sie erkennt, dass ich weine.

»Was ist denn los?«

Ich sage nichts, stattdessen lasse ich den Motor an und fahre davon. Ich fahre so weit, wie ich am Freitag gefahren bin, dann halte ich den Wagen am Straßenrand. Ich will schreien. Ich will weinen. Ich will einfach alles herauslassen. Doch ich tue es nicht. Stattdessen hole ich ein Taschentuch aus meiner Tasche, putze mir die Nase und wische meine Augen trocken.

»Alles in Ordnung?«, fragt Isabella, als ich sie endlich ansehe.

»Ja, es ist alles gut. Gib mir nur einen kurzen Moment.«

Sie sieht nicht sicher aus, ob sie mir glauben soll, und ich werfe einen Blick in den Spiegel. Ich wische die Mascara unter meinen Augen weg, kann aber nichts gegen die Rötung machen, die sich deutlich abzeichnet. Es fällt mir so extrem schwer, alle Gedanken an Jensen und Mariella zu verdrängen. Doch ich muss sie ausschließen. Heute Abend. Heute Abend werde ich trauern.

»Es ist alles gut«, wiederhole ich für mich, dann klappe ich den Spiegel zu. »Wir haben noch einen langen Tag, wir sollten weiter.«

Mit diesen Worten atme ich ein letztes Mal durch, bevor ich den Wagen starte und mich auf den Weg zu

Ashley mache. Ich will wissen, wie es ihr geht, und hoffe darauf, dass sie sich langsam in ihre neue Familie einlebt.

Es ist mir den ganzen Tag gelungen, mich zusammenzureißen, selbst noch, als ich in Bryans Büro war, um ihm die aktuellen Akten zu geben. Er hat mir gratuliert, dass ich die richtige Entscheidung getroffen hätte, dann bin ich heim. Und jetzt sitze ich hier wie ein Häufchen Elend und lese immer und immer wieder Jensens Nachrichten, die er mir im Laufe des Tages geschickt hat. Dabei habe ich keine Ahnung, was ich ihm antworten soll und wie ich ihm erklären soll, dass es kein uns mehr gibt.

Jensen

Sie ist meine Tochter. Du kannst gar nicht glauben, wie erleichtert ich bin. Ich werde heute Essen für uns machen, hast du einen Wunsch?

Jensen

So viel zu tun heute? Ich hoffe, du hattest heute Morgen nicht zu viel Stress.

Jensen

Es ist schon nach acht. Bist du noch immer am Arbeiten? Kannst du schon absehen, wann du kommst?

Jensen

Okay. Du gehst nicht ans Telefon. Das ist dann wohl kein gutes Zeichen. Melde dich. Ich mache mir Sorgen.

Aber wie sollte ich mich melden? Wie sollte ich ihn anrufen, wenn ich meiner eigenen Stimme nicht traue? Ich bin nur am Heulen, seit ich das Büro verlassen habe, und seine Nachrichten machen es nicht besser. Ich weiß, dass er mich will, und ich weiß, dass wir gut harmonieren. Aber ich kann meine Arbeit nicht für ihn aufgeben. Ich würde mich selbst aufgeben.

Weil ich völlig neben mir stehe, gehe ich in die Küche, um mir ein Eis aus dem Gefrierfach zu holen. Wenn es einen Tag gibt, an dem ich ein Eis brauche, dann heute! Zu meinem Glück werde ich fündig und entdecke eine Familienpackung Vanilleeis, nehme mir einen Löffel und setze mich damit auf die Couch.

Einsamkeit und Kälte umfangen mich, sodass ich mich eng in eine Decke hülle, während ich einen Löffel nach dem anderen in mich hineinstopfe. Ich habe keinen Hunger, ich habe keine Lust auf Eis, aber ich bilde mir ein, dass es alles irgendwie erträglicher macht. Ich esse die halbe Packung auf, bis ich von der Kälte innerlich ganz betäubt bin. Erst dann fühle ich mich in der Lage, mich dem Unausweichlichen zu stellen. Ein Blick auf die Uhr verrät mir, dass es bereits fast zehn ist. Ich denke mal, dass Jensen wütend auf mich ist, weil ich mich nicht gemeldet habe. Das ist gut. Mit Wut kann ich umgehen. Wut ist, was ich brauche. Also wähle ich seine Nummer und schließe dabei die Augen.

»Lanette, ist alles in Ordnung? Geht es dir gut?«

Wut. Scheiße, ich brauche Wut! Nicht Fürsorge und Mitgefühl.

»Ich kann das nicht«, sage ich nur und kneife die Augen noch fester zusammen, als könnte das helfen.

»Was?«

Was. Nur ein Wort. Und es bricht mir das Herz.

»Das mit uns. Ich kann es nicht. Es war ein Fehler.«

»Wo bist du?«, fragt er, ohne auf meine Worte einzugehen.

»Das ist egal. Ich wollte es heute Morgen nicht sagen, um dir die Freude nicht zu trüben. Aber wir werden uns nicht noch einmal sehen.«

»Ist es wegen der Arbeit?«

Atmen. Ruhig atmen, dann musst du nicht schluchzen!

»Es hat nichts mit der Arbeit zu tun. Ich habe nur gemerkt, dass ich mich da am Wochenende in etwas verrannt habe. Es fühlt sich nicht richtig an.«

»Lanette, du lügst. Sag mir, was ist los?«

Ich schüttle den Kopf, während mir Tränen aus den Augen laufen. Ich muss etwas darauf sagen, ich muss irgendetwas als Erklärung abgeben. Doch mir fällt nichts ein.

»Lanette, was verdammt noch mal ist los?«, fragt Jensen und da ist sie endlich. Die Wut, die ich brauche!

»Das geht dich nichts an«, fauche ich genau in dem Moment, in dem es an meiner Tür klingelt. Nein. Nein, das kann nicht sein! Wenn er es ist, das packe ich nicht! Das würde ich nicht überleben!

»Du erwartest also noch Besuch?«, fragt Jensen, der die Klingel anscheinend gehört hat.

»Auch das geht dich nichts an. Ich wollte mich nur von dir verabschieden.«

Mit den Worten lege ich auf, weil ich das Schluchzen nicht länger zurückhalten kann. Ich krümme mich zusammen und weine in die Decke, als es ein zweites Mal klingelt. Ich will nicht aufmachen! Aber ich sollte herausfinden, wer so spät noch was von mir will. Also rapple ich mich auf und gehe zur Gegensprechanlage.

»Ja?«, frage ich mit belegter Stimme.

»Machst du mir auf?«

Garwin. Natürlich. Wer sollte es sonst sein? Ich schniefe laut und drücke auf den Türöffner. Dann öffne ich noch die Türe und schleppe mich zur Couch zurück. Mein Handy vibriert, Jensen versucht, mich anzurufen. Ich drücke ihn weg. Ich kann es einfach nicht. Es ist zu viel.

Garwin kommt zu mir, und als er mich sieht, nimmt er mich in den Arm. Er fragt nicht, was los ist, er hält mich einfach, wie ich ihn das letzte Mal gehalten habe. Und ich schluchze und weine und verfluche die ganze Welt, weil sie nur scheiße ist.

19 Jensen

Kochende Wut brodelt in mir, und ich weiß nicht, wie ich damit umgehen soll. Heute Morgen war noch alles gut. Heute Morgen habe ich sie im Arm gehalten, wir haben gefrühstückt und ich wusste, sie würde am Abend wieder zu mir kommen. Aber was hat sich geändert? Warum verhält sie sich plötzlich so seltsam?

Meine Gedanken drehen sich im Kreis und ich weiß nicht, was ich daran ändern könnte. Ich habe keine Ahnung, was ich jetzt machen soll. Wäre ich alleine, würde ich mich ins Auto setzen, zu ihr fahren und sie zur Rede stellen. Aber ich bin nicht alleine. Mariella schläft bereits. Doch das ist nicht der Hauptgrund. Ich will nicht, dass Mariella die Stimmung mitbekommt, in der ich gerade bin. Ich muss für sie stark sein und mich zusammenreißen. Würde ich jetzt Lanette gegenüberstehen, könnte ich für nichts garantieren.

Verflucht, ich brauche dringend eine Nanny!

Frustriert reibe ich mit der Hand über mein Gesicht und werfe einen Blick auf mein Handy. Ich will ihr schreiben. Ich will sie anrufen. Ich will sie hören. Aber nachdem sie eben schon nicht mehr ans Handy gegangen ist, wird das alles nichts bringen. Also lasse ich es. Dennoch macht es mich verrückt, nicht zu wissen, wer eben bei ihr geklingelt hat. War es ein Lieferservice, weil sie was zu essen gebraucht hat? Oder war es eine Freundin?

Dass es dieser Arzt gewesen ist, will ich mir gar nicht ausmalen!

Völlig fertig mit den Nerven lasse ich mich in meinen Schreibtischstuhl zurückfallen und lese die letzte Mail. Ich habe morgen ein wichtiges Meeting, das ich nicht verlegen kann, und ich habe niemanden für Mariella. Ich hatte gehofft, dass Lanette für eine Stunde auf sie aufpassen könnte, doch das fällt jetzt flach. Elsa hat sich für morgen frei genommen, weshalb Sina bereits total eingespannt ist. Und sonst traue ich die Kleine niemandem an.

Ich überlege weiter fieberhaft, wobei mir immer wieder eine Person einfällt, die ich eigentlich nicht fragen will. Doch Lanette hat erzählt, dass Cynthia toll mit ihr umgegangen ist. Dass sie sich wirklich für sie interessiert hat und sie Kinder mag.

Könnte ich sie fragen, ohne dass sie es falsch versteht?

Ich gehe ein letztes Mal meine Mail durch, bevor ich meinen Kopf gegen die Tischplatte schlage. Ich komme um dieses Meeting nicht herum. Es steht zu viel auf dem Spiel. Also greife ich nach dem Handy und wähle Cynthias Nummer.

»Jensen, wie komme ich denn zu der Ehre?«, trällert sie, wie immer gut gelaunt, ins Telefon.

»Es tut mir leid, dass ich störe«, sage ich unbeholfen und fühle mich wie ein Arsch. Dabei habe ich keinen Grund dazu. Ich war mit Cynthia immer ehrlich, und sie hat es mir auch nicht krummgenommen, als ich ihr von Lanette erzählt habe. »Aber ich wollte fragen, ob du morgen für zwei bis drei Stunden auf Mariella aufpassen könntest.«

»Wirklich?«, fragt sie, und ich höre Glück in ihrer Stimme. »Natürlich, das mache ich doch gerne! Ich habe gerade sowieso nicht viel zu tun!«

Ich will nicht, dass sie auf Mariella aufpasst. Doch ich habe keine andere Wahl.

»Danke, ich weiß nicht, was ich sonst machen würde.«

»Wann soll ich denn da sein?«, fragt sie, woraufhin ich den Termin noch einmal überprüfe.

»Ich muss um zehn im Meeting sein. Wenn ich um neun losfahren könnte, wäre das super.«

»Ich komme um acht, dann hast du genug Ruhe, um dich auf dein Meeting vorzubereiten. Und dann arbeitest du so lange, wie du brauchst, ich werde schon gut mit der Kleinen zurechtkommen.«

Übermüdet und frustriert schließe ich die Augen. »Das wäre super«, lüge ich. Denn nichts ist super. Es wäre nicht so schlimm, Cynthia zu fragen, wenn Lanette mich nicht gerade abserviert hätte. Doch das hat sie. Und das macht mich fertig.

»Dann komme ich morgen früh. Soll ich was mitbringen?«

Ja. Lanette. Aber das ist natürlich Schwachsinn ... »Nein, ich habe alles da. Bis morgen.«

»Bis morgen.«

Damit legen wir auf, und ich fühle mich noch beschissener.

Die Nacht läuft so wie der Abend. Mariella scheint doch zu spüren, dass etwas nicht stimmt. Andauernd wacht sie auf und schläft nur weiter, wenn sie Körperkontakt hat. Ich finde kaum Schlaf. Immer wieder blicke ich aufs Handy, in der Hoffnung, dass Lanette mir geschrieben hat. Doch es kommt nichts. Keine Erklärung, keine Entschuldigung, kein, ich bin so blöd, ich wollte das nicht. Es kommt gar nichts.

Irgendwann muss ich doch eingeschlafen sein, denn um sieben Uhr reißt mich der Wecker aus dem Schlaf. Ich stelle ihn schnell aus und gehe ins Bad, um mich fertig zu machen. Dabei achte ich kaum auf meine Umgebung, schneide mich beim Rasieren und stoße meinen kleinen Zeh an einem Schrank.

»So eine verfickte Scheiße!«, fluche ich so laut, dass Mariella mich hört und prompt zu schreien beginnt. Nur in Boxershorts eile ich zu ihr und nehme sie auf den Arm.

»Scht, ist ja gut«, versuche ich, sie zu beruhigen. »Ich hab mir nur ein bisschen weh getan, es ist alles gut.«

Mariella lässt sich nicht beruhigen, im Gegenteil. Sie wird immer lauter, und ich beeile mich, ihr etwas zu essen zu machen. Während die Flasche noch ein wenig auskühlt, wickle ich sie und ziehe ihr etwas Frisches an, bevor ich ihr die Milch gebe. Zu meiner Erleichterung wird sie sofort ruhig.

»Danke«, flüstere ich und küsse sie auf die Stirn. »Danke.«

Weil ich gerade sowieso nichts tun kann, setze ich mich mit ihr auf die Couch und sehe ihr dabei zu, wie sie die ganze Milch austrinkt. Sie wird von Tag zu Tag schneller, was mich unheimlich stolz macht. Wenn sie so weitermacht, ist sie bald groß und stark. Doch bei all dem Glück empfinde ich eine Leere, die ich nicht füllen kann. Es ist, als wäre da etwas gewesen, was jetzt einfach verschwunden ist. Oder jemand.

»Ich werde herausfinden, was los ist«, verspreche ich Mariella. »Und dann werden wir einen Weg finden!«

Mariella hat die Augen schon wieder geschlossen, nach dieser Nacht ist auch sie müde. Also lege ich sie in ihr

Bettchen im Wohnzimmer und will gerade ins Bad zurück, als es an der Tür klingelt.

Obwohl sich ein Teil von mir wünscht, es wäre Lanette, die geklingelt hat, ist es natürlich Cynthia.

»Mist, bist du krank?«, fragt sie wenig taktvoll, als sie mich ansieht. »Du siehst aus, als würdest du dringend ins Bett gehören!«

»Alles gut«, tue ich ihre Worte ab. »Ich muss nur zurück ins Bad.«

»Geh ruhig«, versucht sie, mich zu beruhigen. »Ich kümmere mich um die Kleine. Ist sie in ihrem Bettchen?«

»Im Wohnzimmer«, bestätige ich, weil ich nicht glaube, dass Cynthia ein anderes Bettchen von Mariella kennt. »Sie ist frisch gewickelt und hat gerade gegessen.«

»Super, dann komme ich schon zurecht. Mach du dich ruhig fertig.«

Damit verschwindet sie im Wohnzimmer, und ich muss mich zusammenreißen, ihr nicht zu folgen. Aber die Zeit habe ich nicht.

Es ist halb neun, als ich ansatzweise vorzeigbar aussehe. Der Schnitt ist notdürftig verarztet, wobei ich nicht vergessen darf, das Pflaster nachher zu entfernen. Ich hoffe, dass Sina bei so etwas genauso zuverlässig ist wie Elsa. Mein Zeh pocht nur noch leicht, und ich trage Anzug und Krawatte. Mein Haar ist gestylt, sodass ich nichts mehr an mir auszusetzen habe.

»Gut siehst du aus!«, sagt Cynthia, als ich aus dem Bad trete. Sie ist gerade dabei, den Tisch abzuräumen.

»Lass ruhig alles stehen, das kann ich später machen.«

Ich gehe in den Flur und reiche ihr einen Schlüssel. »Falls ihr spazieren gehen wollt, dann kommst du wieder hier rein. Der Kinderwagen steht in der Garage, aber ich habe auch eine Trage, wenn dir das lieber ist.« Ich zeige ihr das Teil und erkläre, wie sie Mariella am besten hineinsetzt und sichert.

»Perfekt.« Sie strahlt mich an. »Ich freue mich auf den Tag mit ihr.«

»Ich beeile mich trotzdem.«

»Natürlich. Aber mach dir keine Gedanken. Wir kommen schon zurecht.«

Alles in mir sträubt sich davor, Mariella alleine zu lassen, doch ich habe keine Wahl. Also beuge ich mich zu ihrem Bettchen, in dem sie noch immer schläft, und küsse sie auf die Stirn. »Bis später«, flüstere ich. Dann verabschiede ich mich von Cynthia, bevor ich mich auf den Weg zur Arbeit mache. Der Verkehr ist nicht allzu dicht, sodass ich gut durchkomme und sogar noch etwas Zeit habe.

»Mr Bel«, grüßt mich Sina und steht von ihrem Tisch auf. »Soll ich Ihnen einen Kaffee bringen?«

»Kaffee hört sich gut an. Ich bin in meinem Büro und bereite mich auf das Meeting vor.«

»Natürlich.«

Damit verschwindet sie in der kleinen Küche, während ich es mir an meinem Schreibtisch bequem mache. Das Ding quillt bald über vor lauter Unterlagen. Erst überlege ich, schon mal einiges davon abzuarbeiten, doch dann entscheide ich mich um und gehe die Punkte für das Meeting heute durch. Ich trinke den Kaffee und bin Sina dankbar, dass sie mich auf das Pflaster an meiner Wange aufmerksam macht, das ich schon vergessen hatte.

Alles in allem vergeht der Tag schnell und die Arbeit tut mir gut. Ich bekomme nicht alles erledigt, doch nachdem ich Cynthia angerufen habe, um sie zu fragen, wie es läuft, bleibe ich doch länger als geplant. Es ist zu viel liegen geblieben, sodass ich mich völlig in meiner Arbeit verliere, bis es schon sieben Uhr ist.

»Verdammt«, murmle ich und lasse einfach alles liegen und stehen. Morgen werde ich die erste Nanny bei mir haben, ich hoffe, dass eine von ihnen meinen Ansprüchen genügt und ich bald wieder richtig arbeiten gehen kann.

Als ich zuhause ankomme, erwarten mich ein perfekt geputztes Haus, eine schlafende Mariella und eine fernsehschauende Cynthia. Das Bild könnte perfekt sein. Wenn die Frau auf meiner Couch nicht Cynthia wäre ...

»War sie lieb?«, frage ich und setze mich neben Cynthia, die den Fernseher leise stellt.

»Ein Engel. Sie ist wirklich wundervoll.«

»Ja«, stimme ich ihr zu. »Ich könnte keine bessere Tochter haben.«

Cynthia nickt und blickt mich lange an. »Was ist mit Lanette? Ich hätte erwartet, dass sie wieder auf die Kleine aufpasst. Ihr saht am Wochenende so glücklich aus.«

Meine Brust zieht sich bei ihrer Frage zusammen. Doch es bringt auch nichts, jetzt zu lügen. »Sie hat es gestern beendet.«

»Oh, das tut mir leid.« Cynthia sieht wirklich bestürzt aus. »Warum denn?«

Ich zucke die Schultern. »Ich kenne sie gerade einmal eine Woche. Ich habe keine Ahnung, was in ihrem Kopf vor sich geht. Vielleicht ist sie einfach so, ich werde es wohl nie herausfinden.«

Dabei will ich genau das. Ich will sie sehen, will mit ihr sprechen, will von ihr wissen, was passiert ist. Doch eins wurde mir letzte Nacht und heute klar. Ich kenne sie nicht. Es ist nicht so, als könnten wir auf eine lange Vergangenheit zurückblicken. Sie war ein Wochenende in meinem Leben. Mehr nicht. Damit werde ich leben müssen.

»Aber es muss doch einen Grund geben«, beharrt Cynthia.

»Es ist egal«, tue ich ihren Einwand ab. »Sie hat ihre Entscheidung getroffen.«

Alles in mir schreit danach, das nicht einfach so hinzunehmen. Doch ich kann auch nicht um eine Frau kämpfen, die mich so hängen gelassen hat.

Cynthia sagt nichts weiter dazu. Stattdessen schaltet sie den Fernseher wieder laut, und wir schauen gemeinsam irgendetwas an. Etwas, das ich nicht einmal wirklich wahrnehme.

20 Lanette

Die Woche ist grausam. Nicht nur, dass es mir so unheimlich schwerfällt, Jensen aus meinem Kopf zu verbannen. Ich hasse es, jeden Morgen und Abend im Büro vorbeischauen zu müssen und damit wertvolle Zeit in den Familien zu verlieren. Also mache ich noch mehr Überstunden als sowieso schon und beschwere mich nicht. Ich möchte Bryan keinen Grund geben, noch härter bei mir durchzugreifen. Dennoch fällt jedem im Büro auf, dass es mir nicht gut geht, und Linda hat schon mehrmals gefragt, ob ich krank sei.

Nein, ich bin nicht krank. Ich vermisse Jensen. Aber was soll ich machen? Ich meine, ich kenne diesen Mann gerade einmal knapp über eine Woche. Wir hatten ein schönes, gemeinsames Wochenende. Mehr nicht. Ich kann doch nicht für einen fast Fremden alles aufgeben, was ich mir in meinem Leben aufgebaut habe! Ich kann die Kinder, für die ich verantwortlich bin, nicht hängenlassen!

Jetzt ist Freitag, und ich bin wieder einmal die Letzte im Büro. Aber ich bin noch lange nicht fertig, die ganze Fahrerei raubt mir die Zeit.

»So spät noch da?«, fragt Bryan, als er aus seinem Büro kommt und bei mir vorbei schaut.

»Ja, ich muss die Akten noch fertigmachen. Aber in einer halben Stunde sollte das geschafft sein.«

Bryan kommt zu mir hinter den Schreibtisch und wirft einen Blick über meine Schulter. »Ashley hat sich noch immer nicht eingelebt?«

Ich schüttle den Kopf. »Nein. Sie spricht nicht. Wie es aussieht, muss ich bald eine neue Pflegefamilie für sie finden.«

Ashley ist mein Sorgenkind. Ich wünschte, ich könnte etwas tun, um ihr zu helfen. Doch mir fällt nichts ein, da sie sich komplett verweigert.

»Das schaffst du schon. Aber du solltest jetzt auch langsam Feierabend machen. Es ist Freitag, es ist Wochenende. Geh nach Hause und genieße die Zeit mit Freunden.«

Bei seiner Bemerkung blicke ich ihn finster an. »Da gibt es niemanden, mit dem ich meine Zeit genießen könnte«, zische ich und würde mir im nächsten Moment am liebsten die Hand vor den Mund schlagen. Doch es ist zu spät.

»Das hört sich vielleicht böse an, doch das höre ich gerne. Denn das heißt, dass du wirklich keinen Kontakt zu Mr Bel hast.«

Ich beiße die Zähne aufeinander, sage aber nichts dazu. Stattdessen widme ich mich den Akten und überlege fieberhaft, wie ich Ashley helfen kann.

»Lanette, geh nach Hause. Oder wenn du jemanden zum Reden brauchst, können wir auch noch etwas trinken gehen. Aber es ist nicht gut für dich, wenn du dir gar keine Zeit mehr für dich nimmst.«

Mit ihm was trinken gehen? Ganz bestimmt nicht! »Ich komme schon zurecht. Du kannst ruhig gehen, der Hausmeister ist ja noch eine Weile da. Wir sehen uns am Montag wieder.«

Bryan sieht mich lange und eindringlich an, dann legt er seine Hand auf meine Schulter und drückt sie kurz. »Wie du meinst. Es ist dein Leben. Bis Montag.«

Damit verlässt er mein Büro, und ich bleibe alleine zurück. Ich habe es nicht eilig. Ich weiß sowieso nichts mit mir anzufangen, so einfach ist das.

Es ist bereits nach zehn, als eine Nachricht bei mir eingeht. Erst denke ich, dass es Garwin ist, seit Montag ist er fast jeden Abend vorbeigekommen, um für mich da zu sein. Er sorgt dafür, dass ich esse, und mit ihm an meiner Seite finde ich sogar wenige Stunden Schlaf. Dennoch fühlt es sich falsch an. Er fühlt sich falsch an. Nicht etwa, dass wir Sex hätten, ich habe ihm klargemacht, dass ich das gerade nicht will. Dennoch ist er nicht der Mann, neben dem ich einschlafen möchte.

Doch es ist nicht Garwin.

Jensen

Wir haben eine Nanny für Mariella. Dachte nur, dass dich das interessiert.

Das ist gut, oder? Also dass er eine Nanny hat, der er vertraut. Und dass er wieder arbeiten gehen kann. Ich rede mir ein, dass das eine gute Nachricht ist, dass es mir damit gutgehen sollte. Doch das tut es nicht. Verflucht, wie kann ich nur so an einem Mann hängen, den ich kaum kenne! Wie kann es sein, dass er mir noch immer so sehr fehlt? Das ist nicht fair!

Erst überlege ich, ob ich überhaupt darauf antworten soll, dann entscheide ich mich, dass Jensen eine Antwort verdient.

Lanette

Das freut mich. Isabella hat erzählt, dass ihr in zwei Wochen einen Termin auf dem Familiengericht habt. Glückwunsch. Das ging ja alles doch recht schnell.

Jensen

Ja, alles geht grad sehr schnell.

Tränen rinnen über meine Wangen, und ich weiß nicht einmal, warum. Gott, ich vermisse ihn so sehr! Ich will ihm schreiben, ich will ihn hören, ich will ihn sehen! Aber ich darf es nicht. Also packe ich mein Handy ein, lasse alles liegen und stehen und mache mich auf den Heimweg.

Zuhause umfängt mich Stille und Leere. Alles ist kalt und ungemütlich. Da Garwin nicht da ist, mache ich mir nicht die Mühe, in die Küche zu gehen. Ich lege mich einfach nur ins Bett und starre die Decke an.

»Das Leben ist ein Arschloch«, murmle ich leise vor mich hin. »Es ist nicht fair und scheiße.«

Es gibt niemanden, der mir antwortet. Niemanden, der mich aufbaut. Niemanden, der für mich da ist. Und das ist der erste Moment, in dem ich überlege, ob ich meine Prioritäten vielleicht doch falsch gesteckt habe. Ich habe all meine Zeit ins Studium investiert statt in Freunde. Ich habe immer nur daran gedacht, anderen zu helfen. Aber was ist mit mir? Was ist mit meinen Wünschen?

Weitere Tränen laufen aus meinen Augen, und ich schluchze leise vor mich hin, während ich meine Vergangenheit vor meinem inneren Auge an mir vorbei laufen lasse …

Es ist alles dunkel. So dunkel. »Mama?«, frage ich leise, weil sie abends, wenn die Sonne untergegangen ist, eigentlich Licht anmacht. Aber heute nicht. Ich bin früh eingeschlafen, und als ich eben aufgewacht bin, ist da nichts mehr. »Mama, wo bist du?«

Ich krabble aus meinem Bett und tapse vorsichtig durch mein Zimmer. Mama hat den Boden aufgeräumt, sodass ich nicht auf Spielsachen trete. Das macht sie immer am Abend. Weil ich nicht aufräumen will.

Als ich an der Wand ankomme, finde ich den Lichtschalter zum Glück schnell, und endlich kann ich etwas sehen.

»Mama?«, rufe ich erneut und schalte auch im Gang das Licht an. Aber Mama antwortet nicht. »Mama, wo bist du denn?«

Ich gehe ins Wohnzimmer und finde sie auf der Couch. Sofort habe ich weniger Angst. Sie schläft. Sie ist eingeschlafen.

Ich gehe zu ihr und lege mich zu ihr unter die Decke. Der Fernseher läuft, doch er ist auf stumm geschaltet. Mama ist ganz kalt, sodass ich mich kleiner mache, um nicht zu frieren. Normalerweise wärmt sie mich, wenn mir kalt ist, doch heute rührt sie sich nicht. Sie schläft zu fest.

Bei dieser Erinnerung schüttle ich den Kopf und kneife die Augen zusammen. Ich habe Ashley und ihren Geschwistern erspart, sich an eine tote Mutter zu kuscheln. Ich habe ihnen den Anblick ihrer toten Augen erspart. Etwas, das mir nicht erspart blieb. Meine Mutter hatte einen Schlaganfall. Ohne Vorwarnung. Sie ist einfach gestorben. Im Schlaf, wie man mir sagte. Ob das stimmt, weiß ich natürlich nicht, doch die Frau damals hat gesagt, sie wäre friedlich eingeschlafen. Eine Frau, der ich weitestgehend egal war. Sie brachte mich in eine Pflegefamilie, die eigentlich schon keinen Platz mehr für mich hatte. Mein Vater hatte uns verlassen, als meine Mum noch schwanger war, und jetzt wollte er nichts von mir wissen. Ich schlief auf dem Boden, hatte kein eigenes Zimmer und das Essen hat nicht geschmeckt. Ich war nicht lange dort, bis ich in die nächste Pflegefamilie kam. Wieder waren zu viele Kinder dort, und ich sollte im Haushalt helfen. Ich sollte die anderen Kinder vom Kindergarten abholen und mich um ein Baby kümmern, das sie auch noch aufnahmen. Einer der anderen Jungs war zu laut, sodass die Polizei kam. Und dann wurde ich in die nächste Familie gesteckt. Dort blieb ich länger …

Schritte. Ich höre Schritte und halte die Luft an. Sie kommen auf meine Zimmertüre zu, dann stoppen sie. Nein. Bitte nicht!

Tränen brennen in meinen Augen, als sich die Türe leise öffnet.

»Bist du noch wach?«, fragt Carlos, mein Pflegevater. Emily schläft wohl schon. Sie schläft immer sehr früh.

Ich schweige. Nein, ich bin nicht wach. Ich bin nicht hier. Ich atme bewusst ruhig, aber es bringt nichts. Carlos schließt hinter sich die Tür, wie er es immer tut. »Lanette, du sollst doch nicht lügen«, sagt er mit sanfter Stimme. »Ich weiß, dass du noch wach bist.«

Ich sage nichts. Ich kann nicht.

»Sei lieb zu deinem Vater und komm her.«

Nein. Nein, diese Erinnerung lasse ich nicht zu! Diese Erinnerung ist ein Teil meiner Vergangenheit, den ich so tief begraben habe, dass er nie wieder hervorkommen sollte.

Voller Angst drehe ich mich auf die Seite. Es war Mica gewesen, der mir in dieser Nacht geholfen hat. Er war auch ein Pflegekind von Carlos, und er musste auf Toilette. Als er an meiner Tür vorbei kam und gehört hat, wie ich leise weinte, kam er herein. Mica war älter als ich, schon fast erwachsen. Und er hat mich gerettet. Er hat Carlos von mir heruntergezogen und die Polizei gerufen. Ich wurde untersucht, habe ein paar Tage im Krankenhaus verbracht und kam dann in ein Heim. Ich wünschte, ich wüsste, was aus Mica geworden ist. Ich mochte ihn, doch ich habe ihn nie wieder gesehen.

So vergeht die Nacht, während mich eine Erinnerung nach der anderen heimsucht. Die Schläge, der Missbrauch, die Einsamkeit. All die Dinge, die ich von den Kindern fernhalten möchte, für die ich verantwortlich bin. Der Grund, warum mir meine Arbeit so wichtig ist. Denn wenn ich es nicht mache, wer dann? Wer achtet auf die Kinder? Wer bringt sie in ordentliche Familien?

Ich weiß nicht, wie spät es ist, als ich es kaum noch aushalte. Es ist die Einsamkeit, die mich umbringt. Ohne darüber nachzudenken, nehme ich mein Handy und wähle Jensens Nummer. Ich weiß nicht, warum, doch ich brauche seine Stimme. Ich brauche ihn.

»Lanette.«

Er hört sich verschlafen an, und ich drücke mein Handy noch fester gegen mein Ohr. »Ist alles in Ordnung?«

»Ich darf nicht mit dir reden«, flüstere ich und hoffe, dass er mich überhaupt versteht.

»Warum?«

»Weil es mich meinen Job kosten könnte.«

Jensen atmet tief durch, dann höre ich das Rascheln von Bettwäsche. »Erzähl mir mehr.«

Ich schüttle den Kopf und schniefe. »Meine Arbeit ist alles für mich. Ich muss doch für die Kinder da sein. Für mich war niemand da, ich will aber für sie da sein.«

Jensen sagt nichts, stattdessen lauscht er meinen Worten. Ich erzähle ihm davon, wie ich am Morgen meine Mutter wecken wollte und sie nicht aufgewacht ist. Wie ich zu unserer Nachbarin gegangen bin und sie die Polizei gerufen hat. Wie ich von einer Familie zur nächsten kam. Ich erzähle nichts von Carlos, doch sonst lasse ich nichts aus.

»Verstehst du nun, warum ich meine Arbeit nicht aufgeben kann? Warum ich alles für sie opfern muss?«

»Mach die Tür auf.«

Verwirrt setze ich mich auf. »Wie meinst du das?«

»Mach die Tür auf. Ich stehe vor deiner Tür.«

Ohne auch nur eine Sekunde darüber nachzudenken, springe ich aus dem Bett und renne zur Tür. Ich öffne sie, aber da ist niemand. Dann schlage ich mir gegen den Kopf und drücke auf den Summer für die Haustür unten. Ich höre, wie sie geöffnet wird und wie Jensen nach oben kommt. Erst, als er mich sieht, nimmt er das Telefon von seinem Ohr. Einen Moment bleibt er einfach vor mir stehen. Er sieht so müde aus, wie ich mich fühle. Doch dann kommt er auf mich zu und nimmt mich fest in den Arm.

»Ich werde dich nicht aufgeben«, flüstert er an meinem Ohr und hält mich ganz fest an sich gedrückt. »Ich werde dich nicht verlassen wie all die anderen. Ich werde um dich kämpfen, wie ich um Mariella gekämpft hätte.«

Seine Worte sind wie Balsam für meine geschundene Seele, und ich vergrabe meine Nase in seinem Shirt. Ich schluchze leise, während Jensen mich hochhebt und in die Wohnung trägt. Er schließt hinter uns die Tür und trägt mich ins Schlafzimmer, das er beim zweiten Anlauf findet. Dort legt er mich aufs Bett, zieht sein Shirt und die Jogginghose aus und legt sich neben mich.

»Du bist eisig«, flüstert er an meinem Ohr, bevor er mich in seinen Arm zieht. Dann kuschle ich mich endlich an ihn und schlafe innerhalb von Sekunden ein.

21 Jensen

Lanette schläft innerhalb von Sekunden in meinen Armen ein, und ich fühle mich seit Montag das erste Mal wieder ruhig. Ruhig und entspannt. Verdammt, ich wusste nichts von ihrer Vergangenheit. Ich habe zwar geahnt, dass sie sich wegen ihrem Job von mir getrennt hat, doch ich hätte nie gedacht, dass da so viel mehr dahinter steckt. Nun macht das alles Sinn. Und ich habe keine Ahnung, wie wir das hinbekommen sollen. Doch das müssen wir heute auch nicht, heute will ich sie einfach nur halten und für sie da sein. Denn ich habe es ernst gemeint. Ich werde um Lanette kämpfen, wie sie es verdient hat. Ich strecke mich ein bisschen, um mich noch einmal zu versichern, dass es Mariella gut geht. Es ist das erste Mal, dass ich sie einfach so alleine gelassen habe. Erst als die Antwort kommt, dass alles gut ist und ich mir keine Sorgen machen soll, mache auch ich die Augen zu.

Als sie sich am nächsten Morgen bewegt, wache ich sofort auf. Sie kuschelt sich enger an mich, und ich schließe sie fest in meine Arme und halte sie ganz fest. Erst reagiert sie nicht, doch dann versteift sie sich plötzlich, bevor sie ihren Kopf hebt und mich mit ihren blauen Augen ansieht.

»Jensen«, flüstert sie verunsichert, und erst jetzt scheint ihr einzufallen, dass ich in der Nacht zu ihr gekommen bin.

»Hast du gut geschlafen?«, frage ich und setze mich etwas auf.

Sie nickt, dann schüttelt sie den Kopf. »Ich hätte dich nicht anrufen dürfen.«

»Ich bin froh, dass du mich angerufen hast«, entgegne ich und ziehe sie wieder enger an mich. »Und jetzt erzähl mir noch mal, was im Büro vorgefallen ist. Ich will alles wissen.«

Lanette holt tief Luft, dann seufzt sie. »Ich darf dich nicht mehr treffen. Ich wurde abgemahnt und musste meinem Chef versichern, dass wir uns nicht mehr sehen würden. Es wäre schlechte Publicity, wenn die Medien so etwas herausbekommen würden. Und wenn ich dich doch weiter treffe, würde er mich feuern.«

Das war es also. Ihr Chef hatte Angst vor schlechter Publicity? Dabei gibt es doch kaum etwas Schöneres als ein Happy End. Ich weiß, wovon ich spreche. In der letzten Woche kam ein Artikel über mich und Mariella. Erst hieß es, ich hätte die Mutter sitzen lassen und sie wäre völlig überfordert gewesen, sodass sie mir die Kleine vor die Tür gelegt hat. Also habe ich ein Exklusivinterview gegeben und alles richtiggestellt. Ich habe Mariellas Mutter aufgerufen, sich bei uns zu melden, weil Mariella ein Recht darauf hätte, ihre Mutter kennenzulernen. Und ich habe die Arbeit von Kidss und ihre Mitarbeiter in den höchsten Tönen gelobt. Man muss nur wissen, wie man mit den Medien umgeht, dann bekommt man so etwas ins richtige Licht gerückt.

»Also hast du mich verlassen«, gebe ich noch mal die Tatsachen wieder.

»Mein Beruf ist mein Leben«, erklärt Lanette sich. »Ich habe dir gestern von meiner Vergangenheit erzählt.« Sie stockt. Dann holt sie tief Luft. »Du weißt so viel, wie sonst niemand. Und deswegen kann ich die Kinder nicht im Stich lassen. Es muss jemanden geben, der um sie kämpft. Ich will um sie kämpfen.«

Ich schweige einen langen Moment, während meine Finger über ihre nackte Schulter gleiten. Ihre Haut fühlt sich so gut an, so weich und warm. Himmel, wie habe ich sie vermisst!

»Und das wirst du«, versichere ich, während ich überlege, wie es weitergehen soll. »Meinst du, es würde etwas bringen, mit deinem Chef zu sprechen?«

Lanette schüttelt sofort den Kopf. »Nein, er würde mich sofort kündigen!«

»Dann lassen wir uns etwas anderes einfallen.« Ich beuge meinen Kopf etwas nach unten und küsse sie sanft auf die Schläfe. »Aber ich lasse dich nicht gehen.«

Einen Moment genießt sie diese Zärtlichkeit, bevor sie sich plötzlich verkrampft und mich voller Entsetzen ansieht. »Wo ist eigentlich Mariella?«

Mist, ich hatte gehofft, dass die Sprache nicht zu schnell auf sie kommen würde. Denn ich habe keine Ahnung, wie Lanette darauf reagieren wird.

»Cynthia war gestern wieder bei mir, weil die Nanny erst ab nächste Woche anfängt. Wir haben noch einen Film angesehen und sie ist auf der Couch eingeschlafen.« Es kostet mich all meine Kraft, mich nicht zu entschuldigen, denn ich fühle mich schuldig. Auch, wenn es dafür keinen Grund gibt. »Sie war gerade dabei, zu gehen, als ich wegen deinem Anruf aufstand, und ich habe sie mit Gesten gefragt, ob sie bleiben könnte. Sie hat mich nur wissend angelächelt und sich zurück auf die Couch gelegt.«

»Oh«, gibt Lanette leise von sich, dennoch entspannt sie sich. »Sie hilft dir wohl viel.«

»Sie liebt kleine Kinder. Ich glaube, sie wünscht sich selbst eine Familie, hat aber noch nicht den Richtigen gefunden.«

Lanette seufzt und schmiegt sich eng an mich. »Dann sollte sie sich überlegen, Pflegemutter zu werden.«

Ich glaube, dass sie es nur im Scherz sagt, dennoch könnte ich mir Cynthia gut als Pflegemutter vorstellen. Sie ist gutherzig, großzügig und einfach ein guter Mensch. Niemand, in den ich mich verlieben würde, wobei ich nicht weiß, woran das liegt. Doch sie hat so viel zu geben ...

»Wir sollten uns vielleicht trotzdem langsam auf den Weg zu mir machen«, überlege ich laut. »Ich weiß nicht, wie lange Cynthia noch Zeit hat. Und ich werde langsam unruhig.«

Lanette stützt sich auf die Unterarme und sieht mich mit einem seltsamen Ausdruck in den Augen an. »Ich weiß nicht, ob es so gut ist, wenn ich mit dir gehe. Ich meine, es hat sich eigentlich nichts geändert.«

»Alles hat sich geändert«, unterbreche ich sie, bevor sie irgendeinen Schwachsinn von sich gibt. »Ich weiß jetzt, warum du mich von dir gestoßen hast, und ich werde dich nicht aufgeben. Wir werden gemeinsam einen Weg finden, selbst, wenn es vorerst bedeutet, dass niemand von uns erfahren wird.«

Sie schweigt lange, bevor sie leise seufzt. »Aber wird dir das nicht zu viel? Ich meine, wir könnten nicht mal gemeinsam spazieren gehen. Wir müssten uns in deinem Haus verschanzen.«

»Wir werden sehen, was kommt. Aber jetzt nehme ich dich mit zu mir, und wir werden das Wochenende gemeinsam verbringen. Also pack deine Sachen!«, knurre ich, drehe sie auf den Rücken und liege im nächsten Moment über ihr. Mein Schwanz, der langsam zum Leben erwacht, drückt sich gegen ihre Hitze, und ich wünschte, wir hätten mehr Zeit.

»Ich kann nicht«, flüstert sie und drückt sich mir entgegen. »Ich werde gerade von einem großen, starken Mann festgehalten.«

Ihre Stimme klingt verführerisch, und ich habe nicht vor, sie so einfach davonkommen zu lassen.

»Ein großer, starker Mann also?«

»Ein sexy, heißer, verführerischer, großer, starker Mann.«

Noch während sie spricht, beuge ich mich zu ihr nach unten und erobere ihren Mund. Gott, wie sehr ich sie die ganze Woche küssen wollte! Wie sehr ich sie fühlen und schmecken wollte. Meine Hände wandern unter ihr Shirt, und ich genieße den Moment, in dem sie mir in den Mund stöhnt. Ich streiche an ihren zarten Brüsten entlang, knete sie, widme mich ihren harten Nippeln und drehe fast durch, weil ich unbedingt in ihr sein muss!

»Hast du ein Kondom?«, frage ich mit rauer Stimme, als ich mich von ihr löse.

»Obere Schublade!«

Ich greife sofort neben ihr Bett und öffne die Schublade. Dass darin eine große Packung mit Kondomen liegt, irritiert mich, doch im Moment kann ich nicht denken. Also greife ich eins, während Lanette mir die Hose über die Hüften streicht, reiße die Packung auf und rolle es über mein Glied. Lanette hat es genauso eilig wie ich, denn sie schlüpft aus ihrem Slip, sodass ich freie Bahn habe. Dennoch taste ich mit der Hand nach ihrer Mitte, um mich zu versichern, dass sie bereit für mich ist. Als ich mit einem Finger in sie eindringe, stöhnt Lanette laut, und mein Schwanz zuckt.

»Oh ja«, knurre ich. Dann versenke ich mich in ihr. Ich nehme sie tief in Besitz und genieße ihre Enge. Lanette ist genauso ausgehungert wie ich, wir beide verschwenden keine Zeit. Sie gibt sich mir hin, lässt mich tief in sie eintauchen und stöhnt bei jedem Stoß, mit dem ich sie fülle. Keiner von uns beiden braucht lange, um sich dem Höhepunkt zu nähern, und so stöhne auch ich laut, als ich mich in ihr ergieße. Mein ganzer Körper bebt, während ich meine Stirn gegen ihre lege. Eine ganze Weile bleiben wir so liegen, genießen die Gegenwart des Anderen und kommen langsam runter.

»Wir sollten uns vielleicht doch beeilen?«, fragt sie mit süßer, verführerischer Stimme. »Nicht, dass Cynthia sich überlegt, Mariella mit sich zu nehmen.«

Ich lache rau. »Das wird sie nicht wagen.« Dennoch hat mir Lanette damit ein Bild in den Kopf gepflanzt, das mir nicht gefällt. »Aber ja, wir sollten.«

Damit ziehe ich mich aus ihr heraus und nehme Lanette mit ins Bad, das ich gestern als Erstes betreten habe, bevor ich ihr Schlafzimmer gefunden hatte. Keiner von uns sagt etwas, als ich die Dusche anstelle und mich mit ihr gemeinsam unter das warme Wasser stelle. Wir duschen gemeinsam, schäumen uns gegenseitig ein, und immer wieder finden meine Lippen die ihren.

Als wir fertig sind, schlupfe ich nur in meine Jogginghose von gestern und ziehe mein Shirt an.

»Du bist wunderschön«, bewundere ich Lanette, die sich für ein luftiges Kleid entscheidet. Dabei überlege ich, ob ich ihr verbieten sollte, ein Höschen anzuziehen.

»Du auch«, erwidert sie. Sie packt ein paar Sachen in eine Tasche, dann strahlt sie mich breit an. »Ich wäre soweit.«

22 Lanette

Ich könnte nicht behaupten, dass ich schon ewig in Jensens Haus ein und ausgegangen bin. Dennoch fühlt es sich ein bisschen an wie heimkommen. Ich lächle in mich hinein und genieße es, endlich wieder seine Nähe spüren zu können.

Gemeinsam gehen wir direkt ins Wohnzimmer, wo wir auf Cynthia treffen, die uns breit anstrahlt. »Das freut mich!«

Mit diesen Worten kommt sie zu mir und umarmt mich.

»Hey«, sage ich unsicher und löse mich von ihr. Es fühlt sich seltsam an, so begrüßt zu werden, da ich diese Frau kaum kenne. Es scheint einfach ihre Art zu sein, eine Art, die ich irgendwie mag, auch wenn es mir einen Stich verpasst, dass sie die letzte Woche anscheinend so viel Zeit mit Jensen verbringen durfte, während ich mich so einsam wie noch nie gefühlt habe.

»Danke, dass du auf Mariella aufgepasst hast«, mischt Jensen sich ein und holt die Kleine aus dem Bett. Er kann es nicht lassen, dabei schläft sie gerade. Allerdings schläft sie auch auf seinem Arm weiter. Selbst ich habe das Bedürfnis, sie zu nehmen, sodass ich zu ihm gehe und ihr vorsichtig über die Stirn streiche.

»Das hab ich doch gerne gemacht. Sie ist so ein Engel!«, erwidert Cynthia leise. »Ich passe gerne auf sie auf, wann immer ihr mich braucht.«

Ihr. Sie sagt es so, als wäre Mariella Jensens und meine Tochter. Gott, was mache ich hier nur? Wie kann ich mich so tief in etwas verstricken, das gerade erst begonnen hat? Vor allem, weil es mich meinen Job kosten könnte. Doch ich weiß auch, ich kann nicht mehr zurück. Nicht nach gestern Nacht. Ich werde mit allen Konsequenzen leben müssen, die irgendwann mit Sicherheit folgen.

»Ich komme darauf zurück.« Jensens Augen sind auf seine Tochter gerichtet. »Ab nächster Woche habe ich allerdings eine Nanny, die sich tagsüber um Mariella kümmert.«

»Schade.«

Cynthia stellt sich neben Jensen und sieht auf die Kleine hinab. Shit, sie und Jensen würden auch echt gut zusammenpassen. Wenn er mir heute Nacht nicht bewiesen hätte, wie viel ich ihm bedeute, wäre ich jetzt eifersüchtig.

Okay, wenn ich die beiden nebeneinander sehe, bin ich eifersüchtig, obwohl ich dazu keinen Grund habe. Dennoch schließe ich die Augen und atme bewusst tief durch.

»Aber ihr könnt euch ja melden, wenn ihr mal zusammen ausgehen wollt«, setzt Cynthia noch hinzu.

»Cynthia, wir müssen noch etwas anderes besprechen«, stellt Jensen plötzlich fest und wirkt dabei nicht gerade glücklich. »Lanettes Chef ist nicht begeistert, dass wir uns treffen, weil sie für Mariella und mich zuständig war. Es wäre schön, wenn du niemandem von uns erzählen würdest.«

Ein Geheimnis. Wir werden ein Geheimnis sein und bleiben müssen. Ich hätte nicht gedacht, dass sich das so falsch anfühlt.

»Klar.« Cynthia sieht nicht begeistert aus. »Wie ihr wollt. Ich werde niemandem etwas erzählen. Ihr könnt euch ja einfach melden.«

Damit verabschiedet sie sich von uns, sodass wir endlich alleine sind.

»Frühstück?«, fragt Jensen, nachdem er die Tür hinter Cynthia geschlossen hat, und blickt mich dabei mit einem Funkeln in den Augen an, dem ich kaum widerstehen kann.

»Kommt darauf an, was es geben soll.«

Jensen versteht meine indirekte Andeutung, und da Mariella weiterschläft, obwohl Jensen sie in ihr Bett zurücklegt, verbringen wir die Zeit mit allem anderen, außer mit Essen.

Das Wochenende mit Jensen und Mariella ist viel zu schnell vergangen, und am Montagmorgen habe ich nicht einmal Lust, auf Arbeit zu gehen. Zumindest ein Teil von mir hat dazu keine Lust, der würde nämlich lieber weiter mit Jensen im Bett liegen und schlafen. Dennoch bin ich weitestgehend motiviert und strahle Linda das erste Mal seit einer Woche wieder an, als ich sie sehe.

»Dir scheint es ja endlich besser zu gehen!«, begrüßt sie mich und kommt vor ihrem Schreibtisch hervor, um mich zu umarmen.

»Ja«, bestätige ich. »Ich habe, glaube ich, einfach mal wieder ganz viel Schlaf gebraucht.«

Linda mustert mich eindringlich, dann wirft sie mir einen vielsagenden Blick zu. »Schlaf, natürlich.«

Ich zucke die Schultern, denn darauf werde ich ganz bestimmt nicht eingehen. »Gab es am Wochenende etwas Wichtiges?«

Sofort verdüstert sich Lindas Blick. »Ashley ist in ein Heim gebracht worden. Die Familie kam nicht damit zurecht, dass sie sich komplett verweigerte.«

Meine Hochstimmung ist innerhalb von Sekunden auf dem Tiefstand. »Welches Heim?«, frage ich, während ich mein Handy heraushole und überlege, ob es eine Pflegefamilie gibt, die mit ihr zurechtkommt.

»Das St. Avens.«

Scheiße! Nicht nur, dass ich allgemein nicht glücklich bin, wenn meine Kinder in einem Heim unterkommen. Doch das St. Avens hat einen besonders schlechten Ruf.

»Danke, ich kümmere mich gleich darum!«

Mit diesen Worten stürme ich in mein Büro, um ein neues Zuhause für Ashley zu finden. Doch kaum ist die Tür hinter mir ins Schloss geschlagen, öffnet Bryan sie wieder.

»Alles in Ordnung?«, fragt er und folgt mir zu meinem Schreibtisch.

»Ashley ist im Heim gelandet, ich muss eine andere Pflegefamilie für sie finden«, informiere ich Bryan, ohne ihn weiter zu beachten. Dafür habe ich keine Zeit.

»Was ist passiert?«, fragt er, während ich Ashleys Akte öffne, um genau das herauszufinden.

»Wenn ich das wüsste«, brabble ich vor mich hin und ärgere mich mal wieder über meine Kollegen.

»Da steht nur, dass die Familie sie abgeben wollte.«

Bryan kommt zu mir hinter den Schreibtisch, um selbst in den Computer blicken zu können. Dabei legt er seine Hand auf meine Schulter, als er sich herunter beugt.

»Susan war am Wochenende da. Ich werde ihr sagen, dass sie die Akten besser zu führen hat, damit ihr anderen mehr Informationen habt.«

Ich lächle, ohne mich wirklich besser zu fühlen.

»Danke, das würde helfen.«

»Wo willst du sie unterbringen?«

Ich seufze und nehme erneut mein Handy in die Hand. »Wenn ich das nur wüsste.«

»Du packst das schon«, ermutigt mich Bryan, drückt meine Schulter und geht zurück zur Tür. »Wenn nicht du, dann würde es keine schaffen.«

Als ich bei St. Avens ankomme, fühle ich mich sofort niedergeschlagen. Ich hasse Heime aus tiefstem Herzen. Das heißt nicht, dass alle schlimm sind, es heißt einfach, dass ich sie nicht leiden kann. Aber daran ist wohl meine eigene Vergangenheit schuld. Andererseits ist mir in den Heimen nichts passiert, das nur ansatzweise wäre wie das, was Carlos mir angetan hat. Also ist meine Abneigung zum Teil unbegründet.

»Was kann ich für Sie tun?«, fragt eine junge Frau, die mir die Tür öffnet, als ich klingle.

»Ich bin Lanette Dobran von Kidss. Ich bin da, um nach Ashley zu sehen.«

Ich halte ihr meinen Ausweis entgegen, und die Frau lächelt mich traurig an. »Sie ist in ihrem Zimmer. Seit sie hier angekommen ist, hat sie noch kein Wort gesprochen.«

Ich nicke, denn das habe ich mir gedacht. Dann folge ich der jungen Frau, die wohl vergessen hat, sich mir vorzustellen. Wir gehen durch einen langen Gang, bis wir vor einem Zimmer am Ende anhalten. Die Frau klopft, bevor sie die Tür öffnet, und als ich Ashley sehe, blickt sie mich mit traurigen Augen an. Ohne auch nur eine Sekunde darüber nachzudenken, setzte ich mich zu ihr aufs Bett und schließe sie in meine Arme. Es gibt keine Worte in diesem Moment, es gibt nur sie und mich. Erst ist sie angespannt, und ich habe schon Angst, dass sie mich wegstoßen wird. Doch dann entspannt sie sich und erwidert die Umarmung.

»Ich lasse Sie mal am besten alleine«, teilt die Frau mit und verschwindet. Ich bin ihr dankbar. Denn ich glaube, dass es für Ashley besser ist, wenn ich alleine mit ihr bin.

»Ich suche nach einer Familie, die euch alle aufnimmt«, flüstere ich an ihrem Ohr. »Ich tue alles dafür, doch es ist schwer, jemanden zu finden.«

Ashley schluchzt leise, und ich streiche ihr sanft über den Rücken.

»Ich weiß, wie beschissen das alles ist«, verrate ich ihr, dabei habe ich nie mit jemandem über meine Vergangenheit gesprochen. Nicht bei der Arbeit. Doch Ashley braucht das, ich kann es spüren.

»Ich war sechs, als meine Mutter an einem Hirnschlag starb. Ich war in vielen Pflegefamilien und in einigen Heimen.«

Ashleys Schluchzen wird weniger, und ich bin mir sicher, dass sie mir zuhört.

»Es war so schlimm. Ich habe meine Mum so sehr vermisst. Und es gab niemanden, der sich um mich kümmern wollte. Mein Vater wollte nichts von mir wissen. Meine Großeltern waren zu alt. Es war niemand da.«

Ich halte sie noch lange, während ich ihr von den schöneren Erfahrungen aus meiner Kindheit erzähle. Ich erzähle ihr von meiner liebsten Betreuerin, von schönen Geburtstagen, davon, wie ich neue Freunde gefunden habe. Ich erzähle ihr, wie ich immer älter wurde und wie ich den Entschluss gefasst habe, Sozialarbeiterin zu werden.

»Ich vermisse meine Geschwister«, flüstert Ashley irgendwann, was mir Tränen in die Augen treibt. Ich löse mich etwas von ihr, greife nach ihren Schultern und blicke ihr direkt in die Augen.

»Sollen wir sie besuchen? Jetzt?«

Ashley reißt ihre Augen auf, als würde sie mir nicht glauben.

»Geht das denn?«

Ich schenke ihr ein Lächeln. »Ja. Das geht. Möchtest du?«

Ashley nickt eifrig, dann springt sie auf die Beine, was mich zum Lachen bringt. Sie schlüpft in ihre Schuhe und ist schon zur Tür hinaus, noch bevor ich aufgestanden bin. Ich folge ihr und informiere ihre Betreuerin, dass wir in ein paar Stunden zurück sein werden.

Als ich mit Ashley an Anns Tür klingle, macht sie zu meiner Erleichterung gleich auf. Ich habe nicht vorher angerufen, weil ich nicht riskieren wollte, eine Absage zu bekommen. Umso erleichterter bin ich, als Ann uns anlächelt.

»Du musst Ashley sein«, begrüßt sie die Kleine und geht vor ihr in die Hocke. »Deine Brüder haben viel von dir gesprochen. Sie vermissen dich sehr.«

»Kann ich sie sehen?«, fragt sie mit leiser, hoffnungsvoller Stimme, die mir das Herz bricht.

»Aber natürlich. Sie sind im Garten. Geh ruhig, du kannst es nicht wirklich verfehlen.«

Ohne auch nur einen Blick zurückzuwerfen, rennt Ashley los, sodass Ann und ich alleine bleiben.

»Es tut mir leid, dass ich vorher nicht angerufen habe, doch es war eine sehr spontane Entscheidung.«

Ann lächelt mich offen an und macht einen Schritt zur Seite, um mir zu bedeuten, dass ich eintreten soll. »Das ist doch nicht schlimm. Ich freue mich, dass Ashley hier ist. Sie wird sehr vermisst.«

»Und sie vermisst ihre Geschwister. Es ist schwer für sie, dass sie alleine ist.«

Ann führt mich in eine kleine Küche, von der aus man in den Garten sehen kann. Dort spielen fünf Kinder, wobei das so nicht stimmt. Ashley und ihre Brüder halten sich in den Armen, als hätten sie sich Jahre nicht gesehen.

»Hatte die andere Familie kein Interesse an Kontakt?«, fragt Ann, während sie mir einen Kaffee einschenkt.

»Ich weiß es nicht. Sie waren wohl mit ihr überfordert. Sie hat bis heute kein Wort gesprochen.«

Ann hebt eine Augenbraue, dann sieht sie traurig drein. »Ich wünschte so, ich könnte sie auch hier aufnehmen. Aber im Moment fehlt mir einfach der Platz. Dabei scheint sie so ein liebes Kind zu sein, zumindest vom ersten Eindruck her.«

Ich nehme die Tasse Kaffee dankbar entgegen und nippe daran. »Das ist sie. Und jetzt musste sie ins Heim, weil die Familie am Wochenende entschied, dass sie nicht mehr mit ihr zurechtkommen.«

Bei meinen Worten keucht Ann auf, dann schüttelt sie den Kopf. »Es ist nicht fair. Die Kinder leiden doch schon genug. Dass sie jetzt nicht einmal zusammen sein könnten, bricht mir das Herz.«

Gott, wie sehr ich Ann mag! Sie ist freundlich, geht so toll mit den Kindern um und kann sich sogar in sie hineinversetzen. Ich wünschte, es würde mehr Menschen wie Ann geben.

»Mir auch«, gestehe ich. »Doch machen kann ich nichts.«

Ann schweigt eine ganze Weile, bevor sie hin und her läuft. Ich frage mich, ob sie aussprechen wird, was ihr durch den Kopf geht, als sie sich endlich räuspert.

»Bobby ist fast achtzehn. Er wird hier leben bleiben, wenn er nicht mehr im System ist, denn er ist wie ein Junge von uns. Doch wenn er nicht mehr im System ist, könnte ich Ashley als fünftes Kind hier aufnehmen.«

Ich keuche, als Ann das ausspricht, und reiße den Kopf hoch. »Ist das Ihr Ernst?«

»Man kann die Kinder nicht trennen. Sie haben doch nur noch sich.«

»Wann?«, frage ich, weil ich nicht im Kopf habe, wann Bobby volljährig wird.

»In einem Monat. Wenn Ashley will, kann sie in der Zwischenzeit immer zu Besuch kommen, wann sie will. Sie hätte kein eigenes Zimmer, sie müsste es sich mit Lucy teilen. Doch ich glaube, die beiden würden sich gut verstehen.«

»Ich werde mich um alles kümmern«, verspreche ich. »Ich weiß gar nicht, wie ich Ihnen danken kann.«

»Ich danke Ihnen. Jeder, der Sie bei der Arbeit sieht, erkennt, wie viel Ihnen die Kinder bedeuten, für die Sie zuständig sind. Das hat es leider nicht oft. Viele sind einfach nur überarbeitet und wollen die Kinder unterbekommen, ganz gleich wo. Bleiben Sie, wie Sie sind, das ist alles, was ich mir wünsche.«

Mein Herz geht auf, und ich lächle Ann glücklich an. »Ich gebe mein Bestes.«

Und dann unterhalten wir uns, wie es weitergehen soll. Wir sprechen darüber, wie oft Ashley zu Besuch kommen kann und dass sie an den Wochenenden bereits hier übernachten darf. Den Moment, in dem wir Ashley die Neuigkeit mitteilen, werde ich in meinem Leben nicht vergessen. Ihre braunen Augen waren weit aufgerissen und ihr liefen so viele Tränen übers Gesicht, dass ich sie nie hätte zählen können. Dabei lachte sie so glücklich, als wäre ihre Mutter von den Toten auferstanden. Nur, dass sie es hier deutlich besser haben wird als bei ihrer leiblichen Mutter. Denn hier kümmerte sich jemand um sie.

23 Jensen

Es ist seltsam, Mariella bei der Nanny zu lassen, doch ich traue ihr und habe das Gefühl, dass Mariella gut bei ihr aufgehoben ist.

»Sie hat immer wieder leichte Blähungen«, erkläre ich am Mittwochabend, als ich nach Hause komme und Sophie völlig erschöpft aussieht. »Ich hatte doch erklärt, dass sie dann am besten den Bauch gestreichelt bekommt.«

Ohne auf eine Erwiderung von Sophie zu warten, lege ich Mariella auf meine Knie und beginne, meine Finger auf ihrem winzigen Bauch kreisen zu lassen. »Schau, wenn man das so macht, beruhigt sie sich ganz schnell.«

Sophie setzt sich neben mir auf die Couch und betrachtet mich eingehend. »Ich habe es versucht«, gesteht sie leise. »Aber bei mir hat es nicht geholfen.«

»Der Druck muss richtig sein.« Da Sophie es unbedingt richtig können muss, halte ich in der Bewegung inne und lege Mariella auf ihre Beine. »Schau, wenn sie so da liegt, weiß sie schon, dass es gleich besser wird.« Ich greife nach Sophies Hand und lege sie auf Mariellas Bauch. Dann bewege ich ihre Hand so, wie ich es zuvor getan habe.

»So fest?«, fragt sie, als Mariella immer ruhiger wird.

»Ja, so geht die Luft raus.«

Eine Weile führe ich ihre Hand noch, bevor ich sie loslasse, damit Sophie alleine weiter macht. »Ich hatte Angst, ihr weh zu tun«, gesteht sie. »Ich war wohl zu sanft.«

»Das tut ihr nicht weh, aber fester darfst du auch nicht drücken.«

Sie nickt, und ihre Gesichtszüge entspannen sich. »Ich werde es mir merken.«

»Und mich das nächste Mal anrufen, wenn Mariella nicht aufhört zu weinen«, tadle ich die junge Frau. »Ich muss wissen, wenn es meiner Tochter nicht gut geht.«

Sophie blickt mich unsicher an, doch dann nickt sie. »Es tut mir leid. Ich wollte einfach nicht stören.«

»Mariella geht immer vor. Wegen ihr kann ich immer gestört werden.«

Nachdem ich das festgestellt habe, werfe ich einen Blick auf die Uhr. Lanette will heute kommen, ich habe sie seit Montagmorgen nicht mehr gesehen, und ich freue mich schon jetzt auf einen ruhigen Abend.

»Ja, natürlich«, stimmt Sophie zu.

»Gut, dann sind wir uns einig.«

Ich nehme Mariella hoch und lege sie über meine Schulter. Auch das beruhigt sie, wenn sie Bauchschmerzen hat. »Dann sehen wir uns morgen früh.«

»Natürlich. Bis morgen.«

Sophie steht auf und packt ihre Sachen zusammen. Sie braucht nicht lange und verabschiedet sich noch von Mariella, bevor ich endlich alleine bin. Erleichtert atme ich tief durch, bevor ich mich auf den Weg in die Küche mache.

»Du hast bestimmt Hunger«, stelle ich leise fest und erhitze das Wasser im Wasserkocher. »Und du wirst dich bestimmt freuen, wenn du Lanette siehst!«

Mariella antwortet natürlich nicht, doch ich bilde mir ein, dass sie genau versteht, was ich ihr sage. So erzähle ich ihr von meinem Tag, davon, was ich zu Mittag gegessen habe und davon, dass Lanette und ich heute Abend noch einen Film ansehen wollen.

»Wirst du in der Zeit schön schlafen?«, frage ich, als ich die Flasche fertig habe und mich mit Mariella auf die Couch setze, um sie zu füttern. »Weißt du, Erwachsene brauchen auch Zeit alleine. Aber ja, du schläfst immer sehr gut, wenn Lanette da ist. Danke dafür.«

Ich schmunzle in mich hinein, als mein Handy zu klingeln beginnt. Einhändig ziehe ich es aus meiner Hosentasche und grinse, als ich Lanettes Nummer auf dem Display entdecke.

»Lass mich raten, bei dir wird es später?«

Lanette seufzt leise, und ich kann hören, dass sie wieder einen schweren Tag hinter sich hat. »Nein, zum Glück nicht. Ich wollte nur Bescheid geben, dass ich jetzt im Auto sitze und losfahre.«

Überrascht blicke ich auf die Uhr. »So früh hast du die ganze Woche nicht Feierabend gemacht.«

»Ich hatte die letzten Tage auch keinen Grund, mich zu beeilen.«

»Und nun hast du einen?«, ziehe ich sie auf und richte meine Aufmerksamkeit auf Mariella, die beim Trinken schon fast wieder einschläft. Wenn sie den halben Tag Schmerzen hatte, ist das kein Wunder.

»Ich weiß nicht so recht ... Ich hab schon überlegt, vielleicht doch noch mal ins Büro zurückzugehen«, scherzt sie.

»Wag es dich ja nicht!«, drohe ich. »Ich erwarte dich hier. Mariella schläft gleich, ich mache dir dann auf.«

»Geht es ihr gut?«, fragt Lanette, als könnte sie spüren, dass etwas nicht ganz in Ordnung ist.

»Doch. Sie hatte heute nur wieder Blähungen, und Sophie war leicht überfordert. Sie hat versprochen, sich das nächste Mal gleich zu melden, wenn Mariella mehr als normal weint.«

»Das ist gut.«

Lanette klingt erleichtert, und ich bin mir sicher, dass sie wirklich einen harten Tag hatte. »Ich lege jetzt auf. Ich bin ja gleich da.«

»Bis gleich.«

Damit stecke ich mein Handy ein und blicke zu Mariella hinunter, die ruhig und entspannt döst. Die Milch ist nicht leer, ich bin mal gespannt, wie lange sie schlafen wird.

So vorsichtig ich kann, lege ich sie in ihr Bett und gehe in die Küche, um das Essen, das Sophie für mich vorbereitet hat, aufzuwärmen. Ich bin gerade damit fertig, den Tisch zu decken, als es endlich an der Tür klingelt. Sofort öffne ich sie und schließe Lanette fest in meine Arme.

»Du musst immer hier schlafen«, raune ich in ihr Ohr und genieße ihre weichen Kurven an meiner harten Brust.

»Guter Plan«, raunt sie in mein Hemd. »Ich hab es vermisst, dich zu fühlen.«

Gott, das habe ich auch! »Hunger?«

Lanette schüttelt den Kopf. »Halt mich einfach noch einen Moment.«

Und das tue ich. Sie wirkt heute wieder einmal so zerbrechlich, dass ich mir Sorgen um sie mache. Als ich sie kennengelernt habe, dachte ich, nichts könnte sie je schwächen. Doch ich habe mich getäuscht. Denn wann immer sie das Gefühl hat, einem der Kinder nicht gerecht zu werden, zweifelt sie an sich selbst und tut alles in ihrer Macht Stehende, um den Kindern ein besseres Leben bieten zu können.

Wir stehen noch lange da, bevor Lanette endlich seufzt und sich von mir löst. »Du hast also Essen gemacht?«

Ich schenke ihr ein Lächeln. »Nicht ganz. Sophie hat gekocht, und ich habe es aufgewärmt.«

»Auch gut.«

Sie grinst, dann gehen wir gemeinsam ins Esszimmer. Dabei macht Lanette einen Umweg übers Wohnzimmer, wo sie Mariella leise flüsternd begrüßt, bevor sie sich mit mir an den Tisch setzt.

»Willst du mir von deinem Tag erzählen?«, frage ich, weil sie oft einfach nur vergessen will.

»Es war eigentlich nichts Aufregendes. Ich kämpfe noch immer darum, dass Ashley, so schnell es geht, in ihre neue Familie kommt. Und ich bin genervt, dass ich jeden Tag zwei Mal im Büro vorbei muss, wo ich doch auch alles vom Handy aus machen könnte und damit viel Zeit sparen würde, die ich für die Kinder brauche.«

Ich verstehe sie zu gut. Lanette hat mir erzählt, wie sie die ganze Zeit gearbeitet hat und dass sie nun täglich viel länger unterwegs ist. »Und dein Chef lässt sich nicht erweichen?«

Lanette schüttelt den Kopf. »Er schaut jeden Morgen und Abend in meinem Büro vorbei, um sich zu vergewissern, dass alles gut läuft. Er will wohl sichergehen, dass mir keine weiteren Verfehlungen passieren.«

Ich schnaufe. »Ich mag ihn nicht«, gestehe ich. »Es gibt keinen Grund, dich so zu überwachen.«

Lanette blickt mich eindringlich an und zieht dabei die Augenbrauen zusammen. »Ach nein? Soweit ich weiß, wurde mir eine Beziehung zu dir untersagt. Und trotzdem sitze ich bei dir.«

»Und soweit ich weiß, bist du nicht mehr für mich zuständig, weshalb es keinen Grund gibt, dass wir uns voneinander fernhalten sollten.«

»Das sieht Bryan anders«, widerspricht sie und legt die Gabel nieder. »Und ich habe noch immer Angst, meinen Job zu verlieren.«

Sofort greife ich nach ihrer Hand, um sie zu beruhigen. »Mach dir keine Sorgen. Wir bekommen das alles schon hin. Wir halten uns bedeckt, bis Gras über die Sache gewachsen ist. Und dann sehen wir weiter.«

Lanette seufzt, entspannt sich aber nicht. »Ich habe einfach das Gefühl, dass Bryan etwas ahnt. Immer wieder fragt er, was ich am Abend mache und ob ich noch Kontakt zu dir habe. Ich hass es, lügen zu müssen.«

Um sie irgendwie zu beruhigen, ziehe ich sie zu mir, sodass sie sich auf meinen Schoß setzt. »Es wird alles Zeit brauchen, aber wir bekommen das hin. Ich verspreche, ich werde alles dafür tun, dass du deinen Job nicht verlierst.«

Noch während ich das sage, fühle ich Wut in mir aufsteigen. Wut auf die Welt und vor allem auf ihren Chef, der ihr das Leben so schwer macht. Alles in mir schreit danach, zu ihm zu gehen und ihm die Meinung zu geigen. Doch das darf ich natürlich nicht, das würde Lanette mir nie verzeihen.

Lanette sagt lange gar nichts und genießt einfach nur meine Nähe. Danach räumen wir gemeinsam den Tisch ab und machen es uns auf der Couch bequem. Obwohl wir nicht viel reden und auch sonst nichts machen, genieße ich es. Genieße es, dass sie bei mir ist und ich nachher mit ihr in den Armen einschlafen darf.

So vergehen die nächsten Wochen. Lanette ist am Wochenende und von Mittwoch auf Donnerstag bei mir, wobei wir darauf achten, dass uns niemand beobachtet. Wir verbringen die Tage im Garten, oder machen Ausflüge, die uns weit weg von hier bringen. Verdammt, ich kann mir nicht vorstellen, je wieder ohne Mariella oder Lanette zu sein! Sie sind meine Familie, etwas, das ich so nie hatte, und ich würde alles dafür tun, damit wir für immer so glücklich sein werden, wie wir es gerade sind.

Heute haben wir uns entschieden, einen Ausflug in den Wald zu machen. Es ist Sonntag, und Lanette hat bereits alles gepackt. Um allen unerwünschten Blicken aus dem Weg zu gehen, haben wir uns entschieden, zwei Stunden zu fahren und in einen unbekannten Wald zu gehen, wo wir einen Spaziergang machen wollen.

Mariella wird immer fitter, ihre Wachphasen werden länger und sie kann ihr kleines Köpfchen schon halten, wenn sie auf dem Bauch liegt und ihren Oberkörper nach oben drückt. Es ist so faszinierend, wie viel sie in so kurzer Zeit gelernt hat.

»Ich wäre soweit!«, ruft Lanette vom Wohnzimmer aus, während ich Mariella in ihrem Zimmer wickle.

»Ich brauche noch fünf Minuten.«

Ich ziehe Mariella fertig an und hebe sie hoch über meinen Kopf, was sie leise zum Glucksen bringt.

»Der Wald wird dir bestimmt gefallen!« Ich küsse sie auf die Wange, dann mache ich mich auf den Weg ins Wohnzimmer, wo ich Lanette am Telefon entdecke. Sofort legt sie ihren Zeigefinger auf die Lippen, damit ich nichts sage. Ein flaues Gefühl macht sich in meinem

Magen breit, weil ich mir schon denken kann, dass der Anruf etwas mit der Arbeit zu tun hat.

»Ja, natürlich. Ich springe ein. Ich bin einer halben Stunde vor Ort.«

Eine halbe Stunde. So viel zu unserem Ausflug. Doch es muss etwas Wichtiges sein, sonst würde sie mich nicht hängen lassen.

»Ja, ich beeile mich. Ich komme dann noch im Büro vorbei, wenn ich fertig bin. Gut, bis später, Bryan.«

Sie legt auf, und ihr Blick verrät mir alles, was ich wissen muss. »Arbeit?«

Sie nickt. »Die Polizei hat grad angerufen. Sie haben ein kleines Kind aus einer Wohnung befreit. Ich weiß noch nicht alles, doch sie muss dringend untergebracht werden, und Susan hat sich heute kurzfristig krankgemeldet.«

Obwohl ich böse sein will, reiße ich mich zusammen und gehe zu ihr, um sie in den Arm zu nehmen. »Dann verschieben wir es auf nächste Woche.«

»Ach was«, tut sie es ab. »Geht ihr ruhig in den Wald. Ich melde mich, wenn ich fertig bin. Genießt den Tag!«

Ich weiß, dass ich das nicht tun werde, doch im Moment braucht sie die Sicherheit, dass alles gut ist.

»Wie du meinst. Brauchst du noch etwas?«

Lanette blickt an sich herunter und seufzt. Sie trägt das Kleid, das ich ihr vor wenigen Tagen geschenkt habe und das sie heute unbedingt anziehen wollte. Ein Kleid, das mehr von ihren Beinen zeigt, als sie es normalerweise im Geschäft tun würde. Sie sieht heiß und verführerisch aus, obwohl sie dazu bequeme Wanderschuhe trägt. Vielleicht auch gerade deswegen. »Nein«, seufzt sie. »Ich habe nicht mal mehr Zeit, mich umzuziehen.«

»Dann geh und melde dich, wenn du weißt, wie lange du brauchst.« Ich küsse sie sanft, ziehe sie aber im gleichen Moment fester in meine Arme. »Verdammt, ich werde nie genug von dir bekommen.«

Lanette schmiegt sich einen Moment an mich, dann seufzt sie leise. »Und ich nicht von dir. Ich melde mich.«

Damit verlässt sie das Haus und macht sich auf den Weg.

24 Lanette

Oh Gott! Es kostet mich all meine Kraft, professionell zu bleiben, als ich auf der Wache ankomme und den Jungen sehe, der dort auf mich wartet. Er kann nicht älter als elf Jahre alt sein. Sein Gesicht ist geschwollen und schimmert in den verschiedensten Farben, während seine Lippe aufgeplatzt ist.

»Hey«, grüße ich ihn, als ich mich neben ihn setze. Von den Polizisten weiß ich, dass sie von den Nachbarn informiert wurden, weil es nebenan nur noch Geschrei gab. Als sie ankamen, war der Vater des Jungen dabei, auf ihn einzutreten. Der Vater war zugedröhnt und nicht mehr zurechnungsfähig. »Du musst wohl Andy sein?«

Der Junge sieht zu mir auf, dann nickt er. Ich lächle ihn an und nehme seine Hand, um sie fest zu drücken. »Ich bin Lanette. Ich bin hier, um zu sehen, wohin du gehen kannst. Wie geht es dir denn? Hat schon ein Arzt nach dir geschaut?«

Diesmal schüttelt er den Kopf. Warum hat niemand daran gedacht, dass er einen Arzt brauchen könnte?

»Hm, weißt du, ich habe einen Freund im Krankenhaus. Ich würde dich ihm gerne mal vorstellen. Was hältst du davon?«

Obwohl ich ihm natürlich keine Wahl lassen kann, ist es immer gut, wenn die Kinder freiwillig mitkommen.

»Papa mag es nicht, wenn ich zu einem Arzt gehe«, flüstert der Junge.

»Aber dein Papa muss es doch gar nicht erfahren«, beruhige ich ihn. »Er ist nicht hier, und hier kann dir niemand etwas tun.«

Einen Moment sieht er so aus, als wollte er mir widersprechen, doch dann senkt er den Kopf. »Aber wenn er es erfährt, wird er wütend.«

»Ich lasse nicht zu, dass er dir noch mal weh tut«, verspreche ich. »Komm, lass uns gehen.«

Zu meiner Erleichterung steht er auf, als ich mich erhebe, und folgt mir nach draußen. Wir verabschieden uns von den Polizisten im Revier, und ich merke mir, ihnen noch mal zu erklären, dass sie das nächste Mal an einen Arzt denken müssen. Damit ich auch sicher sein kann, Garwin im Krankenhaus anzutreffen, schicke ich ihm eine Nachricht, auf die er direkt antwortet.

Als ich an Garwins Tür klopfe, öffnet er, blickt mich aber nicht direkt an. Ich weiß, dass er derzeit nicht gut auf mich zu sprechen ist, weil ich mich rarmache. Doch ich kann ihm nicht von Jensen erzählen, also halte ich lieber Abstand.

»Kommt doch rein«, sagt Garwin und streckt Andy die Hand entgegen. »Ich bin Garwin, schön, dass du mich besuchst!«

Andy hält den Kopf gesenkt, und ich bin mir sicher, dass er Respekt vor dem großen Mann hat.

»Weißt du was, ich glaube, ich habe ein ganz großes Problem«, sagt Garwin im nächsten Moment zu mir. »Ich habe mir vorhin ein Stück Apfelkuchen bestellt und meine Assistentin hat mir aus Versehen zwei gebracht. Hast du eine Idee, wer ein Stück Kuchen vertragen könnte?«

Ich lächle Garwin an, weil er einfach immer weiß, wie er mit den kleinen Patienten umgehen muss.

»Sorry, ich habe auch gerade erst gegessen.« Dann blicke ich zu Andy runter. »Hast du vielleicht Hunger?«

Andy starrt mich erst lange an, dann nickt er.

»Sehr gut!« Garwin klatscht in die Hände. »Ich hätte mich geärgert, wenn ich den Kuchen hätte wegschmeißen müssen.« Damit reicht er Andy den Kuchen, der gierig hineinbeißt.

»Sag mal, wie alt bist du denn?«, fragt Garwin und geht dabei neben Andy in die Hocke.

»Zehn.«

Garwin nickt anerkennend. »Wow, ich hätte dich mindestens für elf gehalten. Du bist ganz schön groß für dein Alter.«

Andy richtet sich ein bisschen größer auf, als wollte er zeigen, wie groß er wirklich ist.

»Andy, meinst du, ich darf dich mal untersuchen? Ich glaube, dir hat jemand weh getan. Ich will auch gar nicht wissen, wer es war oder was er getan hat. Ich will nur sichergehen, dass du keine schlimmen Verletzungen hast. Wäre das in Ordnung?«

Andy schluckt den nächsten Bissen herunter, dann wirft er einen sehnsuchtsvollen Blick auf den Kuchen.

»Du darfst den Kuchen natürlich erst noch fertig essen!«, verspricht er, was Andy ein Lächeln auf die Lippen treibt. »Danke«, flüstert er und beißt wieder in den Kuchen.

Um zu vermeiden, dass ein unangenehmes Schweigen aufkommt, trete ich einen Schritt näher an Garwin heran. »Wie geht es dir denn?«

»Gut. Und das wüsstest du auch, wenn du auf meine Nachrichten antworten würdest.«

Sofort wird mein schlechtes Gewissen noch größer. Denn er hat recht, ich habe ihn vor allem in den letzten beiden Wochen komplett ignoriert. »Ich hatte viel um die Ohren«, versuche ich, mich zu entschuldigen.

»Dann kannst du mir das sagen. Lanette, wir sind Freunde. Vergiss das einfach nie.«

Endlich sieht er mir direkt in die Augen. Und da wird es mir bewusst. Ich war eine beschissene Freundin. Das hat nichts damit zu tun, ob wir weiterhin Sex haben werden oder nicht. Ich habe ihn verletzt.

»Es tut mir leid«, sage ich ehrlich. »Ich glaube, ich war nur vollkommen überfordert.«

Garwin nickt, als würde das wirklich alles erklären.

»Wirst du mir erzählen, was in deinem Leben vor sich geht?«

Werde ich das? Er hat es verdient. Wenn es jemand verdient hat, dann er. Denn er war immer für mich da, ganz gleich, wie wir uns verstanden haben.

»Lass uns am Montagabend treffen«, schlage ich vor.

»Ich werde da sein.«

Garwin richtet seine Aufmerksamkeit auf Andy, der gerade den letzten Bissen in den Mund schiebt. »Also Großer, was hältst du davon, wenn ich dich auf die Liege da setze?«

Andys Blick geht sofort zu der Liege, auf die Garwin gezeigt hat, dann geht er darauf zu und klettert selbst hoch. »Kann ich auch alleine.«

»Ja, hätte ich mir denken können.«

Ja, Garwin hat den richtigen Beruf für sich gefunden. Andy fasst schnell Vertrauen in ihn und lässt sich von Kopf bis Fuß untersuchen. Garwin kümmert sich um die Wunden und bandagiert seinen Arm, der verstaucht ist. Und ich bin froh, Garwin meinen Freund nennen zu können. Ja, wir sind vielleicht nicht immer einer Meinung und müssen ab und an Abstand von einander nehmen. Aber ich weiß, wenn ich ihn brauche, ist er für mich da. Und ich hoffe, dass ich auch weiter für ihn da sein werde, wenn er mich braucht. Auch, wenn ich nun in einer Beziehung bin.

Als meine Gedanken zu Jensen abschweifen, fühle ich, wie sich ein Lächeln auf meine Lippen schleicht. Verdammt, ich wünschte, wir hätten heute den Ausflug machen können. Einfach, weil ich so gerne Zeit mit ihm verbringe. Wir sind noch nicht wirklich lange zusammen, und dass wir es geheim halten, macht es auch nicht leichter. Dennoch fühle ich mich bei ihm so gut wie noch nie bei einem Mann. Es fühlt sich wirklich so an, als wären wir füreinander gemacht.

»Er ist fertig«, holt mich Garwin irgendwann aus meinen Gedanken. »Ich würde ihn in drei Tagen aber gerne noch mal sehen.«

»Ich sorge dafür, dass er kommen wird. Danke.«

»Wir sehen uns ja am Montag.«

Ich nicke. »Das werden wir. Bis dann.«

Damit mache ich mich auf den Weg, um mit Andy ins Heim zu fahren. Ich habe leider keine Pflegefamilie für ihn gefunden, die ihn so kurzfristig aufnehmen könnte. Am Wochenende ist das noch mal schwerer. Doch ich weiß, spätestens am Montag werde ich mir etwas einfallen lassen. Ich will, dass Andy es gut hat. Das Beste wäre natürlich, wenn es einen Verwandten gäbe, der ihn aufnehmen würde. Andy hat vorhin etwas von einer Tante mütterlicherseits erzählt. Doch ich habe sie noch nicht erreicht. Außerdem muss ich sie erst mal kennenlernen, um herauszufinden, ob sie überhaupt in Frage kommen würde, ganz gleich, ob sie Andy bei sich haben will oder nicht.

Als ich endlich im Büro ankomme, bin ich ziemlich erschöpft. Andy war fix und fertig, weil er ins Heim musste, und ich habe lange auf ihn einreden müssen, bis er die Situation akzeptieren konnte. Das ist immer das Schlimmste an meiner Arbeit. Wenn Kinder nicht verstehen, dass man nur ihr Bestes im Sinn hat. Ganz gleich, wie sehr sein Vater ihn verletzt hat, Andy wollte zu ihm zurück.

Weil ich meine Gedanken irgendwie von allem ablenken muss, wähle ich Jensens Nummer. Ich bin erledigt und hoffe, dass er mich nachher einfach nur in den Armen hält.

»Hey«, grüßt er so leise, dass ich mir sicher bin, dass Mariella gerade am Einschlafen ist.

»Hey.«

»Wie läuft die Arbeit?«

Ich seufze leise. »Ich muss noch ins Büro, aber dann bin ich fertig. Am liebsten würde ich am Montag frei nehmen, doch ich habe so viel zu tun.«

»Und wenn du dir den halben Tag frei nimmst?«

Die Überlegung ist verführerisch. Vor allem, weil ich heute wieder so viel Überstunden gemacht habe. »Ich weiß nicht, ich muss erst mal schauen, wie es am Montag läuft.«

»Nimm dir den halben Tag frei. Ich werde das Gleiche tun. Wir machen uns einen schönen Nachmittag, was meinst du?«

Es ist zu verführerisch. »Ich werde sehen, was ich machen kann. Wie geht es euch? Wart ihr im Wald?«, frage ich und biege auf den Parkplatz vor dem Büro ein.

»Nein, wir sind zuhause geblieben. Ich will den Ausflug lieber nächste Woche mit dir gemeinsam machen.«

Jensens Worte berühren mich tief. Ja, ich hätte mir gewünscht, dass sie einen schönen Tag verbringen. Aber ich freue mich auch, dass er diesen Ausflug für mich aufgeschoben hat.

»Wie du meinst«, sage ich und steige aus dem Wagen. Das Gebäude ist abgeschlossen, also ist außer mir niemand da. »Ich bin jetzt im Büro. Ich denke, ich sollte auflegen.«

»Sind außer dir viele da?«, will Jensen wissen.

»Nein, BD, ich bin alleine.«

Ich vermeide es, mit Jensen hier im Büro zu telefonieren oder zu schreiben. Wenn ich es aber doch tue, nenne ich ihn immer BD, damit niemand aus Versehen seinen Namen hört.

»Hm, da kommen mir so viele Ideen, was man machen könnte.« Seine Stimme ist leise und verführerisch. Dunkel und geheimnisvoll. Sofort beginnt mein Herz zu rasen.

»Und das wäre?«, will ich wissen, wobei ich meine Stimme senke.

Jensen holt hörbar Luft. »Du könntest dich auf deinen Schreibtisch setzen, während wir telefonieren«, sagt er mit rauer Stimme. »Ich stelle mir vor, wie deine Hand über deinen Körper gleitet, wie du dich selbst berührst. Wie deine Finger sanft über deine Brust streicht, bevor sie tiefer wandern und unter deinem Rock verschwinden.«

»BD, hör auf!« Ich lache, bin aber alles andere als ruhig. Himmel, allein seine Worte machen mich heiß! Dabei muss ich noch dringend die Akte von Andy anlegen, was einiges an Zeit verbrauchen wird. »Wenn du so weiter machst, komme ich nie zurück, dann sitze ich noch die halbe Nacht hier.«

»Verdammt«, flucht Jensen leise. »Dabei wäre das grad echt toll.« Noch während er das sagt, höre ich im Hintergrund Mariella aufschreien, was wohl so viel heißt wie, dass Jensen nun auch keine Zeit mehr für versaute Gedanken haben wird. »Sieht so aus, als hätte LB Hunger.«

LB. Noch immer liebe ich es, wie er Mariella zwischendurch nennt. Er hat sie vom ersten Augenblick an geliebt, und das macht mich so extrem glücklich. »Sieht so aus, als hättest du nun auch zu tun«, ziehe ich ihn auf.

»Sieht so aus. Dann hören wir uns später. Ich melde mich!«

»Bis später.«

Damit lege ich auf und lenke meine Gedanken wieder auf meine Arbeit. Was mir nur sehr schwer gelingt. Noch immer habe ich das Bild vor Augen, das Jensen eben noch gezeichnet hat. Allein die Vorstellung, er könnte dabei zuhören, wie ich es mir selbst mache ...

Frustriert knurre ich leise und atme tief durch. Lanette, es wird Zeit, dass du dich konzentrierst! Mit einem letzten, kleinen Seufzen fahre ich über mein Gesicht, dann mache ich mich an die Arbeit. Ich schalte Musik an, stelle den Computer ein und lege das Handy auf den Schreibtisch, damit ich mitbekomme, wenn mich noch mal jemand anruft. Dann trage ich alle Daten ein, die mir bisher bekannt sind. Es ist einiges, und ich brauche länger als sonst, weil ich mich nicht richtig konzentrieren kann.

Scheiße, wie gerne ich heute mit Jensen weggegangen wäre! Wie sehr ich mir wünschte, wir wären gerade wandern. Ein Teil von mir wünscht sich, ich wäre nicht ans Handy gegangen. Doch dann denke ich wieder an den Jungen und weiß, dass ich richtig gehandelt habe. Die Kinder können nicht für sich einstehen, dafür brauchen sie jemanden wie mich.

So vergeht die Zeit, und ich nehme nur am Rande wahr, dass ich eine Nachricht bekommen habe. Ich will gerade mein Handy in die Hand nehmen, um zu sehen, wer es war, als sich jemand in meine Bürotüre stellt, sodass ich erschrocken aufblicke. Im ersten Moment hatte ich gehofft, es könnte Jensen sein. Doch es ist nicht Jensen, es ist Bryan, der zu mir hereinkommt.

»Hey«, grüße ich ihn. »Ich bin schon fast wieder weg. Ich muss nur noch ein paar Daten ergänzen.«

Bryan nickt und geht um den Schreibtisch, wie er es fast immer tut. »Danke, dass du heute eingesprungen bist, ich wusste nicht, wen ich außer dir fragen konnte.«

»Habe ich doch gerne gemacht«, antworte ich ehrlich. »Ich muss am Montag nur noch eine gute Pflegefamilie für Andy finden. Ich glaube nicht, dass er sich im Heim wirklich wohl fühlt.«

»Eine Pflegefamilie also?«, will Bryan wissen.

Ich nicke, als mir Andys Tante wieder in den Sinn kommt. »Oder eine Verwandte. Ich habe sie noch nicht erreicht, doch sie steht auch zur Option.«

Bryan setzt sich auf meinen Schreibtisch und blickt mich so intensiv an, dass ich vom Bildschirm aufsehe. Ein ungutes Gefühl beschleicht mich plötzlich, wobei ich nicht sagen kann, woher diese Regung kommt.

»Du bist meine beste Mitarbeiterin«, lobt er mich plötzlich, und seine Augen verharren intensiv auf mir.

Dabei nimmt seine Stimme einen seltsamen Tonfall an. Etwas, das ich nicht wirklich zuordnen kann.

»Danke. Ich liebe die Arbeit.«

»Lanette, du siehst heute sehr schön aus. Hattest du etwas vor?«

Ich blicke an mir herunter, und wieder wird mir bewusst, dass ich nicht wirklich passend für die Arbeit gekleidet bin. Heute Morgen habe ich das Kleid, das mir Jensen geschenkt hat überglücklich angezogen. Es ist wunderschön, umschmeichelt meine Kurven und ist doch bequem. »Ich wollte eigentlich nur einen Ausflug in den Wald machen«, sage ich ehrlich.

»So gehst du in den Wald?« Er zieht die Stirn in Falten und mustert mich noch intensiver. Plötzlich fühle ich mich extrem unwohl in meiner Haut, und ich wünschte, ich hätte mir doch noch die Zeit genommen, mir etwas anderes anzuziehen. »Warst du mit jemandem verabredet?«

Ich schüttle den Kopf. »Nein, mir war einfach nur warm.«

»Ja.« Bryans Stimme wird mit jedem Wort dunkler. »Heute ist es heiß.«

Er steht auf, und ich habe plötzlich ein extrem mulmiges Gefühl im Magen, als er direkt neben mir steht. Ich bin mir sicher, er kann von dieser Perspektive aus viel tiefer in meinen Ausschnitt blicken, als es mir lieb ist.

»Bryan, ich will dir ja nicht zu nahe treten«, sage ich mit leiser Stimme. »Aber kannst du ein bisschen weiter weggehen?«

»Bin ich dir zu nahe?«, will er wissen, ohne von mir abzurücken. Im Gegenteil, es fühlt sich so an, als würde er noch näher an mich herankommen.

»Ehrlich gesagt, ja.«

Bryan lacht leise. »Lanette, ich denke nicht, dass wir dieses Spielchen noch weiter spielen sollten. Ich habe doch deine Blicke die letzten Wochen bemerkt. Wie du dich gefreut hast, wann immer ich in dein Büro gekommen bin.«

Bei seinen Worten rutscht mir das Herz in die Hose. Ich halte es keine Sekunde länger aus, ihm so nahe zu sein. Das Dröhnen in meinen Ohren übertönt die mittlerweile zu laute Musik. Ich stehe so abrupt auf, dass mein Schreibtischstuhl bis zur Wand rollt und dagegenschlägt.

»Bryan, ich weiß nicht, was du dir da einbildest, doch glaube mir, wenn ich dir sage, dass du von mir Abstand nehmen sollst!«

Er lacht leise, und als er seine Hand auf meine Schulter legt, erstarre ich. Das hat er die letzten Wochen so oft getan, und ich habe mich immer etwas unwohl gefühlt. Aber irgendwie habe ich dem Ganzen keine große Beachtung geschenkt. Er hat nie etwas Unangemessenes getan.

»Lanette, wie wichtig ist dir dein Job?«

Mein Job? Was hat das denn jetzt damit zu tun? Ich will ihn das fragen, doch aus meinem Mund kommt kein Wort mehr. Es ist, als hätte ich meine Stimme verloren.

»Lanette?«, fragt er weiter. »Sag mir, wie wichtig dir dein Job ist.« Bei seinen Worten kommt er immer näher an mich heran, und ich kann kaum noch atmen. Ein leichter Geruch nach Schweiß steigt in meine Nase, sodass ich am liebsten würgen würde. Plötzlich bin ich keine erwachsene Frau mehr. Plötzlich bin ich ein kleines Kind, das vor ihrem Pflegevater steht und sich nicht rühren kann. Sich nicht rühren darf.

»Nein«, flüstere ich, als mir die erste Träne über die Wange kullert. »Nimm deine Finger von mir.«

Eigentlich dachte ich, Bryan wäre ein guter Mann. Doch anscheinend habe ich keine gute Menschenkenntnis, denn er tut das Gegenteil von dem, was ich ihm sage. Seine zweite Hand wandert auf meine andere Schulter, seine Daumen streichen meinen Hals entlang, bis zu meinem Schlüsselbein.

»So willst du es also haben? Du willst so tun, als wäre da nichts zwischen uns? Dabei hast du für mich sogar diesen Jensen Bel aufgegeben.«

Jensen. Mein Blick huscht zu meinem Telefon, und ich wünschte, ich könnte danach greifen. Wünschte, ich könnte Jensen anrufen, damit er mich hier rausholt.

»Bryan, nimm deine Finger von mir!«, sage ich nun lauter. Ich muss lauter sprechen! Genau, wie damals! Wenn ich nur laut genug bin, wird jemand kommen und mich retten. Denn ich bin zu schwach. Ich kann mich nicht selbst retten. Das konnte ich damals nicht und das kann ich auch jetzt nicht. Bei dieser Erkenntnis zieht sich etwas in mir zusammen und ich habe das Gefühl, keine Luft mehr zu bekommen.

»Nein, Lanette. Ich will dich jetzt schon so lange, und heute werde ich mir nehmen, was ich will.«

Ein schwacher Geruch nach Alkohol mischt sich mit dem von Schweiß, und erst jetzt wird mir bewusst, dass Bryan getrunken haben muss. Seine Hände wandern weiter bis zu meiner Brust, und ich kneife die Augen zusammen. Meine Kehle zieht sich zu, sodass ich die Luft anhalte.

»Du bist so wunderschön!«, raunt Bryan an meinem Hals. »Ich weiß doch, dass du dich nur für mich so schön angezogen hast!«

Ich schüttle den Kopf, denn ich will das nicht! Ich will nicht von ihm berührt werden, ich will ihn nicht riechen! Ich will einfach nur weg von hier.

»Und dieses Kleid!«, raunt er. Seine Hand wandert tiefer, bis er den Saum des Rockes nach oben schiebt. Sofort fühle ich andere Hände auf meiner Haut. Hände, die mir weh tun, Hände, die zu groß für meinen kleinen Körper sind. Plötzlich sehe ich meinen Pflegevater vor mir. Wie er mich begutachtet, wie er mich berührt. Wie er mir verbietet, mit jemandem darüber zu sprechen. Vor meinen Augen tanzen Punkte, und ich habe das Gefühl, gleich das Bewusstsein zu verlieren. Aber wenn das geschieht, habe ich verloren! Wenn das passiert, kann ich nicht einmal mehr um Hilfe rufen! Und dann verändert sich etwas in mir. Wie ein Stromschlag durchfährt es mich, und ich entwickle eine Kraft, die ich mir selbst nicht zugetraut habe.

»Fass mich nicht an!«, schreie ich, so laut ich kann, hebe mein Bein und ramme es Bryan direkt zwischen die Beine. Er flucht, und ich entkomme seinem Griff. Doch ich mache mir keine Illusionen. Noch während ich lossprinte, streckt Bryan fluchend seine Hand nach mir aus und hält mich grob am Arm fest.

»Du kleine Hure!«, brüllt er und reißt mich zurück, bis ich gegen den Tisch knalle. Ich taumle und falle fast hin, als er weiter an mir zieht. Er manövriert mich an die Wand direkt neben dem Fenster. Oh Gott! Das Fenster! Ob mich jemand sieht? Ob mich jemand hört, wenn ich nur laut genug schreie? Ob jemand kommen würde, um mir zu helfen?

»Hilfe!«, brülle ich aus voller Seele. »Hilfe!«

Bryan knurrt und drückt mir die Hand auf den Mund. »Du kleine Hure, was machst du da?« Ich schüttle den

Kopf, weil er mir noch immer den Mund zuhält. Dabei braucht er keine Antwort. Er weiß genau, was er macht. »Halt einfach die Klappe!«, knurrt Bryan. Dann schiebt er erneut seine Hand unter den Saum meines Rocks. »Du willst deinen Job behalten? Dann wirst du jetzt tun, was ich dir sage!« Er reißt an meinem Slip, und ich keuche. Tränen rinnen über meine Wangen, während ich die Augen schließe. Ich muss etwas tun! Ich muss mich wehren! Doch so sehr ich auch gegen ihn ankämpfe, ich bin nicht stark genug. Es interessiert ihn nicht, dass ich ihn kratze, dass ich versuche, auf ihn einzuschlagen. Dass ich das hier nicht will.

»Und jetzt halt endlich still!«

Ich schüttle den Kopf, und als seine Hand von meinem Mund abrutscht, schreie ich erneut. Ich schaffe es nicht, irgendwelche Worte zu formen. Ich schaffe es nicht einmal, zu überlegen, ob ich etwas rufen könnte. Ich will einfach nur, dass mich jemand hört!

»Du bist gekündigt, wenn du jetzt nicht die Klappe hältst!«, brüllt Bryan. »Und tu nicht länger so, als würdest du das nicht wollen! Du hast dich doch für mich heute so schick gemacht, denkst du denn, ich wäre blöd?«

Seine Faust knallt gegen meinen Unterkiefer, und der Schmerz vernebelt mir die Sinne. Als ich nun doch verstumme, atmet Bryan erleichtert aus und zerrt an meinem Kleid, um es nach unten zu ziehen.

Ich habe keine Chance. Ich werde mich nicht gegen ihn wehren können. Wieder bin ich zu schwach, um mich selbst zu schützen.

25 Jensen

Ein Lächeln schleicht sich auf meine Lippen, als ich Lanettes Auto auf dem Parkplatz vor ihrem Büro entdecke. Sie ist also noch nicht weg. Jetzt muss ich nur noch sichergehen, dass außer ihr niemand im Büro ist. Sonst geht mein Plan nicht auf.

Shit, allein bei dem Gedanken, was ich mir für sie überlegt habe, werde ich hart, und ich konzentriere mich darauf, beim Einparken keinen Unfall zu bauen. Dabei habe ich keine Ahnung, ob sie wirklich mitspielen wird. Doch das Bild, das ich vorhin gemalt habe, ist zu verführerisch. Ich kann nur hoffen, dass sie mit der Arbeit fertig ist und ich sie nicht störe. Um mir irgendwie Gewissheit zu verschaffen, schicke ich Lanette schnell eine kurze Nachricht.

Jensen

Wie lange wirst du noch arbeiten?

Ich warte einen Moment, doch sie liest die Nachricht nicht. Sie ist also beschäftigt. Sollte ich etwas warten? Oder sollte ich gleich reingehen? Ich entscheide mich, dass ich nicht warten will.

Lange blicke ich mich auf dem Parkplatz um, um zu sehen, dass auch niemand in der Nähe ist, der mich erkennen könnte, bevor ich aussteige. Mariella habe ich bei Cynthia gelassen, die die Kleine gerne genommen hat. Cynthia verbringt gerne Zeit mit ihr, und ich habe mich daran gewöhnt. Nie hätte ich gedacht, dass diese Frau und ich nur Freunde sein könnten, doch so ist es. Und ich muss gestehen, dass ich sie als Freundin mehr mag als die Frau, die gerne an meiner Seite wäre. Ich weiß nicht, woran das liegt, doch es ist nun mal so.

Okay, ich weiß doch, woran es liegt. Denn es ist Lanette, die mir den Kopf verdreht hat, wie es in meinem ganzen Leben noch niemand geschafft hat.

Wie ein Einbrecher schleiche ich um das Gebäude herum und blicke auf mein Handy, um nachzusehen, ob sie endlich geantwortet hat. Doch da ist nichts. Ich überlege gerade, ob ich ihr eine weitere Nachricht schicken soll, als ich plötzlich einen Ruf höre. Jemand, der nach Hilfe schreit. Jemand, der sich wie Lanette anhört!

Mein Blut beginnt zu kochen, als ich mir ausmale, dass ihr etwas passieren könnte, und ich versuche, auszumachen, von wo der Ruf kommt. Wieder wird geschrien, und diesmal bin ich mir sicher. Diesmal erkenne ich die panische Stimme sofort.

Ohne eine Sekunde zu zögern, stürme ich auf die Eingangstüre zu, die zu meinem Entsetzen abgeschlossen ist. Immer wieder drücke ich dagegen, ziehe daran und hoffe, irgendwie hinein zu kommen. Doch sie gibt nicht nach. Nach einigen Versuchen umrunde ich das Haus weiter. Mein Herz rast, und ich sehe nur noch schwarz, weil ich nicht weiß, wie ich hineinkommen soll. Also nehme ich mein Handy und wähle Lanettes Nummer. Es klingelt, doch sie nimmt nicht ab. Als würde sie es nicht hören.

Als könnte sie nicht ran gehen. Ist jemand bei ihnen eingebrochen? Wird sie bedroht?

Die schlimmsten Bilder gehen durch meinen Kopf, und ich gehe weiter um das Gebäude herum. Wenn jemand anderes hier eingebrochen ist, muss es irgendwo ein offenes Fenster oder so etwas geben. Es muss eine Möglichkeit geben, hinein zu kommen. Dann kommt mir ein anderer Gedanke. Wenn jemand eingebrochen ist, muss ich die Polizei rufen. Sollte ich keinen Weg rein finden, werden sie es tun. Schnell wähle ich den Notruf, als ich endlich ein offenes Fenster entdecke, das an ein Klofenster erinnert.

»Notrufzentrale, was kann ich für Sie tun?«, ertönt eine weibliche Stimme am anderen Ende der Leitung.

»Ich bin hier vor dem Gebäude des Kidss«, sage ich knapp. »Meine Freundin ist eine Mitarbeiterin und drinnen. Ich habe eben gehört, dass sie um Hilfe gerufen hat, doch die Tür ist verschlossen. Ich komme nicht rein!«

Ich sehe mich suchend um, etwas zu finden, auf das ich steigen kann, um durch das kleine Fenster klettern zu können.

»Geben Sie mir die genaue Adresse durch«, verlangt die Frauenstimme, während ich eine alte Kiste vor das Fenster rücke, die in einigen Metern entfernt steht. Ich tue ihr den Gefallen und steige auf die Kiste, durch die ich den Fenstersims erreichen kann.

»Ich schicke einen Wagen«, informiert sie mich. »Warten Sie bitte vor dem Gebäude.«

»Ich habe ein offenes Fenster gefunden«, gebe ich zurück. »Ich gehe da jetzt rein!«

Damit lege ich auf, damit sie mich nicht länger von Lanette fernhalten kann. Verdammt, ich muss so schnell wie möglich da rein kommen! Ich muss ihr helfen, was auch immer da drinnen vor sich geht!

Mit aller Kraft, die ich habe, ziehe ich mich an dem schmalen Fenstersims hoch und hieve mich durch das geöffnete Fenster. Ich passe kaum hindurch und schramme mir dabei an der Hüfte die Haut auf. Doch das ist mir egal. Mit dem Kopf voraus stütze ich mich an der Toilette vor mir ab und komme letztendlich in dem zu kleinen Raum auf dem Boden an. Gerade, als ich stehe, höre ich, wie jemand laut schreit. Es ist kein Hilferuf, es ist kein Wort. Es ist einfach nur ein angsterfüllter Schrei, der mir durch Mark und Bein geht. Ohne eine Sekunde darüber nachzudenken, was ich machen soll, stürme ich aus dem Raum. Ich blicke mich nach links und rechts um und lausche auf irgendwelche Geräusche. Doch da ist nichts. Nichts, das mir verraten könnte, wohin ich gehen muss. Erst überlege ich, ob ich nach Lanette rufen sollte. Doch damit würde ich auch ihren Angreifer warnen. Also öffne ich eine Tür nach der anderen, zumindest die, die nicht abgeschlossen sind, und arbeite mich so langsam durch das zu große Gebäude. Verdammt, warum habe ich Lanette nie gefragt, wo ihr Büro liegt? Warum habe ich sie hier nie besucht?

Natürlich kenne ich die Antwort auf die zweite Frage. Aber das ändert nichts daran, dass ich völlig außer mir bin vor Sorge. Es gab schon drei Türen, die ich nicht öffnen konnte, und die Angst, dass sie genau hinter so einer Tür auf Hilfe hoffen könnte, bringt mich um den Verstand. Vor jeder dieser Türen habe ich gewartet und gelauscht, ob ich dahinter etwas hören konnte. Doch da war nichts. Kein Laut, kein Mucks, der auf irgendjemanden hingedeutet hätte.

Schnell und leise gehe ich weiter und erstarre einen Moment, als ich die nächste Türe aufstoße. Mein Atem stockt und mein Blut gefriert, als ich das Bild vor mir in mich aufnehme.

Da ist sie. Lanette. Gegen die Wand neben einem geschlossenen Fenster gedrückt. Vor ihr steht ein großer Mann, der ihr mit der einen Hand den Mund zu hält die Andere auf Hüfthöhe zwischen ihnen. Erst im nächsten Moment erkenne ich, dass er seinen Schwanz in der Hand hält und gerade versucht, in Lanette einzudringen, deren Rock nach oben geschoben wurde. Ihr Höschen liegt zerfetzt auf dem Boden neben ihr. Lanette ist tränenüberströmt, während sie leise vor sich hin wimmert.

Nein!

Bereits im nächsten Augenblick durchquere ich den kleinen Raum und reiße an dem Typen. »Du verdammtes Arschloch!«, brülle ich, so laut ich kann, und werfe ihn zu Boden, bevor ich mich auf ihn stürze. Ich gebe viele undefinierbare Laute und Beschimpfungen von mir, die ich selbst nicht verstehe, und schlage auf den Mistkerl ein. »Nie wieder!«, knurre ich und verpasse ihm eine auf die Nase. Der Typ unter mir versucht, sich zu wehren, doch er hat keine Chance. Er ist nicht gerade klein, doch er hat definitiv keine Kampferfahrungen. Im Gegensatz zu mir. Zumindest früher bin ich keinem Kampf aus dem Weg gegangen. Das hätte mich einmal fast das Leben gekostet, weshalb ich mich geändert habe, doch ich bin noch immer nicht leicht unterzukriegen.

»Jensen!«, ruft Lanette irgendwann, und erst jetzt wird mir bewusst, dass ich wegen ihr hier bin. Sofort springe ich auf die Beine, sodass ich vor ihr stehe. Ihr Kleid ist am Ausschnitt eingerissen, sodass ihr BH hervorlugt. Ihr Haar ist zerwühlt und ihr Gesicht geschwollen. Ihre eine

Wange leuchtet rot, und ich bin mir sicher, dass der Mistkerl sie geschlagen hat.

»Geht es dir gut?«, frage ich blöderweise, weiß aber nicht, was ich sonst sagen sollte. Natürlich geht es ihr nicht gut! Immerhin wollte dieser Wichser ...

»Ich will hier weg«, murmelt Lanette leise. »Bitte, bring mich hier weg.«

Sie kommt nicht auf mich zu, dabei habe ich das unbändige Bedürfnis, sie festzuhalten. Erst bin ich mir unsicher, doch dann überwinde ich die kurze Distanz zwischen uns und schließe meine Arme um sie.

»Ich bringe dich hier weg«, verspreche ich ihr. »Ich lasse nicht zu, dass dir dieses Arschloch noch einmal etwas antut.«

Lanette versteift sich in meinen Armen, sodass ich schon Angst habe, das Falsche getan zu haben. Doch im nächsten Moment schmiegt sie sich eng an mich und beginnt leise zu schluchzen. Ich halte sie nur noch fester und drücke sie eng gegen mich. Ihr ganzer Körper bebt, während sie sich an mir festklammert.

»Er wollte«, dringt ihre zu dünne Stimme bis zu mir. »Er meinte ... Wenn ich meinen Job behalten will ...«

Ihren Job? Ungläubig sehe ich zu dem Mistkerl, der keuchend auf dem Boden kauert.

»Was meinte er?«, frage ich mit harter Stimme. »Lanette, kennst du diesen Mann?«

Erst schüttelt sie den Kopf, dann nickt sie. »Bryan«, flüstert sie leise. »Er ist Bryan Bishop, mein Chef.«

Ihr Chef? Bei dem Gedanken, was das bedeutet, würde ich am liebsten erneut auf ihn losgehen. Doch genau in diesem Moment ertönen draußen Sirenen, und ich erinnere mich daran, die Polizei gerufen zu habe. Bei dem Geräusch weiten sich Lanettes Augen.

»Hast du einen Schlüssel für die Eingangstüre?«, frage ich sie, weil ich nicht riskieren möchte, dass mehr Aufmerksamkeit auf Lanette gerichtet wird, als nötig ist. Anstatt zu antworten, nickt sie.

»Wo?«

Tränen laufen über ihre Wangen, während sie sich an mir festkrallt, als könnte ich sie loslassen. »Auf dem Tisch«, flüstert sie.

Ich führe sie mit mir zum Tisch, greife ihre Tasche und hole dort einen großen Schlüsselbund hervor. Dann werfe ich einen Blick auf den noch immer auf dem Boden kauernden Mann, der seine Hand gegen seine blutende Nase drückt. Sein Auge schwillt bereits zu, und ich hoffe, dass die Nase gebrochen ist. Es ist mir egal, ob ich dafür Ärger bekommen werde, ich wünschte stattdessen, ich hätte ihm noch mehr Schmerzen zugefügt. Doch Lanette ist wichtiger als all meine Wut, und so führe ich sie aus dem Raum, den sie am besten nie wieder betreten wird. Ich achte nicht darauf, ob der Mistkerl dort bleibt, wo er ist. Lanette kennt seinen Namen, er ist ihr Chef. Er wird nicht entkommen, selbst, wenn er einen Weg aus diesem Büro heraus findet.

Als wir an der Eingangstüre ankommen, stehen bereits zwei uniformierte Polizisten davor und suchen einen Weg ins Gebäude. Ich lasse mir von Lanette den Schlüssel zeigen und öffne ihnen die Türe.

»Der Mistkerl ist hinten in einem der Büros«, erklärte ich ruhig. »Er hat versucht, sie zu …« Meine Stimme stockt, als ich merke, wie Lanette zusammenzuckt. Doch ich muss nichts dazu sagen, ihr Anblick verrät den beiden Männern bereits alles.

»Ma'am, geht es Ihnen gut?«, fragt einer der Polizisten und sieht sie eindringlich an. »Brauchen Sie einen Arzt? Der Krankenwagen ist bereits unterwegs.«

»Nein«, flüstert Lanette leise. »Ich will einfach nur nach Hause.«

Sofort schließe ich sie fester in meine Arme. Sie kann es vergessen, dass ich sie nach Hause gehen lasse. Sie wird mit zu mir kommen, so viel steht fest. Dort kann ich mich um sie kümmern, wie sie es verdient hat.

»Aber Sie sollten sich untersuchen lassen. Wir werden die Untersuchungsergebnisse für die Anzeige brauchen. Sie wollen doch Anzeige erstatten, oder?«

Noch während der Polizist mit ihr spricht, wird Lanettes Schluchzen immer lauter. Sie schüttelt den Kopf, und ich streiche ihr sanft über den Rücken. Sie vergräbt ihr Gesicht an meinem Shirt, und ich würde dem Idioten vor uns am liebsten eine reinschlagen. Kann er nicht sehen, dass sie völlig durch den Wind ist? Dass sie nicht in der Lage ist, irgendwelche Entscheidungen zu treffen?

»Es ist alles gut«, flüstere ich Lanette zu. Shit, ich hätte ihr mein Hemd geben sollen. Sie zittert, und ich glaube nicht, dass es ihr recht ist, wenn jeder ihr zerrissenes Shirt sieht. Doch da ich sie gerade halte, kann ich es ihr schlecht überziehen. »Ich bin hier. Dir wird nichts mehr geschehen.«

Im nächsten Moment kommt der andere Polizist mit einem wütend aussehenden Bryan Bishop zu uns. Zu meiner Überraschung trägt er keine Handschellen. Stattdessen sieht uns der Polizist verunsichert an.

»Der Mann sagt, er hätte seine Angestellte beim Sex mit einem ihrer Klienten erwischt und wäre daraufhin angegriffen worden.«

Ich schnaufe ungläubig. »Und das glauben Sie ihm?«, fauche ich und balle meine Hände zu Fäusten. »Immerhin war ich es, die Sie gerufen hat, als Lanette von drinnen um Hilfe geschrien hat!«

Als ich das sage, blickt sie zu mir auf. Ihre Augen sehen mich fragend an, und ich wünschte, ich könnte diesen Schmerz irgendwie wegwischen. »Du hast mich gehört?«

Ich streiche ihr eine Strähne hinters Ohr und wische eine Träne von ihrer Wange. »Du warst nicht zu überhören. Ich muss ganz nah an deinem Fenster gewesen sein.«

»Aber warum warst du überhaupt hier?«, will sie wissen und weicht ein Stück von mir zurück. »Was hattest du hier zu suchen?«

Dass ich gekommen bin, weil ich mit ihr Sex wollte, werde ich hier ganz bestimmt nicht aufführen. Also zucke ich mit den Schultern. »Ich wollte dich überraschen. Wir mussten unseren Ausflug absagen, und ich wollte stattdessen etwas mit dir essen gehen, sobald du fertig bist.«

Sofort entspannt sie sich, dann schluchzt sie wieder auf.

»Und das glauben Sie diesem Schwein?«, brüllt Bryan, der noch immer keine Handschellen trägt. »Der lügt doch wie gedruckt! Ich habe die beiden beim Sex erwischt, und weil es sie den Job kosten könnte, hat er mich zusammengeschlagen!«

»Nein«, erwidert Lanette nun mit fester Stimme und wendet sich Bryan zu. »Du hast versucht, mich zu vergewaltigen! Du hast mich bedrängt, betatscht und wolltest ...« Ihre Stimme bricht für einen Moment, doch dann richtet sie sich aufrechter auf. »Ich werde nicht schweigen«, erklärt sie mit sicherer Stimme, und endlich erkenne ich die Frau in ihr wieder, die ich so sehr liebe. »Du hattest dein Ding bereits an mir, und ich bin mir sicher, dass die Spurensicherung sich über meine Kleidung freuen wird!«, faucht sie. »Ich werde nicht schweigen, und du wirst nie wieder einer Frau so etwas antun!«

Das ist meine Frau! Stolz, wie ich in diesem Moment bin, ziehe ich nun doch mein Hemd aus und reiche es ihr, damit sie es sich überziehen kann. Als ihr klar wird, dass ihr Shirt zerrissen ist, kriecht Röte in ihre Wangen, und sie zieht das Hemd dankbar über.

»Alles Lügen!«, keucht Bryan, der nicht mehr so sicher aussieht. »Verhaften Sie die beiden, ich bin hier das Opfer!«

»Das werden wir noch sehen«, sagt der eine Polizist, der endlich die Handschellen herauszieht. »Doch bis dahin ... Sie haben das Recht zu schweigen ...« Mit diesen Worten beginnt er, Bryan seine Rechte vorzulesen, während draußen auf dem Parkplatz ein Krankenwagen vorfährt.

»Ich will, dass du dich untersuchen lässt«, sage ich leise zu Lanette, die plötzlich wieder unsicher wirkt.

»Bleibst du bei mir?«

Allein diese Bitte bewegt etwas in mir, und ich nicke. »Natürlich. Ich werde nicht von deiner Seite weichen, bis du es mir sagst. Ich werde immer bei dir bleiben. Das verspreche ich.«

Ein leichtes Lächeln erscheint für eine Millisekunde auf ihren Lippen, dann nickt sie. Ohne noch etwas zu sagen, führe ich sie nach draußen und steige mit ihr in den Krankenwagen. Um unsere Autos kann ich mich auch später kümmern, jetzt werde ich sie nicht alleine lassen. Und später können wir ein Taxi nehmen, um zu mir nach Hause zu fahren.

26 Lanette

Oh Gott! Nie hätte ich gedacht, dass ich mich einmal so unsicher fühlen könnte. Doch als ich auf dem Untersuchungstisch liege, während mich eine Ärztin von Kopf bis Fuß durchcheckt, würde ich am liebsten im Erdboden versinken. Meine Klamotten liegen in einer Umkleide, und ich trage eines dieser fürchterlichen Krankenhaushemdchen, die hinten offen sind. Die Ärztin dokumentiert jeden noch so kleinsten blauen Fleck, jede Röte, jede Schramme.

»Dann haben wir soweit alles«, sagt sie ruhig und lächelt mich freundlich an. Scheiße, ich habe mir nicht einmal ihren Namen gemerkt, so daneben bin ich. Wäre Jensen nicht an meiner Seite, ich wüsste nicht, was ich machen sollte.

»Danke.« Meine Stimme ist fast nur ein Flüstern, und ich setze mich langsam auf. »Muss ich sonst noch etwas machen?«

Ihr Blick wandert zu der Umkleide, und sie seufzt leise. »Ich denke, die Polizei wird Ihre Sachen für die Beweisaufnahme brauchen«, sagt sie ruhig. »Wenn Sie wollen, kann ich Sie direkt mit meinem Befund weitergeben.«

Meine Sachen. Sofort wird meine Kehle eng, doch ich nicke. Ich werde das Kleid sowieso nie wieder anziehen wollen. Dabei habe ich es heute Morgen noch so geliebt. »Natürlich.«

»Gut. Ansonsten sind wir hier fertig. Ich würde Ihnen ja empfehlen, eine Nacht hierzubleiben, aber ich habe so das Gefühl, dass Sie lieber nach Hause wollen?«

Allein der Gedanke, die Nacht alleine hier zu verbringen, lässt Angst in mir aufsteigen, und ich schüttle heftig den Kopf. »Ich will nicht hierbleiben. Nicht, wenn es keinen Grund dazu gibt.«

Sie schenkt mir ein weiteres Lächeln, das wohl zu ihrer Arbeit dazu gehört, und nickt. »Dann werde ich Ihre Entlassungspapiere fertigmachen. Aber eine Bitte habe ich.« Sie greift in die Tasche ihres weißen Kittels und holt ein kleines Kärtchen daraus hervor. »Das hier ist eine Selbsthilfegruppe für Frauen, denen Gewalt angetan wurde. Rufen Sie dort an, lassen Sie sich beraten. Das ist wichtig.«

Ich starre lange auf das Kärtchen und blinzle mehrmals, als mir Tränen in die Augen steigen. Shit. Ich war so viele Jahre in therapeutischer Behandlung. Und nun fühle ich mich, als wäre ich wieder ein kleines Kind und hätte in meinem ganzen Leben nichts gelernt. Es ist, als wäre mein Pflegevater wieder da und würde mich …

Schnell schüttle ich den Kopf, nehme das Kärtchen aber fester in die Hand. »Ich habe eine Therapeutin«, gestehe ich leise und werfe Jensen einen unsicheren Blick zu. Was wird er nur von mir denken, wenn er erfährt, was mir in meiner Kindheit widerfahren ist? Ich meine, ich habe ihm schon so viel von mir erzählt, doch dieses Detail hat nicht dazu gehört. Einfach, weil ich, außer mit meiner Therapeutin damals, mit niemandem darüber gesprochen habe. »Ich werde mir bei ihr einen Termin holen.«

Die Ärztin nickt. »Das ist gut. Aber wenn sie nicht auf Gewaltdelikte spezialisiert ist, könnte es dennoch hilfreich sein, sich bei der Selbsthilfegruppe zu melden. Auch, um mit anderen Frauen sprechen zu können, die Ähnliches erlebt haben.«

Selbsthilfegruppe. Selbst meine Therapeutin hat mir das einmal empfohlen, als es mir noch schlechter ging, doch diesen Schritt wollte ich irgendwie nie gehen. Dabei habe ich keine Ahnung, warum.

»Aber das müssen Sie nicht jetzt entscheiden«, fügt die Ärztin hinzu. »Gehen Sie nach Hause, ruhen Sie sich aus, und dann sehen Sie weiter. Es hat alles seine Zeit, und nun brauchen Sie erst einmal Ruhe und viel Schlaf.«

Ich nicke, dann will ich das Kärtchen schon in meine nicht vorhandene Tasche stecken. Aber wie soll ich nach Hause kommen, wenn ich nicht einmal etwas anzuziehen habe? Gerade, als ich das denke, klingelt Jensens Handy.

»Tut mir leid«, sagt er und drückt meine Hand. »Das wird meine Sekretärin sein. Ich habe sie gebeten, mir etwas zum Anziehen für Lanette zu bringen.«

Elsa weiß es? Er hat es ihr geschrieben? Bei dem Gedanken steigt wieder Übelkeit in mir auf, und ich würde mich am liebsten übergeben. Doch Jensen drückt meine Hand nur noch fester. »Ich habe ihr etwas von einem Unfall erzählt«, erklärt er ruhig. »Sie weiß nicht, was wirklich passiert ist.«

»Danke«, hauche ich und entspanne mich sofort.

»Ich schreibe ihr nur, wo sie hinkommen muss, okay?«

»Machen Sie das, und ich werde mich um alles andere kümmern.«

Damit verschwindet die Ärztin durch die Tür, und Jensen ruft Elsa zurück, um ihr die Zimmernummer durchzugeben. Ich liege dabei einfach nur da und warte. Warte, dass ich Kleidung gebracht bekomme. Warte, dass die Entlassungspapiere gebracht werden. Warte, dass etwas passiert. Jensen versucht immer wieder, mit mir zu sprechen, doch auch, wenn ich vorhin irgendwoher die Kraft hatte, um der Polizei zu sagen, was passiert ist, ist sie jetzt verschwunden. Verpufft. Und zurück bleibt nur Leere. Eine Leere, von der ich nicht weiß, wie ich damit umgehen soll.

Nachdem Jensen Elsa die Kleidung draußen abgenommen und einige Worte mit ihr gewechselt hat, hilft er mir, mich umzuziehen. Dabei fühle ich mich wie eine Puppe. Ich setze mich auf, hebe meine Arme, lasse mich anziehen. Dankbar, dass ich nicht selbst denken muss. Auch nicht, als Jensen mir die Unterwäsche, Hose und Schuhe anzieht.

»Alles in Ordnung?«, fragt er bestimmt zum tausendsten Mal, und ich nicke zum tausendsten Mal. Worte habe ich keine mehr. Und er akzeptiert es, denn er kümmert sich um alles, was noch kommt. Als wir endlich das Krankenhaus verlassen, ruft er uns ein Taxi, und mir wird bewusst, dass unsere Wagen noch vor meinem Büro stehen.

Mein Büro! Wie soll ich je wieder dorthin zurückkehren? Und was, wenn Bryan auf Bewährung rauskommt und dort auf mich wartet? Wie soll ich weiter arbeiten, wenn ...

Jensen zieht mich eng an sich, als wir im Taxi sitzen, und meine Gedanken beruhigen sich. Nicht jetzt. Ich muss mir über all das nicht sofort Gedanken machen. Ich bin für eine Woche krankgeschrieben, und bis dahin werde ich einfach nicht denken.

Im Taxi schmiege ich mich eng an Jensen und schließe die Augen. Ich atme seinen beruhigenden Geruch ein und warte, dass etwas passiert. Dabei weiß ich nicht einmal, was passieren sollte. Ich weiß gar nichts mehr. Als wir endlich bei ihm zuhause ankommen, hebt er mich kurzerhand auf den Arm und trägt mich ins Haus.

»Jensen?«, ertönt Cynthias Stimme, und ich vergrabe mein Gesicht an seinem Hemd, das er wieder trägt. Ich will nicht, dass sie mich sieht. Ich will nicht, dass sie fragt, was geschehen ist. Ich will nicht ...

»Oh Gott, was ist denn passiert?«, fragt sie, als sie zu uns stößt. Ich sehe sie nicht an, will nicht wissen, was sie denkt.

»Kannst du noch ein wenig auf Mariella aufpassen?«, fragt Jensen, ohne auf ihre Frage einzugehen.

»Natürlich«, antwortet Cynthia. »Ich meine, ich kann auch in ihrem Zimmer übernachten, damit ihr beiden Ruhe habt. Nur morgen bin ich dann wieder weg.«

Mir fällt ein, dass Cynthia erzählt hat, dass sie einige Wochen weg sein wird. Bei einem Dreh.

»Nicht nötig«, tut Jensen ihr wohlgemeintes Angebot ab. »Ich denke, es ist besser, wenn wir nachher alleine sind. Ich würde mich nur gerne noch um Lanette kümmern.«

»Klar«, erwidert Cynthia. »Wenn ich was tun kann ...«

»Sage ich Bescheid«, beendet Jensen den Satz. »Bis später.«

Damit trägt er mich direkt ins Bad und setzt sich mit mir auf den Rand der Wanne.

»Dusche oder Badewanne?«, will er wissen, während er mir sanft über den Rücken streicht. Ich weiß nicht, was mir lieber ist. Ich weiß in diesem Moment gar nichts. Ich will nur alleine sein und mich in meinem Unglück suhlen.

Als ich nicht antworte, seufzt Jensen leise. Doch anstatt weiter auf mich einzusprechen, entscheidet er. Er beugt sich zur Seite, und im nächsten Moment höre ich, wie das Wasser in die Wanne eingelassen wird. Er beugt sich noch einmal vor, und ein angenehmer Duft nach Vanille in meine Nase steigt. Mit der Hand überprüft er die Temperatur, dann hält er mich fest. Einige Minuten vergehen, bevor er leise seufzt.

»Ich weiß, dass es heute viel war. Aber ich glaube, ein warmes Bad wird dir guttun. Ich werde dich jetzt ausziehen. Wenn du das nicht willst, schüttle einfach nur den Kopf. Dann höre ich sofort auf.«

Als ich nichts sage, positioniert Jensen mich auf seinem Schoß um und schiebt mir das Shirt über den Bauch. Ein Knurren dringt aus seiner Kehle, und ich bin mir sicher, dass ich dort auch einen blauen Fleck habe. Dabei kann ich mich nicht erinnern, woher der genau kommt. Von Bryan, klar, doch ich kann mich an keinen Schlag in den Bauch erinnern.

Jensen zieht mir das Shirt über den Kopf, bevor er mich aufstellt und mir auch die Hose und den Slip auszieht. Als er fertig ist, prüft er erneut die Temperatur des Wassers, hebt mich auf und lässt mich langsam in die Wanne gleiten.

»Soll ich hierbleiben?«, fragt er ruhig, während ich ihn keines Blickes würdige. Ich will ihn hier haben! Aber ich will auch alleine sein. Ich will alles auf einmal, und ich weiß, dass das nicht geht. Doch mir ist auch etwas anderes bewusst. Wenn wir das hier gemeinsam überstehen wollen, werde ich ihm alles erzählen müssen. Auch von damals, als nicht er es war, der mich gerettet hat.

»Carlos«, sage ich leise, und Jensen sieht mich eindringlich an, um zu erfahren, was ich meine. »Er war mein Pflegevater«, setze ich hinzu. »Ich war noch klein, zu klein, um zu verstehen, was geschieht.«

»Lanette, was willst du mir sagen?« Jensens Stimme ist leise, und ich höre die Unsicherheit aus ihr heraus.

»Ich weiß, wie es sich angefühlt hätte, wärst du heute nicht gekommen«, gestehe ich und schließe die Augen. Gott, wie gerne würde ich jetzt unter das Wasser tauchen und nie wieder hochkommen! Wie gerne würde ich alles vergessen und nie wieder über das nachdenken, was mir angetan wurde. »Wenn man sich wehrt, tut es noch mehr weh. Wenn man sich nicht wehrt, fühlt man sich umso schuldiger.«

»Scheiße!«, flucht Jensen und schüttelt den Kopf. »Lanette, ich ...«

»Nein«, sage ich sofort und sehe ihn nun doch an. Jensen sieht aus, als würde er etwas zusammenschlagen wollen. Gleichzeitig habe ich das Gefühl, dass er mit der Situation völlig überfordert ist. Aber das bin ich auch. »Lass mich einfach nur erzählen.«

Jensen schüttelt den Kopf, dann nickt er. »Warte kurz.« Ohne Vorwarnung zieht er sich bis auf die Boxershorts aus. Er bedeutet mir, in der Wanne etwas nach vorne zu rutschen, und steigt hinter mir hinein. Ich muss nicht fragen, warum er die Shorts anbehält. Er will mir Sicherheit geben, und ich bin ihm dankbar dafür. Als ich in seinen Armen liege, hält er mich ganz fest, und ich lege meinen Kopf an seine starke Brust.

»Jetzt«, sagt er, und ich nicke.

»Er kam nachts in mein Zimmer«, gebe ich mit tonloser Stimme von mir. »Immer und immer wieder. Ich durfte niemandem etwas davon erzählen. Und ich habe es auch nicht getan.«

In Jensens Brust grollt es, dennoch sagt er kein Wort.

»Es tat weh«, flüstere ich leise. »Es tat so unendlich weh. Aber ich war zu klein. Zu schwach. Und ich konnte mich nicht wehren.«

»Wie lange?«, will er jetzt doch wissen, und ich seufze.

»Ich weiß es nicht«, gestehe ich. »Ich weiß nicht mehr genau, wie lange es ging. Aber irgendwann konnte ich nicht mehr leise sein. Ich habe geweint, und mein Pflegebruder hat mich gehört. Er wollte nachsehen, warum ich weine, und dann hat er ihn erwischt.«

Jensens Arme legen sich fester um mich, und er hält mich an sich gedrückt.

»Er hat dich gerettet?«

»Das hat er«, bestätige ich. »Wir kamen alle in andere Familien oder Heime. Und ich habe gelernt, damit umzugehen, und war jahrelang in Therapie.«

»Daher die Therapeutin«, stellt Jensen leise fest.

»Ja.«

»Hat sie dir geholfen?«

Ich zucke die Schultern. »Glaube schon. Ich meine, ich bin in der Lage, eine Beziehung zu führen, habe keine Ängste entwickelt und führe auch sonst ein normales Leben, wie ich finde.«

»Und du bist eine fantastische Frau«, fügt Jensen hinzu. »Ich glaube, ich kenne niemanden, der so stark ist wie du.«

Bei seinen Worten verkrampfe ich mich in seinen Armen. »Ich bin nicht stark«, flüstere ich. »Wäre ich stärker, hätte ich mich mehr gegen ihn gewehrt. Ich hätte nicht zugelassen, dass er mich verletzt.«

Tränen rinnen über meine Wangen, während Jensen seine Finger mit meinen verschränkt. »Aber du bist stark«, widerspricht er mir. »Als es darum ging, dass dieser Mistkerl uns die Schuld in die Schuhe schieben wollte, hast du den Mund aufgemacht. Du hast gesagt, was wirklich passiert ist. Du hast nicht den Kopf eingezogen und mit dir machen lassen, was er wollte.«

»Aber ich konnte mich nicht wehren«, erwidere ich. »Ich habe es nicht geschafft, ihn von dem abzubringen, was er mit mir tun wollte. Ich brauchte einen Retter, genau wie damals.«

Diesmal greift Jensen nach meinen Hüften und dreht mich zu sich um, sodass ich ihn ansehen muss. »Lanette. Du bist stark! Es gibt einfach Menschen, die uns körperlich überlegen sind. Und diese Menschen sind in der Lage, uns zu verletzen. Aber ganz gleich, was er getan hat. Du warst stark, als es darauf ankam. Du warst stark, als die Polizei kam. Du warst stark, nachdem dein Pflegebruder dir damals geholfen hat, und das, obwohl du ein kleines Kind warst. Du warst stark, als du vorhin im Krankenhaus untersucht wurdest. Es gibt viele Menschen, die schwach sind, doch du gehörst sicher nicht dazu!«

Seine Worte berühren etwas tief in mir. Und das erste Mal in meinem Leben überlege ich, ob Jensen recht haben könnte.

»Danke«, hauche ich und schmiege mich wieder an Jensen. »Danke, dass du mich heute da raus geholt hast. Danke, dass du bei mir geblieben bist. Und danke, dass du das eben gesagt hast.«

Er weiß, dass hier Worte überflüssig sind, und so hält Jensen mich noch lange, bevor er einen Waschlappen nimmt und mich von Kopf bis Fuß wäscht. Dabei knurrt er immer wieder, und erst jetzt wird mir bewusst, wie viele körperliche Verletzungen mir zugefügt wurden. Zu meiner Überraschung sind es die Einzigen, die in diesem Moment schmerzen. Denn die seelischen Wunden hat

Jensen gerade so verarztet, wie es möglich ist. Er hat mir soeben etwas gegeben, das bisher nicht einmal meine Therapeutin geschafft hat. Nämlich die Sicherheit, dass ich wirklich eine Stärke in mir trage, von der ich bisher nichts wusste.

27 Jensen

Nachdem ich Lanette gründlich abgetrocknet habe, trage ich sie ins Schlafzimmer und gebe ihr eins meiner Shirts und eine Boxershorts, die sie dankbar anzieht. Shit, überall auf ihrem Körper sind rote und blaue Flecken, die mich daran erinnern, was ihr angetan wurde. Was ihr beinahe angetan worden wäre. Und was sie schon alles in ihrem Leben durchmachen musste. Dabei wünschte ich, ich könnte es einfach verschwinden lassen. All die schlechten Erfahrungen, die sie gemacht hat. All die Schmerzen, die sie erleiden musste. Doch das ist nicht möglich, umso glücklicher bin ich, dass sie mich wenigstens an dem teilhaben lässt, was passiert ist.

»Ich werde Mariella holen«, sage ich, als sie angezogen ist. »Und Cynthia heimschicken. Oder willst du doch, dass Cynthia hierbliebt?«

Sofort schüttelt Lanette den Kopf.

»Nein. Ich wäre gerne mit euch alleine. Ich möchte gerne einfach nur bei dir liegen und Mariella beim Schlafen zusehen. Und Gott dafür danken, dass sie jemanden wie dich hat.«

Ich beuge mich zu ihr vor und küsse sie sanft auf die Stirn. »Dann bis gleich.«

Es fällt mir unheimlich schwer, sie alleine zurückzulassen. Doch ich muss mit Cynthia reden. Verdammt, Lanette hat sie nicht gesehen, doch im Krankenhaus haben die Journalisten gelauert, um herauszufinden, was geschehen ist. Dass sie mich dort gesehen haben, macht die Sache nicht besser. Irgendwer spricht immer, und ich fürchte, dass bald in der Zeitung stehen wird, was passiert ist. Und dass Lanette meine Freundin ist.

Als ich im Wohnzimmer ankomme, steht Cynthia sofort von der Couch auf. »Was ist passiert?«

Sie wirft einen Blick hinter mich, wohl um zu sehen, ob Lanette auch kommt.

»Ihr Chef hat versucht, sie zu vergewaltigen«, erzähle ich etwas in so wenigen Worten, wie es eigentlich nicht sein könnte. Denn wie kann etwas so Schlimmes so knapp beschrieben werden? Es ist mir unbegreiflich.

»Scheiße!«, flucht Cynthia laut. »Aber ...«

»Ich habe ihn davon abgehalten, den letzten Schritt zu gehen, doch er hat sie verletzt. Ich fürchte, es wird morgen überall in der Zeitung zu lesen sein.«

»Die Presse?«

Ich nicke. »Sie waren im Krankenhaus und haben mittlerweile bestimmt alle Informationen, die sie brauchen. Ich werde Elsa anrufen, damit sie sich darum kümmert, doch da die Ermittlungen noch laufen, dürfen weder Lanette noch ich zu viel preisgeben.«

Wie ich diesen Zirkus hasse! Wie ich es hasse, dass ich nicht einmal sagen kann, was wirklich passiert ist. Doch man könnte es uns zum Vorwurf machen, und ich will unbedingt, dass dieser Mistkerl hinter Gittern kommt.

»Okay«, sagt Cynthia. »Ich meine, nichts ist okay. Aber du machst das gut. Sie kann froh sein, dass sie jemanden wie dich hat.«

Ich weiß nicht, was es ist, vielleicht ein Wort, das ich nicht benennen kann, oder ihr Tonfall. Doch plötzlich werde ich hellhörig.

»Wer hat dir weh getan?«

Cynthia lächelt freudlos, dann schüttelt sie den Kopf. »Es ist nicht wichtig. Es ist vorbei.«

»Wer?«, frage ich erneut und widerstehe dem Drang, auf etwas einzuschlagen. Kann das wirklich sein? Gibt es auf dieser Welt so viel Hass und Gewalt? So viele Menschen, die Frauen nicht respektieren?

»Mein Ex«, erwidert sie schulterzuckend. »Er hat nicht aufgehört, als ich keine Lust hatte. Es hat sich für mich nicht nach Vergewaltigung angefühlt, aber es war eben auch nicht schön. Also habe ich ihn verlassen.«

Kochende Wut steigt in mir auf. Ein Mann, der sich an einem Kind vergreift. Ein Mann, der seine Angestellte bedrängt. Ein Mann, der das Nein seiner Freundin nicht akzeptiert. Was noch? Was gibt es auf dieser Welt noch alles, das sie zu einem schlechten Ort macht?

Sofort schweift mein Blick zu Mariellas Bettchen, in dem sie friedlich schläft, und ein Gefühl des Grauens breitet sich in mir aus. Mariella. Sie ist so klein, so unschuldig! So perfekt! Was, wenn ...

Nein, ich kann den Gedanken nicht beenden. Ich kann nicht darüber nachdenken, was ihr alles passieren könnte. Denn sonst würde ich sie einsperren. Alles, was ich tun kann, ist, für sie da zu sein. Sie zu schützen und ihr beizubringen, sich selbst zu wehren. Selbstwertgefühl. Selbstbewusstsein. Vertrauen. Das sind die Grundlagen, die sie braucht, um in dieser Welt zu überleben. Dabei hoffe ich, dass es diese Grundlagen sein werden, die sie davor bewahren, Erfahrungen zu machen, wie Lanette und Cynthia sie erleben mussten. Die sie davor bewahren, verletzt zu werden.

»Ich werde jetzt gehen«, sagt Cynthia und holt mich damit aus meinen Gedanken. »Wenn du jemals jemanden zum Reden brauchst, werde ich für dich da sein«, sage ich und meine es auch so. Scheiße, ich hatte keine Ahnung. Man hört es in den Nachrichten, man liest es in den Zeitungen, und doch denkt man irgendwie, dass man niemals damit in Berührung kommen wird. Und ich kenne gleich zwei Frauen, denen Gewalt angetan wurde.

»Danke. Aber ich habe jemanden, mit dem ich reden kann. Eine Freundin. Sie lebt weit weg, doch wann immer ich sie brauche, kann ich sie anrufen.«

»Das ist gut zu wissen.« Ich nehme Cynthia in den Arm und drücke sie fest. »Du bist ein toller Mensch.«

»Das kann ich nur zurückgeben.« Sie löst sich von mir und lächelt mich unsicher an. »Und jetzt geh zu Lanette. Sie braucht dich. Bis bald.«

Damit dreht sie sich um und verschwindet aus meinem Haus. Ich gehe sofort zu Mariella, die friedlich in ihrem Bettchen schläft. Ich will sie gerade hochnehmen, als Lanette zu mir ins Wohnzimmer kommt.

»Lass uns noch etwas im Fernsehen sehen«, sagt sie und schmiegt sich an mich. »Ich glaube, ich kann noch nicht schlafen.«

Ich küsse sie auf die Stirn, dann führe ich sie zur Couch und schalte den Fernseher an.

Es ist mitten in der Nacht, als ich Elsa anrufe. Ich habe sie schon lange nicht mehr mitten in der Nacht gestört, doch ich finde keine Ruhe. Lanette ist auf der Couch eingeschlafen, und Mariella hat ihre letzte Flasche für heute getrunken. Beide werden die Nacht hoffentlich durchschlafen.

»Mr Bel, was ist los?«, fragt Elsa sofort. »Ist etwas passiert?«

»Ich will, dass wir in der Firma Frauen helfen«, sage ich knapp und schließe die Tür zu meinem Büro. »Es geht um das Thema Gewalt gegen Frauen. Wir werden null Toleranz in der Firma gegen Männer hegen, die übergriffig werden.«

»Das tun wir schon immer«, sagt Elsa ruhig. »Erinnern Sie sich nicht? Ich habe Sie vor einigen Jahren darauf angesprochen, und Sie haben mir freie Hand gegeben.«

Ich erinnere mich nicht. Und das macht es so schlimm. »Nicht nur Dinge, die in der Firma vor sich gehen«, erkläre ich ruhiger, als ich mich fühle. »Elsa, ich möchte niemanden bei mir beschäftigt haben, der jemals die Hand gegen eine Frau erhoben hat. Hintergrundrecherchen, Aufklärung und keine Ahnung, was noch. Ich möchte nicht, dass auch nur einer von uns dic Augen verschließt.«

Elsa schweigt lange, bevor sie tief Luft holt.

»Das ist nicht umsetzbar«, sagt sie dann ruhig. »Sie sollten sich schlafen legen. Morgen sprechen wir weiter.«

»Ich will nicht morgen weiter sprechen«, widerspreche ich. »Elsa, das Thema ist zu wichtig!«

»Das ist es«, stimmt sie mir zu. »Aber dahinter steckt so viel mehr. Denn auch, wenn ein Mann einmal eine falsche Entscheidung trifft, kann er sich ändern. Sie können nicht jeden Einzelnen, der je einen Fehler gemacht hat, kündigen.«

»Aber«, setze ich an, als Elsa mich auch schon unterbricht.

»Nicht aber. Wenn etwas vorfällt, müssen wir reagieren. Doch wir können niemanden für etwas bestrafen, das in seiner Vergangenheit vorgefallen ist. Ihn im Auge behalten, ja. Unbedingt. Aber nicht verurteilen. Sonst dürfte ich nicht mit meinem Mann zusammen sein.«

Verwirrt ziehe ich die Luft tief ein. »Wie meinst du das?«

»Ich meine, dass mein Mann einmal die Hand gegen mich erhoben hat«, erklärt sie ruhig. »Ich habe ihn sofort verlassen. Und ich heiße es nicht gut! Es gibt keine Entschuldigung, niemals. Weder, wenn ein Mann eine Frau schlägt, noch, wenn eine Frau einen Mann schlägt. Und noch weniger, wenn Kindern Gewalt angetan wird. Aber wir hatten eine schwere Zeit, und er ist sofort in Therapie gegangen. Er hat an sich gearbeitet, und wir hatten lange keinen Kontakt, bevor er zu mir kam, um sich zu entschuldigen. Noch bevor wir wieder zusammenkamen, haben wir eine Paartherapie gemacht, und er weiß, dass ich ihm kein zweites Mal verzeihen würde. Aber würde er noch ein einziges Mal die Hand gegen mich, eine andere Frau oder ein Kind erheben, wäre es für immer aus. Dennoch ist es genauso wichtig, jedem eine zweite Chance zu geben, der es sich verdient.«

Ich bin völlig sprachlos. Es ist zu viel. Ich kann Elsa verstehen, doch mit dem Wissen, was Lanette widerfahren ist, kann ich gerade einfach nicht klar denken.

»Du hast recht«, gestehe ich also. »Ich sollte mich jetzt schlafen legen.«

»Gute Nacht.«

Damit legen wir auf, und ich fahre mir unwirsch durch die Haare. Die Welt ist nicht schwarzweiß. Und doch kann ich nicht tolerieren, dass dieses Thema nicht mehr Beachtung bekommt. Also setze ich mich an meinen

Schreibtisch und sammle all meine Gedanken, die ich zu dem Thema habe.

Es ist spät, als Lanette am nächsten Morgen aufwacht. Sie sieht völlig übermüdet aus, dennoch lächelt sie mich unbeholfen an, als ich ihr eine Tasse Kaffee reiche.

»Danke«, sagt sie und nippt daran. »Hast du überhaupt geschlafen?«

Ich zucke nur die Schultern. »Mir geht es gut. Und dir?«

»Ich bin in Ordnung.« Sie nippt erneut an ihrem Kaffee, bevor sie sich zu Mariella umdreht, die auf dem Boden auf einer Krabbeldecke liegt. Sofort geht sie vor Mariella in die Hocke und streicht ihr über das hübsche Gesicht. »Guten Morgen, Kleine.«

»Hunger?«, frage ich Lanette und werfe einen Blick auf mein Handy, auf dem gerade eine Nachricht reinkommt. Es ist Elsa, die mich davor warnt, das Haus zu verlassen. Anscheinend wartet draußen eine Schar an Reportern.

»Nicht wirklich«, sagt Lanette und nimmt Mariella auf den Arm. Sofort sehe ich sie an und mache mir Sorgen.

»Du musst aber etwas essen«, erwidere ich. »Du hast gestern Abend schon nichts mehr gegessen.«

»Ich werde essen, wenn mir danach ist. Dräng mich bitte nicht.«

Ich will sie drängen! Ich will für sie kochen und ihr alles geben, was sie sich wünscht. Aber ich tue es nicht. Stattdessen küsse ich sie sanft auf die Wange.

»Was möchtest du denn machen?«

Lanette zuckt die Schultern. »Einfach nur Fernsehen, glaube ich.« Sie sieht zu Boden, dann seufzt sie. »Ich habe mein Handy im Büro vergessen. Ich war heute mit Garwin verabredet und kann ihm jetzt nicht absagen.«

Bei der Erwähnung des Arztes steigt Eifersucht in mir auf, die ich sofort beiseiteschiebe. Das ist jetzt der denkbar schlechteste Moment, um besitzergreifend zu reagieren. »Ich werde dir das Handy besorgen«, verspreche ich, wobei es mir widerstrebt. Es wäre besser, sie wäre erst einmal von der Welt abgeschnitten. Dann würde sie nicht mitbekommen, was in der Presse vor sich geht. »Aber es wäre besser, wenn du das Haus erst einmal nicht verlässt.«

Verwirrt zieht sie die Augenbrauen zusammen. »Warum?«

Ich seufze. Ich wollte es ihr eigentlich noch nicht sagen. »Die Presse«, gebe ich unglücklich zu. »Sie waren gestern im Krankenhaus. Und Elsa hat mir gesagt, dass sie jetzt vor der Tür stehen und darauf warten, dass du oder ich rauskommen.«

Lanette wird blass, und sie senkt den Kopf. »Sie wissen es«, flüstert sie und drückt Mariella enger an sich.

»Ja«, gebe ich zu. »Jemand aus dem Krankenhaus hat wohl gequatscht. Aber es ist wichtig, dass weder du noch ich etwas zur Presse sagen.«

»Ich werde nichts sagen«, erwidert sie ruhig. »Ich werde das Haus nicht verlassen.«

Mit diesen Worten geht sie in die Küche und öffnet den Kühlschrank, nur, um ihn im nächsten Moment wieder zu schließen. Dann dreht sie sich zu mir um, wobei sie unendlich traurig wirkt.

»Kann ich dein Handy haben? Ich sollte Garwin wohl anrufen.«

Ich will ihr das Handy nicht geben. Ich will nicht, dass sie irgendetwas von dem erfährt, was da draußen wahrscheinlich vor sich geht. Dennoch reiche ich es ihr und nehme ihr Mariella vom Arm. »Wenn du willst, kannst du in meinem Büro telefonieren.«

Lanette zuckt die Schultern, dann wählt sie, ohne den Raum zu verlassen.

»Hey, ich bin's«, sagt sie, nachdem sie einen Moment gewartet hat.

»Nein, mir geht es gut. Ich wollte dir nur sagen, dass ich mein Handy gerade nicht habe.«

Lanette geht um den Tresen herum und verschwindet im Wohnzimmer. Obwohl ich wissen will, was sie sagt, bleibe ich zurück. Ich habe nicht das Recht, jetzt eifersüchtig zu sein, und ich will nicht, dass mich diese Gefühle ausgerechnet jetzt leiten. Also schäkere ich mit Mariella und warte, bis Lanette kurz darauf zu mir zurückkommt und mir das Handy reicht.

»Er würde hierher kommen, wenn es für dich okay ist«, sagt sie leise.

»Natürlich.«

Ich ziehe Lanette näher an mich. »Alles, was dir guttut.«

Sie nickt. Dann sieht sie mich wieder an. »Garwin ist mein bester Freund«, erklärt sie ruhig. »Vielleicht auch mein Einziger.«

»Okay.«

»Wir hatten immer mal wieder was miteinander«, gesteht sie und senkt den Kopf. »Also, bevor das mit uns begann.«

Ich werde nicht fragen, was war, als sie mit mir Schluss gemacht hatte. Ich werde darauf vertrauen, dass sie mir erzählt, was wichtig ist.

»Okay«, sage ich also nur.

»Vertraust du mir?«, fragt sie als Nächstes, und ich schenke ihr ein ehrliches Lächeln.

»Ich will nicht lügen«, gestehe ich ernst. »Ich bin tierisch eifersüchtig. Doch ich habe es unter Kontrolle und werde dir nichts vorschreiben. Also ja, ich vertraue dir.«

Bei meinen Worten schleicht sich ein Lächeln auf ihre Lippen. »Und das ist der Grund, warum ich dich liebe.«

Liebe. Himmel, sie spricht von Liebe! Von etwas so Großem, dass es mir Angst machen sollte. Aber das tut es nicht.

»Hunger?«, frage ich, weil ich es nicht für den richtigen Zeitpunkt halte, ihr zu gestehen, wie ich empfinde.

»Nein. Aber ich werde dir zuliebe ein Brot essen.«

28 Lanette

Es ist schon fast neun, als Jensen mir sein Handy entgegenstreckt.

»Nachdem du heute Morgen bei deinem Arzt angerufen hast, habe ich seine Nummer sicherheitshalber abgespeichert, weil ich heute nicht ans Telefon gehe, wenn ich nicht weiß, wer anruft.«

Erst verstehe ich nicht, doch dann wird mir klar, dass Garwin wohl am Telefon sein muss. Schnell nehme ich ab. »Hey.«

»Hey. Ich bin hier draußen, wollte nur sagen, dass ich jetzt rein komme. Hier stehen nämlich noch mehr Leute rum, die wohl nicht ins Haus sollen.«

Nein, das sollen sie nicht. Dreimal haben sie heute geklingelt, und Jensen hat ihnen freundlich, aber deutlich erklärt, dass er die Polizei rufen wird, wenn sie nicht verschwinden.

»Ich mache auf. Bist du schon vor der Haustüre?«, frage ich, während ich genau dort hinlaufe.

»Grad auf dem Weg. Soll ich noch klingeln?«

»Bleib am Telefon, das ist wohl einfacher.«

»Klar.«

Wir schweigen, während ich einige Sekunden hinter der Haustüre warte.

»So, bin da«, sagt Garwin, und ich öffne die Türe. Ich bekomme nicht die Gelegenheit, draußen viel zu erkennen, denn er kommt sofort rein und schließt die Tür. Einen Moment mustert er mich, dann seufzt er und nimmt mich fest in den Arm.

»Und was ist wirklich passiert?«

Bei seiner Geste steigen mir Tränen in die Augen, die ich den ganzen Tag zurückgehalten hatte, und ich zucke die Schultern. »Er wollte ...«, stottere ich, wobei ich von einem Hickser unterbrochen werde.

»Also stimmt es?«

Garwin löst sich von mir und sieht mir direkt in die Augen. »Dein Chef wollte dich vergewaltigen?«

Ich nicke. »Jensen kam gerade noch rechtzeitig.«

Als Garwin hinter mich sieht, bin ich mir sicher, dass Jensen dort steht. »Danke«, sagt Garwin und nickt meinem Freund zu. »Danke, dass du gut auf sie aufpasst.«

»Das ist jetzt mein Job«, erklärt Jensen kühl. Als ich zu ihm sehe, steht er mit breiten Beinen und verschränkten Armen im Türrahmen. Scheiße, er sieht sauer aus! Aber das hier ist Garwin! Er gehört zu meinem Leben, und Jensen hat mir heute Morgen versichert, dass er mir vertraut. Jetzt muss ich auf Jensens Worte vertrauen, denn ich werde Garwin nicht erneut vor den Kopf stoßen. Ich werde ihm heute alles erzählen.

»Komm doch mit ins Wohnzimmer«, sage ich und führe Garwin durch Jensens Haus. Der dagegen verschwindet in seinem Büro, um uns alleine zu lassen.

»Wie geht es dir?«, fragt Garwin, als wir beide sitzen. »Wie sehr hat dir dieses Schwein weh getan?«

Ich zucke die Schultern. Wie sehr hat er mir weh getan? Ich habe einige blaue Flecken und ein Veilchen. Sonst geht es mir körperlich gesehen gut.

»Ich werde es überleben.«

»Das war nicht meine Frage«, rügt Garwin. »Im Ernst. Wie schlimm war es?«

»Auf einer Skala von eins bis zehn?«, witzle ich. »Eine Zwanzig. Doch Jensen kam gerade noch rechtzeitig. Also ist wohl alles gut.«

»Nichts ist gut!«, braust Garwin auf und springt auf die Beine. »Weißt du eigentlich, wie oft so was passiert? Wie viele Kinder geschlagen oder misshandelt werden? Wie viele Frauen am Arbeitsplatz belästigt werden? Es ist mein täglich Brot, mich damit zu beschäftigen, wenn ich in der Notaufnahme arbeite, und nichts daran ist gut!«

Tränen steigen mir in die Augen, und ich ziehe meine Beine eng an mich. Er hat recht. Nichts ist gut. Aber ich muss doch irgendwie weiter machen. Und dann sagt man eben immer, es sei gut. Garwin kommt sofort zu mir und schließt mich in seine Arme. Seine Umarmung tut gut, auch, wenn ich mir gerade wünschte, es wäre Jensen, der hier sitzt.

»Jensen und ich sind zusammen«, flüstere ich, nachdem ich mich einigermaßen beruhigt habe. Es wird Zeit, dass ich Garwin alles sage. Und so tue ich das. Ich erzähle ihm, wie ich mich Jensen gegenüber gefühlt habe, wie wir entschieden haben, dass ich seinen Fall abgebe, und wie Bryan daraufhin reagiert hat. Garwin versteht, dass das die Zeit war, in der es mir so schlecht ging, grinst, als ich erklärte, dass Jensen nicht locker lassen konnte.

»Er scheint der Richtige für dich zu sein«, sagt Garwin und schiebt mir eine Strähne aus der Stirn. »Weißt du, ich hatte immer gehofft, wir beide würden es irgendwann noch mal versuchen. Aber es ist gut. Wir beide sind als Freunde besser als als Liebespaar.«

Seine Worte bringen mich tatsächlich zum Lächeln. »Das sind wir wohl. Danke, dass du mein Freund bist, selbst, wenn ich dich so vernachlässigt habe.«

Garwin zuckt nur die Schultern. »Hab ich auch immer wieder. Wir geben uns, glaube ich, nichts, was das angeht. Aber jetzt noch mal. Wie geht es dir?«

»Beschissen.« Es tut gut, es auszusprechen. Es tut gut, dass Garwin nicht locker lässt. Es tut gut, dass er mich wirklich sieht. »Aber ich werde es überstehen. Mit viel Zeit.«

»Das wollte ich hören.« Er schenkt mir ein kleines Lächeln, bevor er zur Tür sieht, in der jetzt wieder Jensen steht.

»Ich wollte fragen, ob ihr beide Hunger habt.«

Hunger. Das ist etwas, das ich die nächste Zeit nicht haben werde. Nicht, wenn es mir so geht wie gerade. Dennoch nicke ich. Denn ich weiß, ich muss essen.

»Essen wäre toll.«

»Dann bestell ich wohl mal was. Habt ihr irgendwelche Vorlieben?«

»Pizza«, sage ich sofort. Denn da sieht man hoffentlich nicht, wenn ich mir nur ein Stück nehme und dann nichts mehr herunter bekomme. Essen, das man sich teilt, ist gerade das, was ich brauche.

»Pizza kommt. Irgendwelche Wünsche?«

Weder Garwin noch ich äußern Wünsche, und somit verschwindet Jensen wieder, wobei ich mir sicher bin, dass er sich für mich besonders zusammenreißt. Garwin und ich unterhalten uns noch eine Weile, bis es an der Tür klingelt. Natürlich macht Jensen auf und flucht, als er reinkommt.

»Scheiß Paparazzi! Können einen nicht mal in Ruhe lassen, wenn man den Pizzaboten bezahlt!«

»Wie lange wird das gehen?«, frage ich, weil ich mit so etwas keine Erfahrungen habe.

»Das ist unterschiedlich. Aber wir werden das schon packen. Im schlimmsten Fall machen wir ein paar Wochen Urlaub.«

Er lächelt mich an, und mir geht das Herz auf. Urlaub wäre jetzt vielleicht wirklich das Beste, was wir machen könnten.

»Aber geht das denn? Ich meine, du hast doch extrem viel zu tun, oder?«

Jensen kommt zu mir und legt mir eine Hand auf die Schulter. »Das bekomme ich schon hin. Mach dir wegen mir keine Gedanken. Soll ich euch noch alleine lassen?«

Schnell schüttle ich den Kopf. »Nein, bleib hier.«

Jensen wirkt erleichtert, und wir alle drei setzen uns auf die Couch, wobei ich zwischen den beiden eingekeilt bin.

»Also, du hast dir jetzt also die beste Frau dieses Planeten geschnappt?«, scherzt Garwin, und Jensen zieht mich an sich.

»Hab ich«, erwidert er. »Und ich werde sie nicht wieder hergeben. So viel steht fest.«

In dem Moment, in dem er das sagt, fühle ich mich wohl. Und glücklich. Und aufgehoben. Es ist nicht wie damals, als ich noch ein Kind war. Damals war ich völlig alleine mit allem. Niemand war wirklich für mich da. Einige haben versucht, mich aufzufangen, doch ich war einfach nie lange genug an einem Ort, um mich wirklich aufgehoben zu fühlen. Jetzt ist das anders. Jetzt habe ich Menschen, denen ich wichtig bin und die für mich oder mit mir kämpfen. Und das ist unersetzbar. Wir drei unterhalten uns lange, und mit jedem Moment wird die Atmosphäre zwischen den Männern entspannter. Garwin macht keine Anstalten, eifersüchtig zu reagieren, und Jensen erkennt wohl, dass ich mich nicht zu Garwin hingezogen fühle. Nicht so, wie zu Jensen. Und so schlafe ich irgendwann an Jensen geschmiegt ein.

»Sie muss eine Therapie machen«, dringen irgendwann Worte bis zu mir, wobei ich nicht weiß, warum ich gerade wieder etwas aus meinem Schlaf drifte. »Das ist wichtig.«

»Ich weiß«, antwortet Jensen. »Wir haben schon darüber gesprochen.«

»Sie liebt dich«, stellt Garwin fest. »Aber was ist mir dir?«

Jensen schweigt einen langen Moment und streicht mir sanft übers Haar. Dann seufzt er. »Sie und Mariella. Diese beiden Frauen sind mir das Wichtigste im Leben. Doch ich werde dir nichts sagen, das ich ihr noch nicht direkt gesagt habe.«

Bei seinen Worten beginnt mein Herz zu rasen. Der Schlaf verabschiedet sich, und ich bin plötzlich hellwach. Aber ich mache nicht darauf aufmerksam, stattdessen halte ich die Augen weiter geschlossen und atme bewusst gleichmäßig.

»Das ist gut. Ich bin froh, dass sie jemanden wie dich hat. Aber ihr solltet vielleicht wirklich in Urlaub gehen. Das hier kann ihr nicht guttun. Nicht nur, dass das Ganze in einer Organisation wie Kidss stattfand. Sie ist nun auch noch mit dir zusammen, und die Presse wirft sich gerne auf solche Storys, wie man sieht.«

»Ich habe vorhin schon geschaut, wohin wir gehen können. Ich denke, Europa wäre schön. Irgendwo ans Meer, nach Griechenland oder so. Ich werde sie morgen fragen, dann kann es auch schon losgehen.«

Griechenland? Das wäre wirklich schön! Ich träume mich in die Ferne, während die Männer sich noch eine Weile leise unterhalten. Irgendwann verabschiedet Garwin sich, und Jensen trägt mich ins Bett.

»Also, was hältst du von Griechenland?«, fragt er, als er mich zudeckt.

»Woher weißt du, dass ich wach bin?«, frage ich und drehe mich zu ihm. Jensen lacht.

»Es war geraten.«

»Griechenland wäre toll.«

Jensen küsst mich auf die Stirn. »Ich hole noch schnell Mariella, dann komme ich zu dir.«

Mit diesen Worten verschwindet er, und ich ziehe mir die Decke über den Kopf. Griechenland. Das ist gut.

Zwei Monate. Es ist zwei Monate her, seit Bryan versucht hat, mich zu vergewaltigen. Seither ist viel und nichts passiert. Der Urlaub mit Jensen war wunderbar und wirklich genau das, was ich brauchte. Bis wir zurückkamen, hatte die Presse das Interesse an uns verloren. Außerdem konnte ich in Ruhe alles verarbeiten. Das Meer war wundervoll, und die Städte, die wir uns ansahen, haben mich von meinen Gedanken abgelenkt. Doch nun muss ich in meinen Alltag zurück. Nun muss ich mich endlich der Realität stellen.

»Bist du dir sicher, dass du das machen willst?«, fragt Jensen und nimmt mich fest in den Arm. »Ich meine, du musst da nicht wieder hin. Du könntest dir auch eine andere Stelle suchen.«

Ich schüttle schnell den Kopf. »Ich will da wieder hin. Bryan hat seinen Job verloren. Ich weiß noch nicht, wer mein neuer Vorgesetzter ist, doch ich liebe meine Arbeit, und ich bekomme das schon hin.«

Jensen sieht nicht überzeugt aus, doch er wird mich meinen Weg gehen lassen. So viel steht fest.

»Wie du meinst. Aber wenn was ist …«

»Rufe ich dich an«, beende ich seinen Satz. »Das hast du mir jetzt schon tausend Mal gesagt.«

Jensen grinst, dann seufzt er. »Soll ich dich wenigstens fahren?«

Erst überlege ich, ob das eine Option wäre. Doch ich will das hier alleine schaffen. Ich will für mich selbst stark sein. Und immerhin war es Jensen, der mir gezeigt hat, wie stark ich wirklich bin. »Nein, ich werde fahren. Und ich melde mich, wenn ich angekommen bin und weiß, wer mein neuer Boss ist. Mach dir keine Sorgen. Bryan sitzt in Untersuchungshaft und kommt da auch nicht so schnell raus. Die Verhandlung ist erst in einigen Wochen, doch die Beweise gegen ihn sind zu erdrückend, als dass sie ihn rauslassen würden. Vor allem, nachdem eine ehemalige Praktikantin nun auch noch Anklage gegen ihn erhoben hat.«

Ich hatte keine Ahnung. Doch eine Praktikantin, die lange vor mir bei Kidss gearbeitet hat, hatte er auch belästigt. Nur, dass sie niemanden hatte, der ihr geholfen hat. Erst, als in der Presse stand, was Bryan mir angetan hat, hat sie sich getraut, den Mund aufzumachen und ebenfalls Anklage erhoben. Ich bin froh, dass sie diesen Schritt gegangen ist, und frage mich seither, ob Bryan noch mehr Frauen belästigt hat, die einfach nur weiter schweigen.

»Na gut. Aber einen Versuch war es wert.«

Jensen küsst mich, und ich schmiege mich einen Moment in seine Arme, bevor ich mich von ihm löse.

»Ich liebe dich«, sage ich und werde mit dem für ihn typischen Lächeln belohnt.

»Und ich liebe dich.«

Er küsst mich noch einmal, und ich beuge mich zu Mariella herunter, die neben uns auf einer Krabbeldecke liegt. Sie gluckst vor Freude und greift nach meinem Haar.

»Und dir wünsche ich einen schönen Tag.«

Aus ihrer Kehle dringen undefinierbare Laute, die mich zum Lachen bringen, dann mache ich mich von ihr los und verlasse das Haus, ohne mich noch einmal umzudrehen. Mein Herz rast, und ich blicke mich alle paar Sekunden um, ob nicht doch irgendwo Paparazzi lauern. Doch niemand interessiert sich für mich, und so schaffe ich es, in meinen Wagen zu steigen. Dort atme ich noch einmal tief durch und lächle. Wäre doch gelacht, wenn ich das hier nicht schaffen würde!

Als ich auf dem Parkplatz von Kidss ankomme, rast mein Herz, und ich bin mir nicht mehr so sicher, ob ich das hier packe. Was werden meine Kollegen sagen? Was werden sie tun, wenn ich einfach so reinplatze? Ich meine, es ist abgeklärt, dass ich heute wieder zu arbeiten beginne. Doch irgendwie habe ich nun doch etwas Angst. Vor allem vor dem Moment, in dem ich in mein Büro zurückkehren muss.

Lange bleibe ich einfach sitzen, bevor ich frustriert den Kopf schüttle.

»Lanette! Du wirst deinen kleinen Arsch jetzt sofort da reinbewegen!«

Mit diesen Worten öffne ich die Tür und gehe langsam zu dem großen Gebäude. Mein Herz rast, und ich zittere, als ich die Tür öffne. Ich wünschte, ich wäre nicht hier. Ich wünschte, ich hätte noch länger gewartet, um wieder mit der Arbeit zu beginnen. Oder ich hätte längst wieder damit begonnen und diesen Moment hinter mir. Aber alles Wünschen bringt nichts, und so stehe ich einen Moment später vor Linda, die übers ganze Gesicht strahlt, als sie mich entdeckt. Sie springt auf die Beine, und schon liege ich in ihren Armen.

»Wir haben dich so vermisst!«, sagt sie und drückt mich fest. »Du hast ja keine Ahnung!«

Lindas Begrüßung beruhigt mich etwas. Denn irgendwie hatte ich auch Angst, dass mich meine Kollegen nun nicht mehr mögen würden. Immerhin habe ich für ganz schön viel Trubel hier gesorgt, nachdem Bryan und ich von einem auf den anderen Tag weggefallen sind.

»Ihr habt mir auch gefehlt«, erwidere ich und löse mich von Linda. »Aber jetzt bin ich ja wieder da.«

»Und das ist auch gut so«, sagt Linda und nickt eifrig. »Denn hier gibt es viel zu tun!«

Ich lache und will schon in Richtung meines Büros, als Linda mich aufhält.

»Unser neuer Chef hat darum gebeten, dass du zuerst zu ihr gehst.«

»Zu ihr?«, frage ich, woraufhin Linda grinst.

»Zu ihr. Dachte, das könnte dir gefallen.«

Das tut es. Es erleichtert mich mehr, als ich sagen könnte. »Und wie heißt sie?«

Warum nur habe ich all das so von mir ferngehalten? Warum habe ich nicht einmal gefragt, wer Bryans Platz eingenommen hat? Jetzt kann ich das nicht mehr nachvollziehen.

»Evelin Gibson. Sie ist neu in der Stadt, und sie wird dir gefallen. Da bin ich mir sicher.«

Ich nicke, dann gehe ich zu dem Büro, das einst Bryan gehört hat. Die Tür steht weit offen, sodass ich nicht erst anklopfen muss, und ich bin erneut erleichtert, als ich das

Büro genauer betrachte. Denn nichts hier drinnen erinnert an Bryan. Die alten, dunklen Schränke wurden durch hellere ersetzt und an der Wand hängen Bilder von unzähligen Kindern.

»Sie müssen Lanette sein!«, ertönt eine angenehme, aber strenge Stimme vom Schreibtisch aus, und ich sehe mich im nächsten Moment einer blonden, kleinen Frau gegenüber, die mich anlächelt. Sie ist aufgestanden, um mich zu begrüßen. »Kommen Sie doch rein!«

»Danke.«

Ich setze mich vor ihr auf einen Stuhl, und sie setzt sich ebenfalls wieder.

»Ich bin Evelin Gibson, aber nennen Sie mich einfach Evelin. Schön, dass Sie wieder hier sind, Ihre Kollegen haben Sie sehr vermisst!«

»Ich habe meine Arbeit auch vermisst«, gebe ich zu.

»Das ist schön zu hören. Denn es gibt viel zu tun. Ich habe mir erlaubt, Ihnen ein neues Büro zuzuweisen. Außerdem habe ich etwas recherchiert und würde heute Abend gerne mit Ihnen und Mr Bel sprechen.«

Mit mir und Jensen? Verwirrt ziehe ich die Augenbrauen zusammen. »Und um was geht es?«

»Das würde ich gerne auf heute Abend verschieben. Doch ich hoffe, dass er Zeit hat.«

Ich beiße mir einen Moment auf die Innenseite meiner Wangen, dann nicke ich. »Klar, ich werde ihn bitten, mich abzuholen.«

Er wird sich freuen, wenn er mich holen kann, und morgen kann er mich ja auch einfach hierher bringen. Ob mein Auto nun hier oder vor seinem Haus steht, ist unwichtig.

»Sehr gut, dann ist das ja geklärt. Wenn Sie irgendwelche Fragen haben oder wenn irgendetwas ist, kommen

Sie zu mir. Ich habe mir Ihre Akten und Fälle genau angesehen und muss sagen, Sie haben hier gefehlt. Niemand hier ist mit so viel Herzblut dabei wie Sie. Das heißt nicht, dass die anderen Kollegen ihre Arbeit nicht auch lieben würden, doch es gibt eben einen Unterschied, zwischen lieben und leben.«

Sie zwinkert mir zu und führt mich in ein Büro, das direkt neben ihrem liegt. Es ist größer und heller als mein Altes. »Ich habe mir erlaubt, Ihre ganzen Sachen hierherbringen zu lassen. Ich konnte mir nicht vorstellen, dass sie noch einmal in Ihr altes Büro zurückkehren wollen.«

Sie erklärt mir, was hier die letzten Monate vorgefallen ist und wie es mit meinen Schützlingen weitergegangen ist. Besonders glücklich macht mich, dass Andy, mein letzter Fall, wirklich bei seiner Tante unterkommen konnte und dass Ashley und ihre Geschwister bei Ann leben. Ihnen geht es gut, und das macht, dass es mir gut geht. Nachdem ich über alles auf dem Laufenden bin, setze ich mich einige Minuten an meinen Schreibtisch und lasse alles auf mich wirken. Da bin ich wieder. Und mir geht es gut! Mir geht es wirklich gut!

Nachdem ich auch noch Jensen geschrieben habe, dass alles in Ordnung ist, mache ich mich an die Arbeit und vergesse darüber hinaus völlig die Zeit. Aber Zeit ist irrelevant, wenn man etwas tut, das man liebt.

29 Jensen

Als ich in Lanettes Büro geführt werde, grinse ich in mich. Sie ist so in ihre Arbeit vertieft, dass sie mich nicht einmal bemerkt. Erst, als Mariella sich beschwert, weil Lanette ihr keine Aufmerksamkeit schenkt, sieht sie auf und strahlt mich an.

»So spät schon?«, fragt sie und springt auf die Beine. Wie immer gilt ihre Aufmerksamkeit zuerst dem Wunder in meinen Armen, bevor sie mich kurz küsst. »Wie war dein Tag?«

»Wie immer«, tue ich ihre Frage ab. Eigentlich sollte ich auch noch arbeiten, weil ich so viel um die Ohren habe, doch meine Frauen gehen nun mal vor. Und Lanette hat darum gebeten, dass ich sie heute abhole. »Und deiner?«

»Es tut gut, wieder zu arbeiten«, gesteht sie und sieht dabei glücklich aus. »Es war die richtige Entscheidung.«

Ja, das kann man sehen. »Das höre ich gerne. Bist du soweit?«

Lanette sieht zu ihrem Schreibtisch, dann zuckt sie die Schultern. »Ich muss den Computer noch schnell ausschalten. Und meine Vorgesetzte wollte noch mit dir sprechen.«

»Warum?«, frage ich und hieve Mariella auf meine andere Hüfte. Sie ist so groß geworden, es ist der Wahnsinn.

»Das wollte sie nicht verraten. Aber wir werden es ja gleich erfahren.«

Sie schließt mit einigen Klicks ihre Programme, bevor sie sich aufrichtet und die Arme nach Mariella ausstreckt. »Kommst du zu mir?«

Natürlich tut die Kleine das. Denn sie liebt Lanette so sehr, wie ich es tue. Und dann gehen wir in das Büro nebenan, wo eine kleine Frau auf uns wartet.

»Mr Bel, Lanette. Schön, dass Sie noch die Zeit hatten. Kommen Sie doch herein.«

Wir lassen uns auf zwei Stühlen in einer kleinen Sitzecke nieder, und Mrs Gibson, wie man auf dem Schild auf ihrem Schreibtisch unschwer erkennen kann, nimmt eine Akte und setzt sich ebenfalls. »Sie werden sich schon fragen, warum ich mit Ihnen sprechen wollte. Da ich weiß, wie Sie beide zusammengefunden haben, habe ich etwas recherchiert. Ein Kind, das einfach so ausgesetzt wird, ist keine Kleinigkeit, und zu oft kommt irgendwann doch die Kindsmutter, um das Sorgerecht einzufordern.«

Bei diesen Worten zieht sich meine Brust zusammen, und ein ungutes Gefühl breitet sich in mir aus. Lanette greift nach meiner Hand und drückt sie fest.

»Was wollen Sie uns damit sagen?«, frage ich, wobei ich mich nicht besonders freundlich anhöre.

»Das soll heißen, dass ich herausgefunden habe, was mit Mariellas Mutter passiert ist«, sagt sie knapp und sieht uns fest an. »Ich habe lange gebraucht, doch durch einen Kontakt habe ich herausgefunden, dass sie schwer krank war. Lungenkrebs.«

Lungenkrebs. Schwer krank. »Das heißt?«

»Das heißt, dass ich nun ihre Geschichte kenne. Möchten Sie die Akte lieber selbst lesen, oder soll ich es Ihnen sagen?«

»Sagen Sie es einfach«, erwidere ich, wobei vor meinen Augen Punkte tanzen.

»Linn Mason, geboren 1998 in Michigan. Sie lebte die letzten fünf Jahre hier und hatte wohl eine kurze Affäre mit Ihnen, bevor ihr Lungenkrebs diagnostiziert wurde.« Mrs Gibson spricht, als würde es hier nicht um die Frau gehen, die Mariella geboren hat. Als wäre das hier nicht wichtig.

»Was ist mir ihr geschehen?«

Mrs Gibson wirft mir einen mitleidigen Blick zu, dann seufzt sie. »Sie hat die Behandlung verweigert, nachdem sie erfuhr, dass sie schwanger war. Sie wollte nicht abtreiben, und so wurde sie immer kranker.« Sie stockt einen Moment, bevor sie den Kopf senkt. »Nach der Geburt war es zu spät. Sie musste unter großen Schmerzen leiden. Als sie im Krankenhaus ankam, war es bereits zu spät. Sie hat keine Woche mehr gelebt.«

»Deswegen hat Linn sie einfach vor meiner Haustüre abgelegt«, sage ich mit tonloser Stimme, und Tränen brennen in meinen Augen. »Dabei hat sie ihre Tochter geliebt.«

»Mehr als ihr eigenes Leben.«

Ich schlucke, dann sehe ich zu Mariella. Lanette reicht sie mir, und ich drücke sie fest gegen mich. »Deine Mama hat dich geliebt«, flüstere ich an ihrem Ohr. »Sie hat dich geliebt.«

Lanette neben mir schluchzt auch leise, doch ich kann mich gerade nicht auf sie konzentrieren. Stattdessen richte ich meine Aufmerksamkeit auf ihre Chefin.

»Gibt es ein Bild von Linn?«

Mrs Gibson reicht mir ein Bild, und ich starre lange darauf. Die Frau darauf sieht glücklich aus. Es muss ein Bild sein, das vor ihrer Krankheit entstanden sein muss. Und ich erkenne sie. Ich hätte ihren Namen nicht mehr gewusst, doch wir waren über mehrere Wochen immer wieder zusammen im Bett, bevor sie einfach verschwand.

»Wo wurde sie begraben?«, frage ich, denn es erscheint mir wichtig.

»Auf dem örtlichen Friedhof. Es gab keine Angehörigen, die sich darum gekümmert hätten.«

Ich hätte mich gekümmert. Ich hätte ihr durch diese schwere Zeit geholfen. Ich hätte mich um eine gute Behandlung gekümmert. Warum nur hat sie mich nicht um Hilfe gebeten? War ich so ein Arschloch?

Ich muss diese Frage nicht laut stellen. Denn ab und an war ich genau das.

»Danke, dass Sie das für uns herausgefunden haben«, sage ich mit tonloser Stimme. »Ich selbst hatte Angst, nach ihr zu suchen.«

Es ist die Wahrheit. Ich hatte Angst, dass Mariellas Mutter mir die Kleine wieder wegnehmen könnte. Ich war ein Idiot!

»Ich wollte den Fall endgültig abschließen. Ich hoffe, ich konnte Ihnen damit weiter helfen.«

»Das konnten Sie.« Ich sehe zu Mariella hinunter und entdecke jetzt Ähnlichkeiten zu der Frau, die sie geboren hat. Dann sehe ich zu Lanette.

»Lass uns gehen.«

Lanette nickt, und wir stehen alle auf.

»Ich wünsche Ihnen noch einen schönen Abend«, verabschiedet Mrs Gibson sich von uns. »Und Lanette, arbeiten Sie, wie es Ihnen gefällt. Ihre Kollegen haben mir erzählt, dass man Sie Tage nicht im Büro gesehen hat, weil Sie alles von unterwegs aus geregelt haben, und dass Sie dadurch viel effizienter waren als alle anderen. Mir ist das recht, das Wohl der Kinder steht immer an erster Stelle.«

»Danke«, erwidert Lanette. »Das höre ich gerne. Aber die nächsten Tage werde ich wohl trotzdem viel hier sein, bis ich mich wieder eingearbeitet habe.«

»Natürlich. Bis morgen dann.«

Lanette und ich gehen nach draußen. Doch anstatt, dass ich sie heimfahre, steigen wir in ihren Wagen. Ich schnalle Mariella auf dem Rücksitz an und lasse mich auf dem Beifahrersitz nieder.

»Sie hat sie geliebt«, sage ich Lanette und kann die Tränen nicht länger zurückhalten. »Ihre Mutter hat sie geliebt.«

»Das hat sie«, bestätigt Lanette. »Und sie hat das größte Opfer überhaupt für ihre Tochter gegeben. Sie hat Mariella vor ihrer Selbst gestellt und das, obwohl die Kleine nicht einmal geboren war.«

Lanette

Epilog

Erleichterung.

Alles, was ich empfinde, ist pure Erleichterung. Es ist Monate her, seit Jensen mich vor Bryan gerettet hat, und endlich steht das Urteil. Bryan sitzt die nächsten Jahre im Gefängnis und kann mir nichts tun.

»Geschafft«, sagt Jensen, der mich fest in den Arm nimmt, als wir das Gerichtsgebäude verlassen. »Wir haben es endlich hinter uns.«

»Ja«, sage ich. »Wir haben es endlich hinter uns.«

Ich schmiege mich eng an ihn und genieße seine Nähe. Dabei bin ich so glücklich wie noch nie in meinem Leben. Aber wie könnte ich das nicht sein? Jensen und ich haben eine wunderbare Tochter. Denn ja, mittlerweile sehe ich Mariella als meine Tochter an, auch, wenn ich sie nicht geboren habe. Jensen und ich wollen irgendwann heiraten, und ich werde Mariella adoptieren. Es gibt noch keinen Zeitplan, wann wir was machen werden, doch ich weiß, ich werde mein Leben lang mit Jensen glücklich sein. Wir haben schon jetzt so viel gemeinsam durchgestanden, der Rest kann nicht schlimmer werden.

Meine Arbeit läuft super, und auch Jensen hat nicht mehr ganz so viel um die Ohren, sodass wir die Wochenenden immer gemeinsam verbringen. Zu meiner Belustigung scheinen sich Cynthia und Garwin gut zu verstehen, und ich frage mich, ob die beiden was am Laufen haben. Doch das werde ich wohl erst erfahren, wenn es wirklich etwas Festes wird. Mariella entwickelt sich perfekt, wobei Jensen sie in Zukunft regelmäßig durchchecken lassen will. Ihre Mutter hatte Lungenkrebs, und so etwas kann vererbt werden. Jensen möchte kein Risiko eingehen, und das kann ich zu gut verstehen. Allein die Vorstellung, der Kleinen könnte etwas geschehen, treibt mich in den Wahnsinn.

»Nach Hause?«, frage ich, als Jensen mich wieder loslässt.

»Nach Hause. Unsere Freunde warten dort.«

Freunde. Ja, ich habe richtige Freunde. Nicht nur Cynthia und Garwin. Mir wurde bewusst, dass auch Linda wichtig für mich ist, und wir treffen uns mittlerweile auch außerhalb der Arbeit. Dazu empfinde ich Jensens Freunde als meine eigenen, sodass uns nie langweilig wird. Wir haben immer Gesellschaft, wenn wir sie wollen, und auch sonst wird uns nicht langweilig. Dafür sorgt Mariella schon.

»Meinst du, sie haben den Grill schon angemacht?«, frage ich, als mein Magen zu knurren beginnt. Ich bin nicht nur in Therapie, sondern habe mich wirklich der Selbsthilfegruppe angeschlossen. Beides hilft mir dabei, meine Vergangenheit zu bearbeiten und ein glückliches Leben zu führen. Etwas, das für mich früher undenkbar war. Selbst in der Zeit, als ich mit Garwin zusammen war. Es gibt Dinge, die brauchen länger, bis man sie überwunden hat. Dazu setzt sich Jensen unheimlich für Frauen ein, denen Gewalt angetan wurde. Er unterstützt ein Frauenhaus hier in der Nähe und plant gerade eine Spendenveranstaltung, auf der für Kinder mit gewalttätigem Hintergrund gespendet werden soll. Er engagiert sich mehr, als jemand von ihm erwarten würde, und ich liebe ihn dafür nur umso mehr. Denn er macht das nicht nur wegen mir. Er macht es, weil dieses Thema wichtig ist. Weil wir nicht die Augen vor sexueller Belästigung und Gewalt im Allgemeinen verschließen dürfen. Weil wir alle unseren Teil dazu beitragen müssen, diese Welt ein kleines bisschen besser zu machen. Wenn wir alle nur die Augen offen halten und auf unser Bauchgefühl hören, werden wir irgendwann in einer besseren Welt leben. In einer Welt, in der kleine Kinder keine Angst vor dem bösen Mann haben müssen. In einer Welt, in der Frauen nicht einfach verschwinden, nachdem ihr Chef sie belästigt hat. In einer Welt, in der ich mir keine Sorgen um Mariella machen muss.

Doch bis dahin werde ich alles in meiner Macht Stehende dafür tun, damit es der Kleinen gut geht. Ich werde sie aus vollem Herzen lieben. Ich werde ihr so viel Selbstbewusstsein und Selbstwertgefühl mit auf den Weg geben, wie ich nur kann. Und ich hoffe, dass sie genug Vertrauen in mich haben wird, dass sie mit mir spricht, wenn es ihr nicht gut geht. Wenn sie Angst vor jemandem hat. Wenn sie sich unsicher fühlt. Und sollte sie nicht mit mir darüber sprechen können, hoffe ich, dass sie sich Cynthia, die mittlerweile ihre Patentante ist, anvertraut und sie ihr helfen kann. Es müssen nicht immer die Eltern sein, denen man schwierige Dinge bespricht. Wichtig ist nur, dass es überhaupt jemanden gibt, dem man vertraut. Jemanden, auf den man sich verlassen kann.

Nachwort

Gewalt.
Immer wieder ist dieses Thema entscheidend für meine Geschichten. Es beschäftigt mich und es ängstigt mich. Vor allem, wenn man darüber nachdenkt, wer in seinem Leben alles schon Gewalt erleben musste.

Ich hatte dieses Buch schon zu einem Großteil geschrieben, als mein Mann mir ein Video gezeigt hat. Ein Video, dessen Inhalt mich nicht wirklich überrascht und dennoch schockiert hat. Es geht um das Thema sexuelle Gewalt. Wer sie wann, wie und wo erleben musste. Und als ich diese Frauen gesehen habe, wie sie ihre Geschichte erzählt haben, sah ich mich neben ihnen. Als kleines Kind, das nur auf dem Heimweg war. Als kleines Kind, das ein Pfeifen aus dem Wald hören musste. Als kleines Kind, das voller Panik nach Hause gerannt ist, weil ein erwachsener Mann dachte, er müsste sein Glied präsentieren. Mit dem immer wiederkehrenden Gedanken, wer schön sein will, muss leiden. (Am Tag davor war ich beim Friseur gewesen, und mir wurde gesagt, wie toll ich doch aussehen würde …)

Noch heute kann ich mich an diese Angst erinnern. An die Tränen, die ich geweint habe. Und daran, dass ich mich auf der Polizeiwache geschämt habe, denn ich konnte den Mann nicht richtig beschreiben, und das machte mir zu schaffen.

Dabei war ich nur ein Kind.

Vertrauen. Selbstwertgefühl. Selbstbewusstsein.

Das ist es, was dieses Buch ausmacht. Was wir unseren Kindern mitgeben können, um nicht in solche Situationen zu geraten. Und noch viel wichtiger, wie wir sie stärken können, damit sie nicht daran zerbrechen, sollten sie doch in solch eine Situation kommen. Gewalt gegen Frauen ist in vielen meiner Bücher ein Thema. Dabei steht bei mir nicht die Gewalt im Vordergrund, sondern, wie Frauen es schaffen, weiterzuleben. Wie sie an dem wachsen, was ihnen angetan wurde, und danach gestärkt aus der Situation herausgehen. Wie sie anderen helfen, und was es mit ihnen macht.

In diesem Sinne bitte ich euch alle um eins. Verschließt nicht die Augen! Schaut nicht weg! Hört auf euer Bauchgefühl! Und lasst euch niemals, aber auch wirklich niemals einreden, es sei eure eigene Schuld, wenn euch etwas angetan wird.

Ihr seid wichtig.

Ihr seid wertvoll.

Danksagung

Diese Danksagung wird ganz kurz gehalten, damit sie das Nachwort nicht schmälert.

Danke an alle Mitwirkenden. Wer meine anderen Danksagungen kennt, weiß, wer sich nun alles angesprochen fühlt. ;)

Danke Mama, dass du damals für mich da warst.

Danke Mama, dass du mir Selbstwertgefühl und Selbstbewusstsein mit auf den Weg gegeben hast.

Danke Mama, für das Wissen, dass du immer für mich da sein wirst und ich dir mein Vertrauen schenken kann.

Ich liebe dich.